AVERTISSEMENT.

SI l'on vouloit juger des Lettres d'Abeillard & d'Heloïfe par les traductions qu'on en a faites jufques à préfent, l'on ne pourroit les regarder que comme un commerce de galanterie, où deux jeunes perfonnes de different fexe, expriment mutuellement les fentimens de la plus vive paffion qu'ils reffentent l'un pour l'autre. C'eft l'idée que nous en donnent les Lettres qu'on voit courir dans le monde, fous le nom de ces deux beaux genies : Lettres propres à féduire les efprits & corrompre les cœurs ; Lettres indignes de la pieté de ceux à qui on les attribuë ; Lettres enfin qui ne méritent que le feu, par raport au préjudice qu'elles peuvent caufer dans les

iv AVERTISSEMENT.

ames, aux cruelles atteintes qu'elles
font capables de donner à l'innocence, & au fcandale que l'Eglife
en reçoit. Car qui peut fans être
mal édifié voir un Abbé & une Ab-
beffe s'écrire des chofes fi tendres
& fi paffionnées, que les perfonnes
les plus déreglées dans le monde,
pourroient à peine en écrire de fem-
blables.

Un exemplaire de cette infidelle
traduction étant tombé par hazard
entre mes mains, je fus furpris en
le lifant. Le Traducteur pour difpo-
fer les efprits à goûter tout le venin qu'il avoit répandu dans fon Ouvrage, n'avoit pas manqué de nous
donner dans fa Préface une idée
d'Abeillard & d'Heloïfe, conforme à ce qu'il prétendoit leur faire
dire dans fes Lettres, & aux fentimens paffionnez qu'il vouloit leur
prêter. Abeillard, felon lui, *n'étoit
pas un maître ni un directeur pour
Heloïfe lors qu'il lui écrivoit. C'étoit
un homme qui avoit aimé, qui aimoit*

Imprimé à Co-
logne en
1695.

encore, & qui pour confoler une fille
dont il étoit aimé, lui faifoit voir ce
qu'il fouffroit, & les efforts qu'il fai-
foit pour s'en détacher. Il veut dans
un autre endroit, qu'Abeillard *en*
quittant la France pour aller prendre
poffeffion de fon Abbaye, n'y avoit
point laiffé fa paffion, & que fa nou-
velle dignité ne lui avoit point donné
un nouvel efprit ; qu'il étoit par tout
auffi foible qu'Heloïfe, & auffi à plain-
dre qu'elle ; enfin que s'il en étoit ai-
mé, il l'aimoit encore davantage, &
que les attraits de la grace ne fe fai-
foient fentir à lui que par intervalle,
fans pouvoir entierement detacher fon
cœur de cette aimable perfonne, afin
que toute la pofterité connut que les
grands hommes font fouvent les ta-
bleaux des plus grandes foibleffes.

Il ne nous donne pas des idées
plus avantageufes d'Heloïfe. Il fup-
pofe par tout que s'étant faite Religieufe malgré elle, le Cloître lui
étoit infuportable, & que n'ayant
point l'efprit de fon état, elle s'a-

bandonnoit à une paffion qu'elle ne pouvoit plus fatisfaire que par les faillies d'une imagination vive & emportée ; quelle ne fe repaiffoit que des idées d'Abeillard, & qu'enfin elle l'aimoit avec plus de fureur que jamais.

Après ces fuppofitions qu'on donne comme autant de veritez inconteftables, on eft en droit de leur faire dire tout ce qu'on veut, fans que le Lecteur ait celui de s'en offenfer ; & les expreffions les plus hardies & les plus paffionnées en font des fuites neceffaires. On ne s'étonne plus après cela de voir une fille dans un Monaftere mander à un homme : *qu'elle l'aime, qu'elle l'aimera toute fa vie, & qu'elle continüera à l'accabler de toute fa tendreffe ; mais que quelque violent que foit fon amour, elle l'aime encore moins qu'elle ne fouhaite.* L'on n'eft point furpris de lui entendre dire : *qu'elle n'eft Religieufe que par raifon, que celui à qui elle écrit fait tout fon mal,*

Lettre d'Heloïfe. pag. 17. & 27.

Pag. 29.

*& qu'il est seul capable de la guerir,
en lui donnant de nouvelles marques
de la constance de son amour.* On y
lit sans s'effrayer : *que si ç'a été un
crime d'avoir un Abeillard pour amant,* Pag. 43.
*ce crime lui plaît encore, & quelle n'a
d'autre desespoir que d'être devenuë
innocente malgré elle ; que quoi qu'une
Religieuse ne doive plus avoir de vo-* P. 48.
*lonté, cependant en prononcant ses
vœux, elle avoit conservé secrettement celle de vouloir être aimée de lui.*
On regarderoit encore comme une
impieté ces paroles ; *en faisant profession, j'ai prétendu n'en point faire* Pag. 51.
d'autre que d'être à vous : Mais la
précaution qu'on a prise d'inserer
dans la Preface, que c'est une Religieuse mécontente & libertine qui
parle, rend toutes ces expressions
supportables.

Pour ce qui est d'Abeillard, l'on
ne le fait pas parler d'une maniere
plus chrétienne, & ses discours ne
font guéres plus sages. Après avoir
mêlé sa douleur avec celle d'He-

loïfe, il veut, dit-il, *répandre fon cœur devant elle, & découvrir à fes* Lettre
d'Abeil-
lard p.
3. *yeux le trouble & le fecret de fon ame, que fa vanité lui avoit fait cacher juf-ques ici au refte du monde.* Il commence donc par lui avoüer, *qu'en changeant de condition il n'a point changé de cœur ni d'efprit, & qu'il porte par tout avec foi l'idée de fon amour ; que fa paffion s'augmente par les retours qu'il fait fur lui-même pour s'en délivrer, & que s'il dit cent fois le jour qu'il veut oublier Heloïfe, il ne le dit que pour penfer à elle.* Il ajoûte : *que le malheur qui lui eft* Pag. 9. *arrivé n'a point rompu fes chaînes ; que fa paffion s'irrite de fa foibleffe, & qu'il fe reconnoît plus amoureux & plus coupable avec la feule idée d'Heloïfe, qu'il ne l'étoit en la poffe-dant ; qu'il penfe fans ceffe à elle, & que fans ceffe il rapelle les momens en-chantez de ce jour où elle commença d'être entierement à lui.*

Tant de fentimens fi peu chré-tiens, & beaucoup d'autres encore plus paſſionnez que j'obmets, commencerent à me faire ſoupçonner qu'il y avoit de la mauvaiſe foi dans cet écrivain, malgré toutes les proteſtations qu'il faiſoit dans ſon avant-propos, que ſa traduction étoit fidelle, & qu'il n'avoit rien avancé qui ne fut tiré de l'Original. Je fus confirmé dans ma penſée, lorſque j'aperçûs ſon ignorance en pluſieurs endroits, & les fautes groſſieres qu'il commettoit contre la verité de l'hiſtoire : car d'un côté il aſſure qu'Abeillard vivoit en 1170. d'autre part il dit qu'il n'avoit que ſix mois de profeſſion, lorſqu'il écrivoit cette lettre à Heloïſe, & qu'enfin c'eſt l'unique qu'il lui ait écrit. Je ſçavois cependant qu'Abeillard étoit mort en 1142. qu'il y avoit plus de douze ans qu'il étoit Religieux lors qu'il commença à écrire à Heloïſe, & qu'il y avoit pluſieurs de leurs lettres. Tout cela me donna la curioſité de chercher l'Original qui eſt fort rare,

ã 5

afin de le confronter avec la traduction, & ayant été assez heureux
pour le trouver avec un Manuscrit
des mêmes lettres qui paroît avoir
plus de cinq cens ans, j'avoüe que
ma surprise fut extrême, lorsque je
reconnus qu'il n'y a pas plus d'éloignement entre le Ciel & la Terre,
qu'il y en a entre ce qu'Abeillard
& Heloïse se disent dans leurs lettres, & ce que cet infidele Traducteur leur faire dire. Grand Dieu !
me suis-je écrié, est-il donc possible qu'on puisse en imposer ainsi au
Public, & abuser de la credulité
d'un Lecteur aux dépens de la reputation du prochain ; faire parler
comme un scelerat un homme qui
parle comme un Ange ?

En effet, rien n'est plus grave, plus
serieux, & plus édifiant que les lettres d'Abeillard : Il ne s'y trouve
pas un mot qui ne soit consacré par
la pieté, tout y est plein d'une profonde érudition, & on y voit par
tout un homme pénetré de l'esprit

de pénitence, & du mépris de tout ce qui s'est passé. On peut dire que jamais saint Jerôme n'en a écrit de plus spirituelles à Paule, à Eusto-quie, à Marcelle, & aux autres Dames Romaines qui étoient sous sa conduite.

Pour Heloïse, il est vrai que ses deux premieres lettres sont un peu plus libres, quoi qu'infiniment éloi-gnées des termes, des manieres, & des sentimens que le Traducteur lui a prêtez. L'on ne peut nier qu'elle ne décrive trop naïvement ses pen-sées sur ce qui se passe dans son in-terieur, & ne fasse trop connoître combien la perte de son époux lui étoit sensible : mais si on y prend garde de près, on trouvera que ces sentimens ne venoient que de la haute estime qu'elle avoit du meri-te de ce grand homme, dont elle étoit toute pénetrée, aussi bien que de la douleur de le voir traité si in-dignement par ses ennemis trop ja-loux de sa gloire. Au reste, Abeillard lui ayant défendu de parler jamais de leurs premieres avantures, elle changea de ton, & ſes autres lettres ſont auſſi ſpirituelles, ſes penſées & ſes ſentimens auſſi dégagez de la chair & du ſang, qu'elle avoit fait paroître d'imperfection & de ſenſibilité dans les premieres.

Je ne doutai plus alors que le Traducteur n'eut l'eſprit encore plus corrompu que le cœur; & pour m'expliquer plus clairement, que ce ne fut un hérétique, qui pour rendre la Religion Catholique odieuſe, & ſur-tout la vie Monaſtique, dont il ſe déclare aſſez ouvertement l'ennemi irreconciliable, avoit choiſi cet Abbé & cette Abbeſſe pour leur faire tenir le langage des démons, & expoſer ainſi à la raillerie des libertins une profeſſion ſi ſainte en elle-même, & ſi digne de la veneration des fidelles.

J'ai donc cru faire plaiſir au Public, de lui donner une traduction exacte & fidelle de toutes ces lettres tirées non seulement des œuvres d'Abeillard imprimées par les soins d'un sçavant Magistrat en 1 6 1 6. *Fran-* qui est la seule impression que nous *çois* en ayons, mais encore de plus an- *d'Am-* ciens Manuscrits que j'aye pû trou- *boise* ver dans les Bibliotéques les plus *Conseil-* curieuses. Je me suis persuadé que *ler d'E-* ceux qui aiment la verité,ne seroient *tat.* pas fâchez qu'on les détrompât de la croyance où ils pourroient être, que celles qui ont couru jusqu'à present dans le monde sous le nom d'A- beillard & d'Heloïse , sont les let- tres de ces deux beaux esprits.

Si ma traduction est destituée de ces sortes d'ornemens qu'on donne à un discours étudié, si elle n'a rien de cette politesse où l'on a élevé notre langue dans ces derniers tems , je puis au moins assurer qu'elle est ve- ritable & sincere, & que je me suis peut être trop scrupuleusement at- taché à suivre pas à pas , non-seu- seulement les pensées, mais encore les expressions des Auteurs, autant

que notre langue les peut souffrir,
me faisant un devoir de n'y rien
ajoûter , comme de n'en rien re-
trancher.

D'un autre côté, j'avouë que ces
lettres sont infiniment plus belles
dans le Latin, que dans le François,
& qu'il y a des pensées si fines &
si délicates , sur-tout dans celles
d'Heloïse , qu'on les conçoit mieux
qu'on ne peut les exprimer en notre langue , où elles perdent une
partie de leur beauté. Mais c'est la
destinée de toutes les traductions.
Elles ont, dit saint Jerôme, des di-
S. Hier. ficultez insurmontables. Ciceron,
Præf. in tout éloquent qu'il étoit , n'a rien
Chron.
Eusebii, fait en ce genre qui soit digne de sa
reputation. Quoi qu'on ait souvent
traduit les Livres Sacrez en d'autres langues , poursuit-il , ils con-
servent toûjours dans leur source
une beauté & un tour naturel, que
les Grecs & les Latins n'ont jamais
pû exprimer parfaitement. Que
n'eut donc point dit ce saint Doc-

teur, des traductions qui se font en notre langue, puis qu'il est certain qu'elle est infiniment moins riche, moins féconde que la Latine, la Grecque & l'Hebraïque ? Que d'a-grémens, ne faut-il point qu'elles perdent ? Il en reste néanmoins encore assez dans celle-ci, pour faire connoître l'élevation de l'esprit de cette illustre Abbesse, la beauté de son génie, l'étenduë de ses connois-sances, & cette vaste érudition, sacrée & prophane, où je ne croi pas qu'aucune personne de son sexe ait jamais pû atteindre. Si les let-tres d'Abeillard sont plus graves, & d'un stile moins égayé que cel-les d'Heloïse, elles n'en sont pas moins sçavantes ; & l'on peut dire, sur tout des deux dernieres, que c'est un chef-d'œuvre dans leur genre, & un monument qui merite d'être conservé à la posterité, avec d'au-tant plus de justice qu'on n'avoit en-core écrit fort peu sur ces sortes de matieres, qui ont fait le sujet de

plufieurs Livres dans ces derniers
tems.

Ainfi après la vie que nous avons
donnée de ces deux grands Perfon-
nages , où l'on les trouvera dépeins
dans leur naturel , j'efpere que cette
traduction de leurs lettres achevera
de les faire connoître pour ce qu'ils
étoient , defabufera le monde des
impreffions defavantageufes que
tous ces faifeurs de Romans lui en
avoient données, au grand fcandale
de l'Eglife , & rendra à l'un & à
l'autre la gloire d'une reputation ,
que leur pieté & leur érudition leur
avoient fi legitimement acquife auprès des Sçavans , & des gens de
bien.

APPROBATION

De M. Richard Doyen des Chanoines de l'Eglise Royale & Collegiale de sainte Opportune à Paris, Prieur, Seigneur de Regny & de l'Hôpital-sous-Rochefort, Censeur Royal.

J'Ai lû par ordre de Monseigneur le Garde des Sceaux un Manuscrit qui a pour titre : *Les Véritables Lettres d'Abeillard & d'Héloïse, tirées d'un ancien manuscrit Latin, trouvé dans la Bibliotheque de François d'Amboise Conseiller d'Etat, traduites par l'Auteur de leur vie, avec des Notes historiques & critiques fort curieuses.*

Le Public est très-obligé au Traducteur de ces Lettres, de la découverte qu'il a faite, puisque tout le monde va présentement regarder toutes celles qui ont eu cours, comme l'ouvrage de Faiseurs de Romans, gens sans Religion, & qui n'ont eu en vûë que de corrompre le cœur & les mœurs de la jeunesse, en attribuant à Abeillard & à Héloïse des expressions d'une passion si déreglée. On verra dans celles-ci, principalement dans les quatre dernieres, des sentimens bien opposez & bien differens ; elles rétablissent l'honneur & la mémoire de ces deux grands personnages, & méritent d'être lûës avec autant d'admiration que de respect. Fait à Paris le 20. Juin 1722.

L'ABBE' RICHARD.

PRIVILEGE DU ROY.

LOUIS par la grace de Dieu, Roi de France & de Navarre : A nos amez & feaux Conseillers les gens tenans nos Cours de Parlemens, Maîtres des Requêtes ordinaires de notre Hôtel, Grand Conseil, Prévôt de Paris, Baillifs, Sénéchaux, leurs Lieutenans Civils, & autres nos Justiciers qu'il appartiendra : Salût. Notre bien amé *François Barois Libraire à Paris*, Nous ayant fait remontrer qu'il lui auroit été mis en main un Ouvrage qui a pour titre : *Les Véritables Lettres d'Abeillard & d'Heloïse, tirées d'un ancien Manuscrit trouvé dans la Bibliotheque de François d'Amboise, Conseiller d'Etat, traduites par l'Auteur de la Vie, avec des Notes historiques & criti-*

ques fort curieuses, qu'il souhaitteroit faire imprimer & donner au Public, s'il Nous plaisoit lui accorder nos Lettres de Privilege sur ce necessaires. A ces Causes, voulant favorablement traiter ledit Exposant, Nous lui avons permis & permettons par ces Presentes, de faire imprimer ledit Livre ci-dessus specifié, en tels volumes, forme, marge, caracteres, conjointement ou separement, & autant de fois que bon lui semblera, & de le faire vendre & débiter par tout notre Royaume, pendant le tems de neuf années consecutives, à compter du jour de la datte desdites presentes ; Faisons défense à toutes sortes de personnes de quelque qualité & condition qu'elles soient d'en introduire d'impression étrangere dans aucun lieu de notre obéissance ; comme aussi à tous Libraires, Imprimeurs & autres, d'imprimer, faire imprimer, vendre, faire vendre, débiter ni contrefaire led. Livre ci-dessus en tout, ni en partie, ni d'en faire aucuns extraits, sous quelque pretexte que ce soit, d'augmentation, correction, changement de titre, même de traduction étrangere, ou autrement, sans la permission expresse & par écrit dudit Exposant, ou de ceux qui auront droit de lui, à peine de confiscation, des Exemplaires contrefaits, de trois mille livres d'amende contre chacun des contrevenans, dont un tiers à Nous, un tiers à l'Hôtel-Dieu de Paris, l'autre tiers audit Exposant, & de tous dépens dommages & interêts ; à la charge que ces présentes seront enregistrées tout au long sur le Registre de la Communauté des Libraires & Imprimeurs de Paris, & ce dans trois mois de la datte d'icelles ; que l'impression de ce Livre sera faite dans notre Royaume, & non ailleurs, en bon papier, & en beaux caractères, conformément aux Reglemens de la Librairie, & qu'avant que de l'exposer en vente, le Manuscrit ou Imprimé qui aura servi de copie à l'impression dudit Livre, sera remis dans le même état où l'Approbation y aura été donnée és mains de notre très-cher & féal Chevalier Garde des Sceaux de France, le Sieur Fleuriau d'Armenonville ; & qu'il en sera ensuite remis deux Exemplaires dans notre Bibliothéque publique, un dans celle de notre Château du Louvre, & un dans celle de notre trés-cher & féal Chevalier Garde des Sceaux de France le Sieur Fleuriau d'Armenonville, le tout à peine de nullité des Presentes, du contenu desquelles vous mandons & enjoignons de faire joüir ledit Exposant, ou ses ayans cause, pleinement & paisiblement, sans souffrir qu'il leur soit fait aucun trouble ou empêchemens; Voulons que la Copie desdites Presentes qui sera imprimée tout au long au commencement ou à la fin dudit Livre, soit tenuë pour dûement signifiée, & qu'aux Copies collationnées par l'un de nos amez & féaux Conseillers & Secretaires, foi soit ajoûtée comme à l'Original. Commandons au premier notre Huissier ou Sergent, de faire pour l'execution d'icelles, tous Actes requis & nécessaires, sans demander autre permission, & nonobstant Clameur de Haro, Chartre Normande & Lettres à ce contraires. Car tel est notre plaisir. Donné à Paris le troisiéme jour du mois de Juillet, l'an de grace mil sept cens vingt-deux, & de notre Regne le septiéme. Par le Roi en son Conseil.

CARPOT.

Registré sur le Registre V. de la Communauté des Libraires & Imprimeurs de Paris, pag. 145. N. 166. conformément aux Reglemens, & notamment à l'Arrest du Conseil du 13. Aoust 1703. A Paris le 9. Juillet 1722.

DELAULNE, *Syndic.*

TABLE

Des Lettres contenuës dans ce premier Volume.

LES
VERITABLES LETTRES
D'ABEILLARD
ET
D'HELOISE,

Tirées d'un ancien Manuſcrit Latin trouvé dans la Bibliotheque de François d'Amboiſe Conſeiller d'Etat.

Traduites par l'Auteur de leur Vie, avec des Notes hiſtoriques & critiques trés - curieuſes.

EPISTOLA I.	I. LETTRE
HELOISSÆ	D'HELOISE
ABÆLARDO.	A ABEILLARD.
Argumentum.	Sujet de cette Lettre.
CUM Heloiſ-ſa, quondam Abælardi amica,	HELOISE devenuë Ab-beſſe du Paraclet,

Tome I.   A

ayant lû par hazard une grande lettre qu'Abeillard écrivoit à un de ses amis, dans laquelle, pour le consulter, il lui faisoit le détail de toutes ses infortunes; elle lui écrit celle-ci pour le prier de lui donner de ses nouvelles, afin qu'elle puisse prendre part ou à sa joye ou à son affliction. Elle lui reproche que depuis qu'elle est Religieuse, il ne lui a pas encore écrit une seule fois, lui qui avant ce tems, l'acabloit de lettres les plus tendres. Elle le fait souvenir de tout ce qu'elle fit alors pour seconder ses désirs,

postea uxor, ac tandem Monasterio Paracletensi, quod ipse sibi à fundamentis eduxerat Philosophus, ab eo præfecta Epistolâ præcedentem ad amicum, quæ, casu nescio quo, in suas manus inciderat, perlegisset; hanc ad Amasium scribit, orans, ut de periculis suis, aut impendentibus, aut jam feliciter exhaustis, se certiorem facere dignaretur; quo vel luctus, vel gaudii ipsa particeps fiat: Blande etiam objurgat, quod ad se nullas post Monasticam professionem scripserat, qui olim plures amatorias miserat

Epiſtolas. Uxoris denique in maritū præterito tempore laſcivum prorſus, & impurum, tum præſenti caſtum, & vere Platonicum teſtatur amorem : nec non ab illo ſe pariter non redamari acerbiſſime conqueritur. Eſt autem Epiſtola affectu vehementi queruliſque planctibus, fæmineo more, repleta : in qua tenerum, muliebre, uberrima tamen eruditione pectus redundans intueri liceat.

Domino ſuo, imo Patri ; Conjugi ſuo, imo Fratri, Ancilla ſua, imo Filia ; ipſius Uxor, imo Soror ;

& de tout ce qu'elle a fait dans la ſuite pour lui donner des preuves de ſon amour; elle ſe plaint de ce qu'elle ne trouve en lui aucun retour : cette lettre eſt toute pleine d'eſprit, d'érudition & de tendreſſe, & on y voit de tems en tems de grands ſentimens de pieté.

A ſon Seigneur, ou plutôt à ſon pere ; à ſon époux, ou plutôt à ſon frere ; ſa ſervante, ou plutôt ſa fille ; ſon épouſe, ou plutôt ſa ſœur.

A 2

HELOISE à son Abeillard.	ABÆLARDO Heloïssa.

V OTRE let-tre, mon Cher, * cette lettre que vous avez écrite depuis peu à un de vos amis pour le con-soler dans l'affliction où il étoit, est tom-bée par hazard entre mes mains, lors que j'y pensois le moins ; je n'en eûs pas plûtôt apperçû le caractere, qui ne pouvoit m'être inconnu, que je la

M ISSAM ad Ami-cum pro consola-tione Epistolam, cha-rissime *, vestram ad me forte quidam nuper attulit. Quam ex ipsa statim tituli fronte vestram esse considerans, tanto ardentius eam cœpi legere, quanto Scrip-torem ipsam charius amplector : ut cujus rem perdidi, verbis saltem,

* Il faut se souvenir que c'est une femme qui écrit à son mari ; que le mot Latin Charissime dont elle se sert est infiniment plus modeste & plus degagé des idées de familiarité, que celui de mon Cher. Que si quelqu'un trouvoit à redire qu'on eût mis ici le positif au lieu du superlatif. On le prie de se sou-venir qu'un Pedant ayant fait le même reproche à saint Ierôme, & pour le même terme dont il s'étoit servi dans sa traduction de la lettre de saint Epi-phane à Iean de Ierusalem, le Saint s'en moqua, & ne lui fit pas l'honneur de lui répondre. Voyez la Vie de saint Ierôme par D. Martianay, p. 369.

saltem, tanquam ejus quandam imagine recreer. Erant, memini, hujus Epistolæ fere omnia felle & absinthio plena, qua scilicet nostra conversionis miserabilem historiam, & tuas unice cruces assiduas referebant.

dévorai, pour ainsi dire, & me mis à la lire avec toute l'ardeur que m'inspiroit l'amour que je ressens pour la personne qui l'écrivoit; vous eussiez dit, que je voulois me repaître de l'ombre de celui que j'ai perdu; & que ne

pouvant plus le posseder, son portrait que je voyois exprimé par ses paroles, me tenoit lieu de la personne même. Mais helas! que cette lecture m'a coûté cher, ma curiosité a été bien punie, je m'en souviens encore; je n'ai trouvé dans cette lettre que du fiel & de l'absinte, puisque ce n'étoit autre chose que le triste & lamentable recit de nos avantures passées, & de toutes les croix dont vous êtes presentement accablé, vous qui êtes l'unique objet de mon cœur.

Complesti vera in Epistola illa, quod in exordio ejus, Amico promisisti, ut videlicet in comparatione tuarum suas molestias nullas vel

Vous promettiez à cet ami, dès le commencement de votre lettre, que lors qu'il l'auroit lûë, toutes ses peines ne lui paroîtroient plus rien en comparaison des vôtres, & vous ne vous êtes que trop bien acquité de votre promesse : on y voit les premieres perfecutions que vous eûtes à endurer de la part de vos maîtres ; les envies & les jaloufies de vos condifciples, fa haine execrable que ce traître Alberic vous portoit, auffi bien que ce Lotulfe ; enfin l'outrage qui vous a été fait par la cruauté de mon oncle ; outrage auquel je ne puis penfer que les larmes aux yeux.

Ubi quidem expofitis prius Magiftrorum tuorum in te perfecutionibus, deinde in corpus tuum fumma proditionis injuria, ad condifcipulorum quoque tuorum, Alberici videlicet Remenfis, & Lotulfi Lombardi execrabilem invidiam, & infeftationem nimiam ftilum contulifti.

Vous n'avez pas oublié ce que ces envieux ont fait pour ternir ce fçavant Ouvrage de Theologie, qui vous avoit acquis autrefois tant de gloire, & de quelle maniere ils vous firent mettre dans une ef-

Quorum quidem fuggeftionibus quid de gloriofo illo Theologiæ tua opere, quid te ipfo quafi in carcere damnato aftum fit, non prætermififti. Inde ad Abbatis tui fratrumque falforum machina-

tionem accessisti, & detractiones illas, tibi gravissimas, duorum illorum Pseudo-apostolorum à prædictis æmulis in te commotas, atque ad scandalum plerisque subortum de nomine Paracleti Oratorio præter consuetudinem imposito: denique ad into-

pece de prison à saint Medard. Les persecutions de l'Abbé de saint Denis, & des faux freres que vous aviez en ce lieu y sont décrites d'une maniere touchante ; les détractions de ces faux Apôtres, * qui par leur langue médisante vous enleverent la plûpart de vos amis ; la querelle aussi injuste qu'elle est ridicule qu'on vous fit, pour avoir

* Elle veut parler de saint Norbert & de saint Bernard. Ils vivoient encore, ils n'étoient point canonisez, & l'idée qu'on avoit d'eux étoit differente de celle qu'on en a depuis que l'Eglise a prononcé sur leur sainteté. Cependant nonobstant cette declaration, un Auteur moderne des plus éclairés n'a pas laissé que de dire au sujet de la persecution qu'ils firent à Abeillard, qu'ils étoient trompez, & qu'ils trompoient les autres, ce que disent aussi tous les Historiens désinteressez qui en ont parlé. Ainsi Heloïse a pû dire sans faire tort à leur sainteté, & ne parlant precisement que de ce qu'ils firent contre Abeillard, que c'étoient de faux Apôtres, ce sont de ces pechez secrets que l'ignorance fait commettre, & pour lesquels nous disons tous les jours à Dieu : Ab occultis meis munda me, Domine, & ab alienis parce servo tuo.

A 4

avoir donné le nom de Paraclet à votre établissement. Enfin, les cruautez indignes que ces malheureux Moines, que vous voulez bien encore appeller vos enfans, ont exercées en votre endroit depuis que vous êtes Abbé, font les dernieres periodes de cette Histoire tragique.

Non, je ne croi pas que les plus barbares puissent la lire ou l'entendre sans verser des larmes ; jugez donc quelle a été ma douleur, étant ce que je vous suis, votre éloquence n'a servi qu'à l'augmenter ; cette belle maniere dont vous vous exprimez, & qui semble faire toucher au doigt tout ce que vous dites, m'a été funeste en cette rencontre, parce qu'elle m'a

lerabiles illas & adhuc continuas vitæ persecutiones, crudelissimi scilicet illius exactoris, & pessimorum, quos filios nominas, Monachorum profectus miserabilem Historiam consummasti.

Quæ cum siccis oculis neminem vel legere vel audire posse astimem : tanto dolores meos amplius renovarunt, quanto diligentius singula expresserunt, & eo magis auxerunt, quo in te adhuc pericula crescere retulisti ; ut omnes pariter de vita tua desperare cogamur, & quo-

tidie ultimos illos de nece tua rumores trepidantia nostra corda, & palpitantia pectora expectent.

donné une idée plus sensible de vos maux, & m'a mieux fait comprendre toutes vos afflictions. Falloit-il pour mettre le comble à la mienne, ajoûter que les vôtres n'étoient pas encore finies, & que votre vie, cette vie si prétieuse & si chere à mon cœur, étoit non-seulement tous les jours en danger, mais presque desesperée, si bien qu'à toute heure & à tous momens, nous sommes dans la crainte d'apprendre une si affreuse nouvelle. Ah! j'en suis effrayée à l'instant que je vous écris, & ma main tremblante ne peut presque plus former aucun caractere.

Per ipsum itaque, qui te sibi adhuc quomodo protegit, Christum obsecramus; quatenus ancillulas ipsius & tuas crebris literis de his, in quibus adhuc fluctuas, naufragiis certificare digneris; ut nos

Je vous conjure donc par ce Dieu de bonté, qui semble encore vous soûtenir & vous proteger au milieu de tant de dangers, de nous faire sçavoir incessamment, à nous qui sommes vos petites servantes, en quel état vous êtes; puisque nous sommes les seules en ce

A 5

monde qui vous soient restées fidéles, n'est-il pas juste que nous partagions avec vous votre joye ou votre douleur ? Qui doute que ce ne soit un puissant motif de consolation, de sçavoir que plusieurs personnes compatissent à nos maux ? Un fardeau qui est porté par plusieurs, ne devient-il pas plus leger ? Que si cette tempête vient à s'appaiser, c'est alors que vous devez vous empresser de nous le faire sçavoir ; des lettres qui apprennent de bonnes nouvelles, ne sçauroient venir trop tôt : Mais enfin, telles qu'elles soient, elles nous feront toujours agréables, puisqu'au moins nous connoîtrons par-là que vous ne nous avez pas entierement oubliées.

saltem quæ tibi sola remansimus, doloris vel gaudii participes habeas. Solent etenim dolenti nonnullam afferre consolationem qui condolent, & quodlibet onus pluribus impositum levius sustinetur, sive defertur. Quod si paululum hac tempestas quieverit, tanto amplius maturanda sunt literæ, quanto sunt jucundiores futura. De quibuscunque autem nobis scribas, non parvum nobis remedium conferes; hoc saltem uno quod te nostri memorem esse monstrabis.

Quam jucunda vero sint absentium Literæ amicorum, ipse nos exemplo proprio Seneca docet, ad amicum Lucilium quodam loco sic scribens : Quod frequenter mihi scribis, gratias ago. Nam quo uno modo potes te mihi oſtendis. Nunquam Epiſtolam tuam accipio, quin protinus una ſimus. *Si imagines nobis amicorum abſentium jucunda ſunt, qua memoriam renovant, &*

Seneque que vous m'avez fait lire autrefois, nous apprend l'innocent plaiſir qu'il y a de recevoir des lettres de ſes amis, lors qu'ils ſont éloignez de nous, * puis qu'écrivant à Lucile, il lui dit : *Je vous remercie de ce que vous voulez bien m'écrire : mais je vous rends des actions de graces infinies de ce que vous le faites ſouvent, puiſqu'autant de lettres que je reçois de votre part, ce ſont autant de converſations que je m'imagine avoir avec vous.* En effet, ſi la ſeule vûë du portrait d'un Ami qui eſt abſent, eſt capable de nous conſoler, & d'adoucir

___

* *Il ne faut pas s'étonner qu'Heloïſe ait lû Seneque, & le cite ici, puiſque ſaint Bernard le liſoit, & le cite auſſi dans ſes Lettres. Voyez l'Epître 256. de l'édition d'Horttius, & les Nottes qu'il a faites ſur cet endroit.*

A 6

doucir la peine que nous cause son éloignement. Combien plus de joye nous doivent donner ses lettres qui nous le representent lui-même d'une maniere si vive & si naturelle : car *desiderium absentiæ falso atqz inani solatio levant : quanto jucūdiores sunt Literæ, quæ amici absentis veras notas afferunt ?*

enfin ce sont des signes de vie , & des vases prétieux où son esprit est renfermé , au lieu que le portrait n'est qu'une ombre & un fantôme inanimé.

Je rends graces à mon Dieu de ce qu'au moins l'envie de vos ennemis, ne vous a pas ôté ce moyen d'être toûjours avec nous, de ce que vous en avez la facilité , fasse le Ciel que votre indifference n'y mette point d'obstacle. *Deo autem gratias , quod hoc saltem modo præsentiam tuam nobis reddere nulla invidia prohiberis, nulla difficultate præpediris : nulla (obsecro) negligentia retarderis.*

Vous avez écrit une grande lettre de consolation à un ami ; pour adoucir ses peines , vous lui faites le récit des vôtres : mais avez vous pensé qu'en le *Scripsisti ad Amicum prolixæ consolationem Epistolæ, & pro adversitatibus quidem suis , sed de tuis. Quas vide-*

licet tuas diligen-
ter commemorans,
cū ejus intenderes
consolationi, no-
stra plurimum
addidisti desola-
tioni, & dum ejus
mederi vulneri-
bus cuperes, nova
quædam nobis
vulnera doloris
inflixisti, &
priora auxisti. Sa-
na, obsecro, ipse
quæ fecisti, qui
quæ alii fecerunt,
curare satagis.
Morem quidem
amico & socio
gessisti, & tam
amicitiæ quam so-
cietatis debitum
persolvisti : sed
majori te debito
nobis adstrinxi-
sti, quas non tam
amicas, quam
amicissimas, non
tam socias, quam
filias convenit no-

consolant vous nous
désoliez par ce récit
trop fidéle. En croyant
mettre quelque appa-
reil sur ses playes, non-
seulement vous avez
aigri les nôtres, mais
vous nous en avez fait
encore de nouvelles.
Serez-vous assez cruel
pour refuser de fermer
des playes dont vous
êtes l'auteur, tandis
que votre charité s'é-
tend jusqu'à guerir cel-
les des autres, où vous
n'avez aucune part ? Je
veux que pour obéïr à
un ami, & remplir tous
les devoirs de la societé
qui est entre vous, vous
ayez été obligé à faire
cette démarche : mais
ne nous êtes-vous pas
plus redevable qu'à lui,
nous qui ne sommes pas
seulement vos amies,
mais vos intimes ? Que
dis-je, vos intimes !
Nous qui sommes vos

Filles, & tout ce qui se peut dire & penser de plus doux dans la nature & dans la religion.

Nous n'avons pas besoin de preuves pour rendre cette verité sensible. Elle est hors de doute, & quand tout le monde se tairoit, la chose parleroit assez d'elle-même. Car n'est-ce pas vous, qui, après Dieu, êtes le seul Fondateur de ce Monastere? N'est-ce pas vous qui avez bâti cette Eglise? N'est-ce pas vous qui avez établi cette Congregation? Vous n'avez point édifié sur des fondemens que d'autres eussent posez. Tout ce qui est ici est vôtre Ouvrage. L'on n'avoit jamais vû de maison dans cette solitude, avant que vous vinssiez l'habiter; c'étoit un lieu

minari, vel si quod dulcius, & sanctius vocabulum potest excogitari.

Quanto autem debito te ergo eas obligaveris, non argumentis, non testimoniis indiget, ut quasi dubium comprobetur; & si omnes taceant, res ipsa clamat. Hujus quippe loci tu post Deum, solus es fundator, solus hujus Oratorii constructor, solus hujus Congregationis ædificator. Nihil hic super alienum ædificasti fundamentum. Totum quod hic est tua creatio est. Solitudo hæc feris tantum, sive latronibus vacans, *nullam hominum habitationem noverat, nullam domum habuerat. In ipsis cubilibus ferarum, in ipsis latibulis latronum, ubi nec nominari Deus solet, divinum erexisti tabernaculum, & Spiritus sancti proprium dedicasti templum. Nihil ad hoc ædificandum ex Regum vel Principū opibus intulisti, cum plurima posses & maxima, ut quicquid fieret, tibi soli posset adscribi. Clerici sive Scholares huc certatim ad disciplinam tuam confluentes omnia ministrabant necessaria; & qui de beneficiis vivebāt*

de meurtres, & la retraite des bêtes féroces, mais nulle créature raisonable n'avoit jamais osé y demeurer. Quelle gloire pour vous que dans ces lieux d'horreur où les Ours & les Lions faisoient leur séjour, où les voleurs & les assassins se cachoiĕt; dans ces lieux où jamais l'on n'avoit entendu prononcer le nom de Dieu que pour le blasphêmer! on y voit à présent un Temple élevé au S. Esprit, dans lequel on chante jour & nuit les loüanges du Seigneur. Les Rois & les Princes n'ont point contribué de leurs richesses à cet édifice, quoique vous eussiez pû, avec le crédit que vous aviez, tirer d'eux de grandes aumônes: mais Dieu qui vouloit que vous eussiez seul la gloire de cette entreprise, s'est servi d'autres moyens pour en venir à bout. Il vous a envoyé un nombre presque infini de disciples & de jeunes Ecclésiastiques pour être formez de votre main dans les sciences divines & humaines : ils y venoient à l'envi des Provinces les plus éloignées ; *Ecclesiasticis, nec oblationes facere noverat, sed suscipere, & qui manus ad suscipiendum, non ad dandum, habuerant, hic in oblationibus faciendis prodigi atque importuni fiebant.*

& ces gens qui étoient accoûtumez à vivre du bien de l'Eglise, & non pas à lui faire part du leur; eux qui avoient toujours reçû les oblations des Fideles, sans se mettre en peine de faire des présens à l'Eglise ; eux qui jusqu'alors n'avoient eu des mains que pour recevoir, & jamais pour donner, on les voyoit par une noble émulation s'empresser à qui contribuëroit davantage à vos édifices, jusqu'à devenir importuns par leurs libéralitez.

Ce nouvel établissement est donc à vous ; il vous appartient, personne n'y a droit : mais comprenez-vous à présent quel est votre en- *Tua itaque, vere tua hæc est proprie in sancto proposito novella plãtatio, cujus adhuc teneris maxi-*

me plantis fre-
quens, ut profi-
ciant, necessaria
est irrigatio. Sa-
tis ex ipsa foemi-
nei sexus natura
debilis est hæc
plantatio: est in-
firma, etsi non
esset nova. Unde
diligentiorem cul-
turam exigit &
frequentiorem,
juxta illud Apo-
stoli: Ego plan-
tavi, Apollo ri-
gavit, Deus au-
tem incremen-
tum dedit. *Plan-*
taverat Apostolus
atque fundaverat
in fide per prædi-
cationis suæ doc-
trinam Corinthios,
quibus scribebat.
Rigaverat post-
modum eos ipsius

gagement ? Car enfin personne n'ignore qu'u-ne nouvelle plante n'ait besoin d'être souvent arrosée, sur-tout lors-que de sa nature elle est tendre, foible & dé-licate. Or, qu'y a-t'il de plus foible que nô-tre sexe ? Ajoutez à la foiblesse naturelle de cette plante, le peu de tems qu'il y a qu'elle est transplantée, * & vous trouverez qu'elle a besoin de tous vos soins, & que vous ne pouvez assez la culti-ver, si vous voulez a-voir la consolation de la voir croître & por-ter du fruit. Vous me demanderez peut-être quels soins j'exige de vous ? Ecoutez l'Apô-tre. *J'ai planté,* dit-il, *Apollon a arrosé, &*
Dieu

* Elle veut parler de la Translation d'Argenteuil au Paraclet.

Dieu a donné l'accroissement. S. Paul avoit effectivement fondé l'Eglise de Corinthe. C'est lui qui avoit planté la Foi de J. C. dans cette grande Ville & dans tout le pays d'alentour; mais il n'en étoit pas demeuré là. Ne pouvant rester plus long-tems avec ce peuple, il lui avoit envoyé son disciple Apollon, qui, par ses sçavantes exhortations avoit fortifié ces nouveaux Chrétiens, & les avoit, pour ainsi dire, arrosez par l'onction de ses discours, leur inspirant l'amour des vertus chrétiennes, que Dieu ensuite avoit fait croître par l'infusion de sa grace. C'est ce que vous devriez faire à notre égard. Vous cultivez une vigne que vous n'avez point planté, une vigne

Apostoli discipulus Apollo sacris exhortationibus, & sic eis incrementum virtutum divina largita est gratia. Vitis aliena vineam, quam non plantasti, in amaritudinem tibi conversam, admonitionibus sæpe cassis, & sacris frustra sermonibus excolis. Quid tua debeas attende, qui sic curam impendis aliena. Doces & admones rebelles, nec proficis. Frustra ante porcos divini eloquii margaritas spargis. Qui obstinatis tanta impendis, quid obedientibus debeas considera. Qui tanta hostibus largiris, quid filiabus de-

beas meditare. At-que ut cæteras o-mittam, quanto erga me te obli-gaveris debito, pensa: ut quod de-votis communiter debes fœminis, unica sua devo-tius solvas.

ingrate qui ne vous produit que de l'amer-tume. * Tant de cha-ritables avertiffemens que vous y employez, tant d'exhortations fi vives & fi patétiques, font devenuës inutiles : Que devez-vous donc faire pour votre propre vigne, vous qui prenez tant de foin de celle des autres? Vous prêchez, vous exhortez, vous avertif-fez, vous reprenez. Mais qui? des ames rebelles. Vous avez la douleur de voir tous vos travaux mal employez; ce font des perles précieufes que vous jettez devant les pourceaux. Ah! croyez-moi, fi vous faites tant pour des cœurs en-durcis, vous devez faire davantage pour des ames fidelles & obeïffantes, qui ne demandent qu'à profiter de vos lumieres & de votre préfence. Autrement, on vous reprochera qu'étant fi libéral envers vos ennemis, vous êtes avare à l'égard de vos propres enfans. Mais pour ne par-ler que de moi, faites-vous reflexion à ce

* *Elle entend par cette vigne les Moines de faint Gildas de Ruys, dont il eftoit Abbé.*

ce que vous me devez ? Vous devez quelque chose à toutes les femmes qui vivent dans la pieté, & qui ont besoin de votre secours. J'en conviens, mais il faut avouër que vos obligations sont infiniment plus grandes envers votre chere & votre unique : & c'est ce que je vous suis.

Votre profonde érudition ne vous permet pas d'ignorer les soins empreſſez que les S S. P P. ont eu pour les personnes de notre sexe. Combien de ſçavants Traitez ils ont composé pour les instruire & les former dans la vertu ; combien de Sermons & d'Exhortations patétiques ils ont prononcé pour les toucher, pour les animer, pour les encourager; combien de lettres ils leur ont écrit pour les consoler dans leurs afflictions : Enfin les Vierges & les Veuves consacrées à J. C. ont tou-

Quot autem & quantos Tractatus in doctrina, vel exhortatione, seu etiam consolatione sanctarum foeminarum sancti Patres, & quanta eos diligentia composuerint, tua melius excellentia quam nostra parvitas novit. Unde non mediocri admiratione nostrae tenera conversionis initia tua jam dudum oblivio movit, quod nec reverentia Dei, nec amore nostri, nec sanctorum Pa-

rum exemplis ad- jours fait l'objet prin-
monitus fluctuan- cipal de leur vigilance,
tem me & jam & la matiere la plus im-
diutino mœrore portante de leurs tra-
confectam, vel vaux apostoliques. Vous
sermone præsen- le sçavez, & beaucoup
tem, vel Epistola mieux que moi qui ne
absentem consola- suis qu'une ignorante
ri tentaveris. auprès de vous. C'est
ce qui fait que je m'é-
tonne que ni l'exemple de ces grands
Saints, ni le desir de plaire à Dieu, ni
l'amour que vous me devez, n'ayent pû
jusques à présent vous engager à me
procurer la moindre consolation ou par
votre présence ou par vos lettres, quoique vous ne puissiez ignorer le besoin
extrême que j'en ai eu, je ne dis pas
seulement dans les premieres années de
ma conversion, où j'étois encore flotante
entre le Ciel & la Terre, entre Dieu &
le monde, mais même depuis qu'étant
toute à Dieu, j'ai été accablée de douleurs & de chagrins, sans que vous ayez
paru y prendre aucune part.

Cui quidem tan- Cependant vous sça-
to te majore debi- vez que vous m'êtes
to noveris obliga- d'autant plus redevable
tum, quanto te de vos soins, que l'u-
amplius nuptialis nion qui est entre nous

est plus étroite depuis qu'elle a été sanctifiée par un lien aussi venerable & aussi indissoluble qu'est le Sacrement de Mariage : pour ne pas dire que l'amour extrême que je vous ai toujours porté, & qui n'est que trop connu de tout le monde, semble me donner droit de vous faire souvenir que vous ne pouvez jamais assez m'aimer.

fœdere sacramenti constat esse adstrictum : & eo te magis mihi obnoxium, quo te semper, ut omnibus patet, immoderato amore complexa sum.

Vous sçavez, mon Cher, eh ! qui est-ce qui ne le sçait pas dans le monde : la perte que j'ai faite en vous perdant. J'ai tout perdu par cette cruelle & infâme trahison qui vous a arraché de mon sein avec tant de violence, ou plutôt qui m'a séparée moi-même de moi-même, puisque celui de qui on arracheroit les entrailles, ne souffriroit pas ce que j'ai souffert lorsqu'on vous a traité

Nostri, charissime, noverunt omnes, quanta in te amiserim, & quam miserabili casu summa & ubique nota proditio me ipsam quoque mihi tecum abstulerit, & incomparabiliter major sit dolor ex amissionis modo, quam ex damno. Quo vero major est dolendi causa, majora sunt con-

solationis adhibenda remedia. Non utique ab alio, sed à teipso, ut qui solus es in causa dolendi, solus sis in gratia consolandi. Solus quippe es qui me contristare, qui me latificare, seu consolari valeas. Et solus es qui plurimum id mihi debeas, & tunc maxime cum universa quæ jusseris in tantum impleverim, ut cum te in aliquo offendere non possem, meipsam pro jussu tuo perdere sustinerem. Et quod majus est, dictu que mirabile, in tantam versus est amor insaniam, ut quod solum appetebat, hoc ipse

si inhumainement : il faut l'avoüer, quelque grande que soit la douleur que je ressens de ma perte, la maniere dont je l'ai faite, m'en cause encore infiniment davantage : J'ai donc besoin d'une consolation d'autant plus abondante, que le sujet de ma douleur est plus grand ; d'un remede d'autant plus prompt & plus puissant, que le mal paroît plus incurable, & comme désesperé. Mais qui me la peut procurer cette consolation, si-non vous qui faites tout le sujet de ma peine ? Non, je n'en puis recevoir de qui que ce soit que de vous. Vous seul m'avez jettée dans un abîme de douleur& d'amertume ; vous seul pouvez m'en retirer ; vous seul êtes obligé de le faire, puisque je me fuis perduë moi-même pour vous plaire. Devenuë incapable de m'oppofer à aucun de vos defirs, je n'ai pas craint de me donner le coup de la mort lorfque vous l'avez voulu * ; rien ne m'étoit plus cher & plus agréable que de vous obéïr. Quelque dure &

fibi fine fpe recuperationis auferret. Cum ad tuam ftatim juffionem tam habitum ipfa quam animum immutarem : ut te tam corporis mei quam animi unicum poffefforem oftenderem.

& quelque infupportable à la nature que fût cette obéïffance, l'amour m'y faifoit trouver des délices : & , ce qu'on ne comprendra jamais, cet amour eft devenu fi exceffif, que par une efpece de folie il s'eft oublié lui-même pour vous faire plaifir, en fe privant pour toujours de l'unique chofe qu'il aimoit en ce monde. Car n'eft-ce pas ce qui eft arrivé lorfqu'aux premiers ordres que j'en ai reçus de vous, je fuis entrée en Religion fans déliberer un feul moment, & j'ai changé auffi-tôt & d'habits & de mœurs, pour vous

---

* *Elle fait allufion à fa profeffion Religieufe qui eft appellée par les Saints Peres, une mort myftique. Ce fut uniquement pour obéïr à Abeillard qu'elle s'y engagea.*

vous faire voir qu'il n'y avoit que vous au monde qui eût la possession de mon cœur & de mon corps : mais une possession si absoluë, que dans le temps même que les loix civiles sembloient vous en interdire l'usage, vous en disposiez encore à votre volonté, en le consacrant à Dieu.

Nihil unquam (Deus scit) in te nisi te requisivi : te pure, non tua concupiscens. Non matrimonii fœdera, non dotes aliquas expectavi, non denique meas voluptates, aut voluntates, sed tuas (sicut ipse nosti) adimplere studui.

Ce sont des prodiges de l'amour que les siecles passez n'avoient pas encore vûs, & que les suivans ne verront jamais. Ouï j'atteste le Ciel, qu'en vous aimant je n'ai aimé que votre personne ; c'est vous, & non pas tout ce qui étoit à vous que je cherchois. Je ne pensois ni aux engagemens du mariage, ni au doüaire que j'avois lieu d'attendre, ni à la dote qu'on m'auroit donnée, ni au plaisir que j'aurois de vous posseder : Insensible à tout ce qui me touchoit, je considerois seulement que je faisois votre volonté, & vous donnois quelque satisfaction, c'étoient là toutes mes délices.

Tome I.   B

Démentez - moi, ſi vous oſez le faire ; car je ne vous dis rien ici que vous n'ayez vû, & que vous ne ſçachiez auſſi - bien que moi; mais il s'en faut beaucoup que je ne diſe tout, & les paroles me manquent pour pouvoir vous exprimer & l'excès & le déſintereſſement de mon amour. Le nom & la qualité d'épouſe, je l'avoüe, ont quelque choſe de plus ſaint & de plus ſolide que le nom de maîtreſſe : cependant

Et ſi uxoris nomen ſanctius ac validius videtur, dulcius mihi ſemper extitit amicæ vocabulum ; aut, ſi non indigneris, concubina vel ſcorti. Ut quo me videlicet pro te amplius humiliarem, ampliorem apud te conſequerer gratiam, & ſic etiam excellentiæ tuæ gloriam minus læderem.

celui-ci m'étoit infiniment plus cher & plus doux que l'autre, parce que je vous faiſois un plus grand ſacrifice. Je m'abaiſſois davantage pour l'amour de vous, & qu'en reſtant dans cet état je faiſois moins de tort à votre réputation, & j'apportois moins d'obſtacle aux progrés éclatans de votre fortune, qui n'alloit pas moins qu'à devenir un des Princes de l'Egliſe.

Quod & tu ipse mi gratia oblitus penitus non fuifti, in ea, quâ supra memini, ad Amicum Epistola pro consolatione directa. Ubi & rationes nonnullas, quibus te à conjugio nostro infauftis thalamis, revocare conabar, exponere non es dedignatus : sed plerisque tacitis, quibus amorem conjugio, libertatem vinculo praeferabam. Deum teftem invoco, si me Auguftus, universo praesidens mundo, matrimonii honore dignaretur, totumque mihi orbem confirmaret in perpetuo praesidendum, charius

Vous êtes obligé d'en demeurer d'acord, puisque dans la lettre que vous écrivez à votre ami pour le consoler, vous n'avez pû vous empêcher de toucher quelques raisons que je vous apportois pour vous détourner de notre malheureux mariage ; mais vous lui avez caché celles dont je me servois pour vous persuader de préferer la liberté à l'engagement, l'amitié à l'amour conjugal. Si c'est prudence en vous de l'avoir tû, vous ne sçauriez disconvenir que ce ne fut de ma part un excès d'amour pour vous, & un désinteressement dôt on voit peu d'exemples. Il alloit si loin, cet amour pur & désinteressé que je vous portois : oui, j'en prends le Ciel à témoin, il alloit si loin, que si l'Empereur eût offert de m'épouser, & m'eût voulu donner tout l'Empire du monde pour le reste de ma vie, j'aurois mieux aimé alors être maîtresse d'Abeillard, qu'Imperatrice * : car ce ne sont pas les gran-

mihi & dignius videretur tua dici meretrix, quā illius Imperatrix. Non enim quo quisque ditior sive potentior, ideo & melior : fortunæ illud est, hoc virtutis.

des

* *Quoi que les paroles qui suivent fassent assez connoître ce que prétendoit Heloïse, lorsqu'elle disoit qu'elle aimoit mieux être la maitresse d'Abeillard qu'Imperatrice ; & qu'on s'apperçoive assez qu'elle n'a d'autre vûë que de montrer son affection desinteressée pour Abeillard, & le mépris qu'elle faisoit des honneurs & des richesses, il est encore bon de remarquer que son expression emphatique est toute poëtique, & revient parfaitement à ces paroles de Catulle :*

Nulli se dicit mulier mea nubere malle quam mihi, nonsi se Jupiter ipse velit.

Ainsi c'est mal à propos que quelques demi sçavans ont voulu trouver dans ces paroles un rafinement d'amour & de passion. Ils n'ont jamais compris la pensée d'Heloïse, qu'un des plus habiles hommes du dernier siecle a exprimée en ces termes : In hæc verba erunt ex contemptu divitiarum, honorum, & rerum fortuitarum, & exhuberantiâ conjugalis amoris, ac pudicitiæ matronalis. Deinde etiam ex reverentia & observantia quam in animo fæminæ pepererat admiratio divini ingenii, doctrinæ incomparabilis, fidei, probitatis, constantiæ in marito. *Amb. Apol.*

des richeſſes & le pouvoir abſolu qui rendent un homme bon & aimable ; il n'eſt redevable qu'à la fortune de tous ces avantages qu'on eſtime ſi fort dans le monde ; au lieu que c'eſt la vertu ſeule qui le rend bon & digne d'être aimé.

Nec ſe mini-me venalem æſti-met eſſe quæ li-bentius ditiori quam pauperi nu-bit, & plus in marito ſua quam ipſum cŏcupiſcit. Certe quamcum-que ad nuptias hac concupiſcen-tia ducit, merces ei potius quam gratia debetur. Certum quippe eſt eam res ipſas, non hominem ſe-qui, & ſe, ſi poſſet, velle pro-ſtituere ditiori. Si-cut induſtio illa Aſpaſia Philoſo-phæ apud Socra-ticum Æſchinem

Une femme qui é-pouſe plus volontiers un homme riche qu'un pauvre, fait voir qu'-elle a une ame venale & un cœur eſclave des richeſſes ; ce n'eſt pas la perſonne de ſon ma-ri qu'elle aime ni qu'-elle cherche, mais ſon bien : & en cette qua-lité elle peut mériter quelque récompenſe, telle qu'on en donne à ces malheureuſes vic-times de l'impudicité publique, mais jamais d'être aimée. Une mar-que certaine que ce n'eſt point celui qu'el-le épouſe, qu'elle ché-rit, mais uniquement ſon bien, c'eſt que ſi on lui en offroit un plus riche, elle se livreroit à lui encore plus volontiers. C'est ce qu'on voit dans cet agreable entretien de la sçavante Aspasie (a) avec Xénophon & sa femme, tel qu'il nous est rapporté par Eschinés (b) disciple de Socrate : car cette sçavante fille ayant entrepris de les reconcilier ensemble, elle *cum Xenophonte & uxore ejus habita manifeste cōvincit. Quam quidem inductionem cū prædicta Philosopha ad reconciliandos invicē illos proposuisset, tali fine conclusit: Quia ubi hoc peregeritis, ut neque vir melior,*

(a) Aspasie étoit un des beaux génies de la Grece, sçavante dans l'Eloquence & dans la Philosophie, & sur-tout habile dans la Poësie. Elle vivoit dans la 87. Olympiade ; mais sa beauté fut presque aussi fatale à la Grece que celle d'Helene le fut à sa patrie : car elle fut la cause de toutes les guerres que ses citoyens eurent à soutenir & dans la Morée, & contre les Samiens. Nonobstant toute sa Philosophie elle fit un peu parler d'elle avec Periclés un des premiers Capitaines de la Grece; & pour faire cesser ces mauvais bruits elle l'épousa. Elle entreprit de reconcilier Xénophon autre Capitaine Athenien avec sa femme, & elle y reüssit par la force de son éloquence.

(b) Eschinés dont Heloïse parle ici, est celui qui a écrit la vie de Socrate, & qui a composé des Dialogues : car ils sont sept ou huit de ce nom, tous fort fameux dans l'Histoire. Voyez Diogene Laërce dans la vie qu'il en a donnée, liv. 2.

lior, neque fœmina in terris lætior fit : profecto semper id quod optimum putabis esse multo maxime requiretis : ut & tu maritus fis quam optimæ, & hæc quam optimo viro nupta fit.

leur fit voir que le veritable amour ne cherchoit point ses interêts, & ne s'attachoit qu'à la personne aimée; que toutes les richesses du monde n'étoient pas à comparer à la possession d'un homme de bien, & que s'ils pouvoient une fois se persuader de cette grande verité, ils seroient bientôt d'accord, ayant autant de mérite qu'ils en avoient l'un & l'autre, parce que Xénophon mettroit toute sa joye à avoir une si aimable femme ; & elle, de son côté, feroit tout son bonheur de posseder un si digne époux.

Sancta profecto hæc & plusquam Philosophica est sententia, ipsius potius Sophiæ, quam Philosophiæ dicenda. Sanctus hic error, & beata fallacia in conjugatis, ut perfecta dilectio il-

Que ces sentimens sont beaux ! la Sagesse sans doute les avoit inspirez plûtôt que la Philosophie, si ce n'est qu'on veuille dire qu'ils étoient les aimables productions d'une sage Philosophie. En effet, y a-t-il rien au monde de plus charmant que de voir deux perfonnes mariées s'aimer fi parfaitement, que l'amour feul les affure de leur mutuelle fidelité, & leur tiént lieu de toutes les délices qu'ils

læfa cuftodiat matrimonii fœdera, non tam corporum continentia, quam animorum pudicitia.

pourroient trouver ailleurs ? Un homme eft fatisfait, parce qu'il fe perfuade qu'il n'y a rien dans le monde qui puiffe égaler le mérite de l'époufe qu'il poffede, & une femme eft heureufe, parce qu'elle croit que toutes les belles qualitez que poffedent les autres font renfermées dans la feule perfonne de fon époux. Quand cela ne feroit pas, au moins eft-ce une agréable tromperie qui met les cœurs dans la paix, qui en éloigne les foupçons & les jaloufies, & procure le fouverain bien de cette vie, qui eft d'être content, & d'être perfuadé qu'on eft heureux.

Mais ce que l'erreur fait dans quelques femmes, la verité le faifoit en moi ; l'idée qu'elles ont de leur époux les rend heureufes, & moi j'étois heureufe non

At quod error cæteris, veritas mihi manifefta contulerat. Cum quod illa videlicet de fuis æftimarent maritis, hoc ego de te, hoc mundus univerſus non tam crederet, quam ſciret. Ut tanto verior in te meus amor exiſteret, quanto ab errore longius abſiſteret. Quis etenim Regum aut Philoſophorum tuam exæquare famam poterat ? Quæ te regio, aut civitas, ſeu villa videre non æſtuabat ? Quis te rogo, in publicum procedentem conſpicere non feſtinabat, ac diſcedentem collo erecto, oculis directis non inſectabatur ? Quæ conjugata, quæ virgo non concupiſcebat abſentem, & non exar-

pas par la charmante idée que je m'étois formée de votre perſonne, mais par ce que j'en avois reconnu par une longue experience, & par ce que tout le monde étoit obligé d'avouer avec moi. Ainſi plus mon amour étoit éloigné d'être trompé, plus étoit-il ſolide, plus étoit-il violent, juſqu'à ne me pas laiſſer la liberté d'aimer autre choſe. Car helas ! puis-je l'oublier ? de tous les grands hommes qui ont jamais paru au monde, y en-a-t-il un ſeul dont la renommée fut ſi avantageuſe, & la réputation ſi bien établie ? Rois, Princes, Empereurs, Philoſophes, Orateurs dont on parle tant dans l'Univers, qu'étiez-vous en comparaiſon d'Abeillard ? Qui eſt la ville,

B 5

la Province, l'Etat, le Royaume, qui ne defiroit.pas avec empreffement l'honneur de vous poffeder? Qui ne s'empreffoit pas de vous aller voir paffer lorf- *debat in præfentem? Quæ Regina vel præpotens fœmina gaudiis meis non invidebat vel thalamis?*

que vous paroiffiez en public, & vous a-t-on jamais vû fortir de quelque compagnie que tout le monde ne vous ait fuivi des yeux , autant par admiration que par un fecret defefpoir de pouvoir jamais arriver au mérite qui les enchantoit? Il falloit ne vous point voir, fi on vouloit fe difpenfer de vous aimer : encore ne fçais-je fi un cœur eût été bien en fûreté en ne vous voyant point, à moins qu'on n'eût en même temps fermé les oreilles à tout ce que la Renommée publioit de vous. Il n'y avoit point de Princeffe, point de femme de qualité qui ne fe fut crû heureufe de vous avoir pour époux ; celles qui étoient mariées avoient peine à défendre leur cœur, & celles qui ne l'étoient pas ne pouvoient refifter à la douce flamme qui les embrafoit : & les unes & les autres envioient le bonheur que j'avois de vous poffeder.

Duo autem, fateor, tibi specialiter inerant, quibus fœminarum quarumlibet animos statim allicere poteras ; dictandi videlicet, & cantandi gratia. Quæ cæteros minime Philosophos assecutos esse novimus. Quibus quidem quasi ludo quodam laborem exercitii recreans Philosophici, pleraque amatorio metro vel rithmo composita reliquisti carmina, quæ præ nimia suavitate, tam dictaminis, quam cantus, sæpius frequentata, tuũ in ore omnium nomen incessanter tenebant : ut etiã illiteratos melo-

Il est vrai qu'entre toutes les belles qualitez qu'on admiroit alors dans votre personne, il y en avoit deux particulierement qui enlevoient le cœur des Dames, je veux dire cette grace que vous aviez à parler & à chanter, graces si singulieres, que nous ne lisons point qu'aucun Philosophe les ait jamais possedé au point qu'elles étoient en vous. C'étoit avec ce rare talent, que pour vous délasser des travaux de l'étude de la Philosophie, vous composiez souvent des vers & des chansons si agréables que tout le monde se faisoit un plaisir de les apprendre & de les chanter. On les voyoit en peu de temps courir d'un bout à l'autre du Royaume : & comme

B 6

la plupart de ces vers n'étoient qu'une description naturelle de nos amours, vous rendîtes bien-tôt mon nom celebre par toute la France, & me suscitâtes une infinité de jalouses. On ne sçavoit ce qu'on devoit le plus admirer dans ces Poëmes, ou la délicatesse des pensées, ou la douceur du chant, ou la tendresse des sentimés, ou la noblesse de l'expression. Les personnes mêmes les plus ignorantes, qui n'étoient pas capables de juger de la beauté d'une piece étoient enchantées par la douceur de la mélodie, & vouloient les apprendre par cœur, pour s'en faire un agréable divertissement : si bien que chez les grands comme chez les petits, dans les Palais des Princes comme dans les maisons des pauvres, on n'entendoit autre chose que des vers à la loüange d'Heloïse, ce qui causoit à tous ceux qui ne me connoissoient pas une envie extrême de me

dia dulcedo tui non sineret immemores esse. Atque hinc maxime in amorem tui fœmina suspirabat. Et cum horum pars maxima carminum nostros decantaret amores, multis me regionibus brevi tempore nunciavit, & multarum in me fœminarum accendit invidiam.

voir ; mais envie fort inutile, puisque je n'étois alors visible que pour vous.

Quod enim bo-num animi vel corporis tuam non exornabat ado-lescentiam ? Quā tunc mihi invi-dentem, nunc tantis privas ade-litiis compati ca-lamitas mea non compellat ? Quem, vel quam, tibi hostem, primitus, debita compassio mihi nunc non emolliat !

Les choses, helas ! sont bien changées. Après avoir été long-temps au monde un objet de jalousie, je lui suis à présent un objet de compassion : de tou-tes celles qui envioient autrefois mon bonheur il n'y en a pas une à qui je ne fasse présente-ment pitié, & qui ne verse des larmes sur mon malheureux sort. Il n'y a pas jusques à ceux mêmes qui ne m'aimoient point, qui ne soient attendris en voyant ce que je souffre par le cruel veuvage d'un époux encore vivant, privée comme je la suis de toutes les délices qui me charmoient, quoi que l'aimable personne qui me les procuroit soit encore au monde, dans la fleur de son âge, & que nous ne ces-sions de nous aimer.

Et plurimum no-vus, plurimum (ut nosti) sum

C'est moi qui suis cause de ce malheur, je l'avoue, j'en suis capendant innocente, vous le fçavez : car ce qui fait le crime n'eft pas tant l'évenement des chofes que le motif de celui qui agit; & l'équité demande qu'on ait plus d'égard à l'intention qu'à l'action, aux mouvemens du cœur qu'aux accidens qui arrivent contre la volonté. Eh ! qui peut mieux fçavoir quel a toujours été mon cœur à votre égard , que vous-même , qui en avez fait tant de fois fait l'experience ? Je vous en fais le Juge. Je ne veux point d'autre témoignage que le vôtre , & je fuis fûr qu'il fera tout en ma faveur.

innocens. Non e-nim rei effectus, fed efficientis affectus, in crimine eft. Nec quæ fiunt , fed quo animo fiunt, æquitas penfat. Quem autem animum in te femper habuerim, folus qui expertus es, judicare potes. Tuo examini cuncta committo, tuo per omnia cedo teftimonio.

Dites moi donc à préfent, fi vous le pouvez, dites comment il fe peut faire que depuis ma retraite du monde qui eft votre ouvrage, & l'effet de mon entiere foumif-

Dic unum fi vales , cum poft converfionem noftram , quam tu folus facere decrevifti , in tantam tibi negligentiam atque o-

blivionem vene-
rim, ut nec col-
loquio præsentis
recreer, nec ab-
sentis Epistola
consoler: Dic (in-
quam) si vales,
aut ego quod sen-
tio, imo quod om-
nes suspicantur;
dicam. Concupis-
centia te mihi po-
tius quam amici-
tia sociavit, li-
bidinis ardor, po-
tius quam amor.
Ubi igitur quod
desiderabas cessa-
vit, quicquid
propter hoc exhi-
beas pariter eva-
nuit.

sion à toutes vos vo-
lontez, vous m'ayez
tellement negligée, ou
plûtôt si parfaitement
oubliée, que vous ne
m'ayez pas procuré de-
puis ce temps-là la
moindre consolation,
ni par aucune de vos
visites quand vous a-
vez été dans le pays *,
ni par aucune de vos
lettres lorsque vous en
avez été absent ? Ré-
pondez, si vous le pou-
vez, ou plûtôt, si vous
osez, apportez-moi
une raison, sinon je ré-
pondrai moy-même
pour vous, & je dirai
ce que j'en pense, &
ce que tout le monde
en pense avec moi ;
c'est que vous ne m'avez jamais véritablement aimée ; c'étoit la passion, &
non point l'amitié qui vous attachoit à
moi ; il n'y avoit que de la cupidité dans
votre

* C'est-à-dire, pendant qu'il étoit en France, &
avant que d'être Abbé de saint Gildas.

votre attachement, & point d'amour!
si bien que lorsque vous vous êtes vû
hors d'état de satisfaire votre passion,
vous m'avez abandonnée, & toutes ces
assiduitez, toutes ces marques exterieures, mais bien équivoques d'un parfait
dévouëment à ma personne, dont vous
m'accabliez alors, ont cessé dans le
moment; votre amour, si jamais vous
en avez eu, s'est évanoüi avec votre
passion. C'est ainsi, malheureuses que
nous sommes! c'est ainsi que nous de-
venons tous les jours le joüet ou la vic-
time de l'inconstance des hommes: faut-
il que notre sexe, un sexe si foible & si
fragile leur apprenne à n'être point vo-
lages, & leur fasse par notre exemple
des leçons de constance & de fidelité,
eux qui devroient nous montrer l'une
& l'autre?

Voilà, mon Cher, ce que tout le monde pen-se de vous. Plût à Dieu que cette pensée me fut particuliere, & qu'elle n'eût jamais eu d'en-trée que dans mon es prit! Plût à Dieu que je trouvasse au moins quelques raisons pour

Hac dilectissi-me, non tam mea est, quam om-nium conjectura, non tam specialis quam communis; non tam private quam publica. Utinam mihi soli sic videretur, at-

que aliquos in ex-
cusationem sui a-
mor tuus inveni-
ret, per quos dolor
meus paululum
resideret. Utinam
occasiones fingere
possem, quibus te
excusando mei
quomodo tegerem
utilitatem.

vous excuser, & pour cacher le mépris tout ouvert que vous faites de moi ! Plût à Dieu que je fusse assez ingénieuse pour me tromper moi-même, & forger du moins quelques prétextes qui puissent couvrir votre honte, & laisser à votre cœur quelque ombre d'amour ! Ces agréables rêveries diminueroient au moins ma douleur & mon affliction, je m'en servirois pour vous excuser devant le monde, & empêcher qu'il ne vous accablât de reproches : mais de quelque côté que je me tourne je ne trouve rien qui ne vous condamne, & la voix du public, & le témoignage de mon cœur, & les reproches du vôtre.

Attende, obse-
cro, quæ requiro
& parva hæc vi-
deris & tibi fa-
cillima. Dum tui
præsentia frau-
dor, verborum
saltem votis, quo-

Si j'exigeois beaucoup de vous, peut-être auriez-vous quelque sujet d'excuse ; mais qu'y a-t-il de plus aisé qu'une lettre, à vous sur-tout qui dites, & qui écrivez tout ce que vous voulez ? Est-ce trop vous demander pour la privation où je suis de votre presence & de votre chere personne, qu'une ombre de vous-même, & qui ne vous coûte rien ? Si vous êtes si avare de vos paroles, ai-je sujet de croire que vous seriez fort liberal dans des choses de conséquence ? Hélas ! je croyois que vous m'étiez fort redevable, & je m'étois flatée qu'aprés avoir tant fait pour vous que de me sacrifier & de m'enterrer toute vivante, lorsque j'étois encore dans une florissante jeunesse, vous m'en auriez quelque obligation, & men aimeriez davantage : car vous sçavez que ce ne fut point la dévotion, mais le seul desir de vous obéir qui me fit

rum tibi copia est, tua mihi imaginis præsenta dulcedinem. Frustra te in rebus dapsilem expecto, si in verbis avarum sustineo. Nūc vero plurimum à te me promereri credideram, cum omnia propter te compleverim, nūc in tuo maxime perseverans obsequio. Quam quidem juvenculam ad Monastica cōversationis asperitatem non religionis devotio, sed tua tantum pertraxit jussio. Ubi si nihil à te promerear, quam frustra laborem ; dijudica. Nulla mihi super hoc merces expectanda est à Dco, cu-

jus adhuc amore nihil me conſtat egiſſe.

Religieuſe : j'embraſſai avec joie toutes les rigueurs de cet état dans la ſeule vûë de vous faire plaiſir. Si donc une démarche ſi hardie & d'une telle conſequence ne m'eſt d'aucun mérite auprés de vous, ne ſuis-je pas bien malheureuſe, puiſque je n'en dois attendre aucune récompenſe de Dieu, étant certain que je ne l'ai point faite pour l'amour de lui ?

Properantem te ad Deum ſecuta ſum habitu, imo præceſſi. Quaſi enim memor uxoris Loth retro conversa, prius me ſacris veſtibus & profeſſione Monaſtica quam teipſum Deo mancipaſti. In quo (fateor) uno minus de te me conſidere vehementer dolui atque erubui. Ego autem (Deus ſcit) ad Vulcania loca te properantem

Si lorſque renonçant au monde vous vous retirâtes dans un cloître, j'avois ſeulement ſuivi votre exemple, cette ſeule action, ce me ſemble, auroit dû m'attirer toute la tendreſſe de votre cœur, ou du moins toute la tendreſſe d'un cœur plus fidele & plus ſenſible que le vôtre; mais j'ai fait davantage : Au lieu de vous ſuivre, qui étoit tout ce que notre mutuel amour pouvoit éxiger, je vous ai précedé, je me ſuis engagée la premiere, j'ai prononcé mes vœux avant vous. Vous le voulûtes ainsi, cruel ! & je fus assez simple pour vous obéïr. Tel fut l'amour aveugle que je vous portois. J'en rougis encore actuellement pour vous. Ma fidelité vous étoit donc suspecte, Ingrat, aprés tant de gages que vous en aviez déja reçûs. Vous me crûtes capable de tourner la tête en arriere comme la femme de Loth, & de rentrer dans le monde aprés une année de novitiat, aussi-tôt que vous auriez fait profession. C'étoit votre pensée, vous n'oseriez le nier. Ah ! que cet endroit m'a été sensible ! je ne vous l'ai pas encore pardonné : mais quoi ! je n'étois plus maîtresse de mon cœur,

præcedere vel sequi pro jussu tuo minime dubitarem. Non enim mecum animus meus, sed tecum erat. Sed & nunc maxime si tecum non est, nusquam est. Esse vero sine te nequaquam potest. Sed ut tecum bene sit age obsecro. Bene autem tecum fuerit, si te propitium invenerit, si gratiam referas pro gratia, modica pro magnis, verba pro rebus. Utinā, dilecte, tua de me dilectio minus confideret, ut sollicitior esset ! Sed quo te amplius nunc securū reddidi, negligentiorem sustineo. Memento obsecro quæ fecerim : & quanta debeas attende.

vous le possediez entierement. Je vous aurois suivi jusqu'au fond des enfers, & j'y aurois même été devant vous pour vous frayer le chemin & vous le rendre plus facile, si vous me l'aviez ordonné. Tel étoit alors mon amour pour vous. Le croirez-vous maintenant, si je vous le dis ? Oui encore à présent il est le même, & mon cœur est à vous, ou il n'est à personne, il ne peut plus respirer sans vous. Je le cherche souvent au milieu de mon sein sans l'y trouver, il est dans le vôtre ; traitez-le donc avec moins de rigueur ; donnez-lui un hospice plus favorable ; ayez pour lui quelque indulgence. Il sera content s'il trouve dans le vôtre quelque retour d'amitié, & si pour tout ce que j'ai fait pour vous, vous me donnez au moins quelques bonnes paroles. Plût à Dieu, mon Cher, que vous ne fussiez point aussi assuré que vous l'êtes de mon amitié ! Un peu d'inquiétude de votre part sur cet article me rendroit heureuse, car elle vous feroit faire au moins quelques démarches pour vous en informer, & je connoîtrois que vous pensez à moi, & que vous ne m'avez pas entierement oubliée : mais depuis que je vous ai mis en repos par les vœux que j'ai prononcez, vous m'avez negligée ; & ce qui devoit vous donner plus d'ardeur pour moi, vous a donné plus d'indifference. Encore un coup, souvenez-vous de tout ce que j'ai fait pour vous, & jugez par là de ce que vous me devez.

Lorsque je joüissois avec vous de tous les plaisirs de l'amour, & que je m'étois livrée entre vos bras, on pouvoit douter si la cupidité n'avoit point plus de part à ce don que l'amitié : mais la suite a bien fait connoître par quel principe je m'étois abandonnée à votre discrétion, puisque je me suis interdit toutes sortes de plaisirs, pour ne faire que votre volonté, ne m'étant reservée que la satisfaction de montrer à tout le monde que j'étois toute à vous, & que je n'étois que pour

Dum tecum carnali fruerer voluptate, utrum id amore, vel libidine agerem, incertum pluribus habebatur. Nunc autem finis indicat, quo id inchoaverim principio. Omnes denique mihi voluptates interdixi, ut tuæ parerem voluntati. Nihil mihi reservavi, nisi sic tuam nunc præcipue fieri. Qua vero tua sit iniquitas, perpende, si merenti amplius persolvis mi-

nus, imo nihil pe-nitus : præsertim cum parvum sit quod exigeris, & tibi facillimum.

vous. Quelle est donc votre injustice d'avoir si peu de reconnois-sance pour tant de bon-tez ? Est-ce que vous vous vous êtes fait un devoir de Religion de donner moins à ceux à qui vous devez davantage, ou plûtôt de ne leur rien donner, lors mê-me qu'ils ne vous demandent qu'une bagatelle ?

Per ipsum ita-que, cui te obtu-listi, Deum te ob-secro, ut quoquo modo potes tuam mihi præsentiam reddas, consola-tionem videlicet mihi aliquam res-cribendo. Hoc sal-tem pacto, ut sic recreata divino clacrior vacem obsequio. Cum me ad temporales o-lim voluptates expetteres, cre-bris me Epistolis visitabas, fre-

Ainsi je vous conjure, mon Cher, par ce Dieu même à qui vous vous êtes consacré, de me rendre votre présence en la maniere que vous le pouvez, je veux di-re en m'écrivant un mot de consolation, quand ce ne seroit que pour m'engager à ser-vir Dieu avec plus de joie, & à rendre mon joug moins pesât. Lors que vous en vouliez au-trefois à mon cœur, si toutefois c'est lui que vous cherchiez, & non point à satisfaire votre paſſion, que de lettres que vous m'écriviez ! Que de billets doux dôt j'étois accablée tous les jours ! On voyoit voler de toutes parts des vers à la louange d'Heloïſe , dans toutes les maiſons de la ville , dans toutes les ruës & les places publiques on n'entendoit chanter autre choſe : ne ſeroit il pas plus juſte à preſent d'en faire autant pour me porter à Dieu, que vous en fites alors pour me donner de l'amour ? Votre compte

quenti carmine tuam in ore omnium · Heloïſſam ponebas. Me platea omnes , me domus ſingula reſonabant. Quanto autem rectius me nunc in Deum, quam tunc in libidinem excitares ? Perpende obſecro quæ debes , attende qua poſtulo ; & longam Epiſtolam brevi fine concludo. Vale Unice.

ſur cet article eſt plus grand que vous ne croyez. Penſez-y, je vous ſupplie, & ſouffrez que je finiſſe cette longue lettre par ce peu de mots : Adieu , mon Unique & mon Tout.

ABÆLARDI

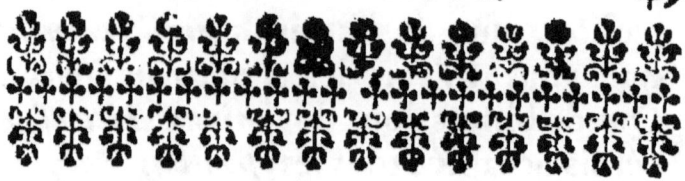

ABÆLARDI	RÉPONSE

Responsio

AD

HELOISSAM.

Argumentum.

PRæcedenti Heloïssæ Epistolæ rescribens Abælardus silentium suum tam diuturnum, minime de incuria, aut obliviis profectum esse summo animi candore testatur; sed hinc ortam esse causam, quod de ipsius prudentia, doctrina, pietate, moribus denique inculpatis tantum

Tome I.

D'ABEILLARD

A

HELOISE.

Abregé de cette Lettre.

IL commence par s'excuser auprès d'Heloïse, de ce qu'il ne lui a point encore écrit, & proteste que ce n'est pas un effet de son oubli ou de sa negligence, mais plutôt de la haute idée qu'il a toujours euë de sa sagesse, de sa pieté, & de son érudition : ce qui a fait qu'il s'est persuadé qu'elle n'avoit besoin ni de consolation, ni

C

d'exhortation. Il l'af-
fûre cependant que d'a-
bord qu'elle lui aura
fait sçavoir sur quel
sujet elle souhaite qu'il
lui écrive, il ne man-
quera pas de la satis-
faire. Ensuite il la
prie, & toutes ses Re-
ligieuses, de le recom-
mander instamment à
Dieu, & y fait voir
combien les Prieres des
Vierges consacrées à
Jesus-Christ sont effi-
caces, aussi-bien que
celles que les Femmes
font pour leurs époux.
Il lui marque en parti-
culier une formule de
priere qu'il souhaite
que sa Communauté
dise tous les jours pour

confideret , ut
eam , vel prae-
ceptis , vel fola-
tiis , neutiquam
indigere crede-
ret. Monet au-
tem , ut ingenue
explicet , quid
institutorum ,
quid consola-
tionum, sibi ref-
cribi vellet : &
ipsius votis ref-
pondere polli-
cetur. Obfecrat,
ut tã ipfa, quam
fanctiffimus fo-
ciarum virginũ,
& viduarũ cho-
rus precibus Di-
vinum fibi au-
xiliũ conciliet.
Quantæ apud
Deum fint pre-
cum vires, præ-
cipue vero uxo-
rum pro maritis
implorantium ,
luculenter ex
auctoritate SS.

Scripturarum comprobat. Precum deinde ipsam Formulam commemorat, qua in Monasterio pro Fundatoris absentis salute sacras fœminas singulis horis Canonicis uti vellet. Rogat præterea, ut quocunque modo, quocunque loco eum ex hac vita demigrare contingeret, defuncti corpus ad Paracletense Cœnobium deferri, ibique sepeliri curaret.

lui, *à la fin des Heures Canoniales. Enfin il lui témoigne qu'il veut qu'après sa mort, son corps soit porté dans leur Monastere pour y être enterré, afin qu'elles prient pour le repos de son ame.*

HELOISSÆ, dilectissimæ Sorori suæ in Christo, Abælardus, Frater ejus in ipso.

A SA TRES-CHERE Sœur en Jesus-Christ. Abeillard son frere, dans le même Jesus-Christ.

 Vod post nostram à sæculo ad Deum conversionem non-

 I depuis que la grace nous a retirez l'un & l'autre, de la corruption du siecle, pour nous consa-

crer au fervice de Dieu, je ne vous ai point encore écrit, ni pour vous exhorter à perféverer courageufement dans votre état, ni pour vous confoler dans les differentes afflictions qui vous font furvenuës, vous ne devez vous en prendre qu'à vous-même, & non pas en rejetter la caufe, comme vous faites, fur un oubli criminel, ou fur une lâche indifference dont je ne me fens point capable. La verité eft que j'ai toujours eu une fi haute idée de votre fageffe & de votre vertu, qu'il ne m'eft jamais venu en penfée que

dum tibi aliquid confolationis vel exhortationis fcripferim, non negligentia meæ; fed tuæ, de qua femper plurimum confido, prudentiæ imputandum eft. Non enim eam his indigere credidi, cui abundanter quæ neceffaria funt, divina gratia impertivit; ut tam verbis quam exemplis errantes valeas docere, pufillanimos confolari, trepidos exhortari.

vous euffiez befoin de ces fecours tout humains, & j'ai crû qu'il étoit inutile de vous donner ce que le Ciel vous avoit déja départi avec tant d'abondance : car qui ne fçait les talens que vous avez, foit pour éclairer ceux qui font dans l'erreur ou dans les ténébres de l'ignorance, foit pour confoler des ames abbatuës fous le poids de l'affliction, foit pour encourager ceux que la tiédeur & la lâcheté empêchent de s'élever au-deffus de leurs propres foibleffes ? Vous le pouvez fans l'affiftance de perfonne ; non-feulement avec ce fond d'érudition que vous avez acquis, & avec cette grace à dire tout ce que vous voulez, qui vous eft fi naturelle : mais auffi par les exemples de vertu que vous avez toujours donnez dans votre Communauté, ce qui eft encore plus efficace que la parole.

Sicut & facere jamdudum confuevifti cum fub Abbatiffa Prioratum obtineres. Quod fi nunc tanta diligentia tuis provideas filiabus, quanta tunc fororibus ; fatis effe credimus, ut jam omnino fuperfluam doctrinam, vel exhortationem noftram, arbitremur. Sin au-	Vous faifiez déja l'un & l'autre, & avec beaucoup d'édification & de fuccès, lorfque vous n'étiez que Prieure à Argenteüil : Si vous en faites autant à préfent pour vos Filles, que vous en faifiez alors pour vos Sœurs, je croi que c'eft affez, & que tout ce que je pourrois vous dire, feroit fuperflu. C'a toujours été ma penfée : mais fi votre humilité n'en veut pas

convenir, & qu'elle croye outre cela avoir encore besoin de mes instructions ; dites-moi donc sur quelle matiere vous voulez que je vous parle, & je tâcherai de vous satisfaire, & de vous dire ce que le Seigneur m'inspirera pour votre sanctification & celles de vos Filles.

Je rends graces à mon Dieu de la part qu'il a bien voulu vous inspirer de prendre à mes peines & à mes souffrances. Je vois que votre cœur en est touché, & puisque le Ciel vous a donné ces sentimens, c'est une marque qu'il a résolu de me délivrer de tant de maux par le secours de vos prieres, & de se servir de votre ferveur pour mettre en fuite le Dé-

tem humilitati tuæ aliter videtur, & in iis etiam, quæ ad Deum pertinent, magisterio nostro atque scriptis indiges, super his quæ velis, scribe mihi, ut ad ipsam rescribã prout Dominus mihi annuerit.

Deo autem gratias, qui gravissimorum & assiduorum periculorum meorum sollicitudinem vestris cordibus inspirans, afflictionis meæ participes vos fecit ; ut orationum suffragio vestrarum Divina miseratio me protegat, & velociter Sathanam sub pedibus nostris con-

terat. *Ad hoc autem præcipue Pfalterium, quod à me follicite requififti, foror in fæculo quondam chara, nunc in Chrifto chariffima, mittere maturavi. In quo videlicet pro noftris magnis & multis exceffibus, & quotidiana periculorum meorum inftantia juge Domino facrificium immoles orationum.*

mon (*a*) qui me perfecute. Oui, j'ai cette confiance qu'il ne pourra pas tenir contre la pureté de vos prieres : & c'eft pour ce fujet, ma Sœur, vous qui m'étiez autrefois fi chere dans le monde, & qui me l'étes infiniment davantage, à prefent que vous êtes toute à Jefus-Chrift; c'eft, dis-je, pour ce fujet, que je me fuis hâté de vous envoyer inceffamment la (*b*) formule de prieres que vous m'aviez demandée

(a) *Il veut parler de la perfecution que lui faifoient actuellement les Religieux de fon Abbaye.*

(b) *Quoi qu'Abeillard lui promette ici une formule de prieres pour demander à Dieu le pardon de fes pechez & des fiens, & qu'il femble même dire qu'il la lui envoye, cependant elle ne fe trouve que dans la lettre qu'il lui écrivit quelque temps après. Dans celle-cy il lui en envoye une autre pour être dite par la Communauté, & qui ne tend qu'à demander à Dieu la confervation de fa vie, elle eft fur la fin de cette lettre.*

dée avec tant d'inſtance, afin que vous vous en ſerviez au plûtôt pour demander pardon à Dieu de nos pechez paſſez, dont le nombre, helas ! & l'énormité m'effraye, & pour obtenir de ſa bonté les ſecours dont j'ai beſoin pour éviter les dangers dont je ſuis tous les jours menacé.

Ce ſacrifice de loüanges offert à Dieu par des ames fideles, & particulierement par de ſaintes femmes. pour leurs amis, ou pour leur époux, lui eſt infiniment agreable ; les Livres ſacrez ſont pleins d'exemples qui prouvent cette verité. S. Paul dans cette vûë 2. *Theſ* nous avertit de prier 5. ſans ceſſe. Les prieres de Moïſe arrêtoient le bras de Dieu qui vouloit punir ſon peuple, *Exod.* & il ſe trouve obligé de 32. conjurer ce fidele ſerviteur, de ne pas mettre davantage d'obſtacle à ſa fureur. Jere-

Quantum autem locum apud Deum & Sanctos ejus fidelium orationes obtineant, & maxime mulierum pro charis ſuis, & uxorum pro viris, multa nobis occurrunt teſtimonia & exempla. Quod diligenter attendens Apoſtolus, ſine intermiſſione orate nos admonet. Legimus Dominum Moyſi dixiſſe, Dimitte me ut iraſcatur furor meus. Et Hieremiæ : Tu vero, inquit, no-

li orare pro populo hoc, & non obsistas mihi. *Ex quibus videlicet verbis manifeste Dominus ipse profitetur orationes Sanctorum, quasi quoddam frænum ira ipsius immittere, quo scilicet ipsa coërceatur, ne quantum merita peccantium exigunt ipsa in eos sæviat. Ut quem ad vindictam justitiã quasi spontaneum ducit, amicorum supplicatio flectat, & tanquam invitum quasi vi quadam retineat. Sic quippe oranti vel ora turo dicetur, Dimitte me, & ne obsistas mihi. Præcipit Dominus ne oretur pro*

mie étoit comme un mur d'airain entre la colere de Dieu & le peuple d'Israël. Ne me résistez plus, lui dit le Seigneur, & ne priez plus pour ces ingrats. Comme si les prieres des Saints faisoient violence à sa justice, & l'empêchoient de punir les pecheurs selon leurs démerites. Le Juste cependant n'écoute point ces défenses : il continuë ses prieres contre le commandement même que Dieu lui fait de ne plus prier, & obtient par son importunité tout ce qu'il souhaite en faveur des coupables ; l'Arrest du souverain Juge, quoi qu'irrévocable, est changé ; & l'on ne voit plus descendre du Ciel que des fruits de miséricorde, au lieu des foudres & des éclats de

Hier. 7.

E 5

tonnerre dont on étoit menacé ; car c'est ce que le saint Esprit nous insinuë par ces paroles : *Le Seigneur fut appaisé, & il ne fit point à son peuple tout le mal qu'il avoit résolu de lui faire.*

Exod. 32.

impiis. Orat justus Domino prohibente, & ab ipso impetrat quod postulat, & irati judicis sententiam immutat. Sic quippe de Moyse subjunctum est : Et placatus factus est Dominus de malignitate quam dixit facere populo suo.

Il est dit ailleurs, que l'effet suit immédiatement l'ordre de Dieu : mais ici, il donne ses ordres, & rien ne s'execute : Il ordonne que son peuple soit puni, le Juste prie, & cette punition est arrêtée. Quelle sera donc la force de la priere, lorsque nous la ferons dans des circonstances plus favorables, je veux dire dans le tems que Dieu même nous ordonne de prier & de lui demander quelque

Psal. 148.

Scriptum est alibi de universis operibus Dei : Dixit, & facta sunt. Hoc autem loco & dixisse memoratur quod de afflictione populus meruerat, & virtute orationis præventus non implesse quod dixerat. Attende itaque quanta sit orationis virtus, si quod jubemur, oremus : quando id quod orare Pro.

phetam Deus pro- grace, puisque le Pro-
hibuit , orando phete par sa priere a
tamen obtinuit , obtenu ce que Dieu
& ab eo quod di- même lui avoit défen-
xerat eum aver- du de demãnder ; & a
tit. Cui & alius rendu inutiles toutes
Propheta dicit : les menaces qu'il avoit
Et cum iratus faites à son peuple ?
fueris , miseri- C'est dans ce sens
cordiæ recorda- qu'un autre Prophete
beris. disoit à Dieu, *Seigneur,* Habac.
vous vous souviendrez de 3.
vos misericordes dans le plus fort de votre
colere , & votre bras s'arrêtera lorsque vous
serez prêt de nous frapper.

Audiant id Que les Rois & les
atque advertant Princes de la terre é-
Principes terre- coutent ceci , & y fas-
ni , qui occasione sent attention ; eux qui
praposita & edi- souvent croiroient dé-
cta justitiæ sua roger à leur grandeur
obstinati magis & passer pour legers
quam justi repe- & inconstans , s'ils re-
riuntur , & se tractoient une parole
remissos videri e- prononcée dans la co-
rubescunt si mise- lere, ou s'ils faisoient
ricordes fiant , & grace à ceux qu'ils ont
mendaces si edic- une fois résolu de pu-
tum suum mu- nir selon les Loix de
tent, vel quod mi- la justice. C'est mon-

trer plus d'obstination que d'équité d'en agir ainsi. Un bon Prince doit souvent se laisser fléchir en faveur de ceux qui implorent sa clémence : & il n'y a point de honte à laisser une ordonnance sans execution, lorsqu'il s'agit de faire misericorde, ou de ne pas accomplir un ser-

nus provide statuerunt non implcant, eisi verba rebus emendent. Quos quidem rectè dixerim Jephtæ comparandos, qui quod stultè voverat, stultius adimplens ; unicam interfecit.

ment fait trop à la legere. Autrement ils se rendent semblables à ce malheu-

Iudic. reux Prince d'Israël, qui, plutôt que de

II. violer un vœu ridicule & inconsideré qu'il avoit fait, aima mieux égorger * sa fille unique,

---

* *Quoi que plusieurs Interpretes ayent donné au vœu de Iephté le sens qu'Abeillard lui donne ici, & qu'ils ayent crû qu'effectivement il avoit sacrifié sa propre fille, cependant on commence à revenir de cette opinion, & le sentiment des plus habiles à present est que ce sacrifice doit s'entendre de la consecration qu'il en fit au Seigneur, en la separant du monde pour la faire vivre dans une perpetuelle virginité. Voyez la Dissertation qui a esté faite sur ce sujet en 1707. imprimée à Amsterdam. Non-seulement le Texte sacré n'y est point contraire, mais il semble la favoriser.*

unique, & répandre un sang innocent qui devoit lui être si cher.

Qui vero ejus membrum fieri cupit, tunc cum Psalmista dicit, Misericordiam & judicium cantabo tibi Domine. *Misericordia, sicut scriptum est, judicium exaltat, attendens quod alibi Scriptura comminatur,* Judicium sine misericordia in eũ qui misericordiam non facit.

Quod diligenter ipse Psalmista considerans, ad supplicationem uxoris Nabal Carmeli juramentum, quod ex justitia fecerat, de viro ejus scilicet

Ceux au contraire qui veulent former leur conduite sur celle de Dieu, disent avec le Prophete : *Je chanterai Seigneur, devant vous, votre miséricorde & votre justice : & ailleurs la miséricorde doit toujours l'emporter sur la justice ;* parce qu'il est écrit que ceux qui ne font point miséricorde, recevront aussi un jugement sans miséricorde.

David étoit bien persuadé de cette maxime, lorsqu'après avoir fait serment avec beaucoup de justice, de détruire entierement la famille de Nabal sans pardonner à personne de ceux qui lui appartenoient, se laissa néan-

Psal. 100.

Iacob. 2.

1. *Reg.* 25.

moins fléchir par les soûmissions d'Abigaïl, & fit plus de cas de fa priere que du ferment qu'il avoit fait. On vit alors une femme fage & prudente effacer par fon humilité la faute prefqu'irréparable que fon mari avoit commife par un excès d'orgueil & d'ingratitude.

C'eft là, ma chere Sœur, l'exemple que je vous propofe, à imiter. Il eft capable d'animer votre confiance; car fi les prieres d'une femme ont eu tant de pouvoir fur l'efprit d'un homme, que ne pourront point les vôtres auprès de Dieu, fi vous avez foin de les lui adreffer fouvent pour moi, puifqu'il eft certain que Dieu dont nous fommes les enfans, & qui veut bien que nous l'appellions

& ipfius domo delenda, per mifericordiam caffavit. Orationem itaque juftitia prætulit, & quod vir deliquerat, fupplicatio uxoris delevit.

In quo quidem tibi, foror, exemplum proponitur, & fecuritas datur, ut fi hujus oratio apud hominem tantum obtinuit, quid apud Deum tua pro me audeat inftruaris. Plus quippe Deus, qui pater eft nofter, filios diligit; quam David fœminam fupplicantem. Et ille quidem pius & mifericors ha-

bebatur, sed ipsa pietas & misericordia Deus est. Et quæ tunc supplicabat mulier, sæcularis erat & Laica, nec ex sanctæ devotionis professione Domino copulata. Quod si ex te minus ad impetrandū sufficias, sanctus qui tecum est, tam virginum quam viduarum Conventus, quod per te non potes, obtinebit. Cum enim discipulis Veritas dicat. Ubi duo vel tres congregati fuerint in nomine meo, ibi sum in medio eorū. Et rursum, Si duo ex vobis consenserint de omhi re quam

nôtre Pere, nous aime infiniment plus que David n'aimoit Abigaïl? Ce Prince, à la verité, passoit pour un homme pieux & plein de bonté, mais Dieu est la pieté & la bonté même; celle qui adressoit sa priere à David étoit une femme du monde engagée dans les affaires du siecle, & vous par la sainteté de votre état vous êtes toute à Dieu, jusques à mériter la qualité de son épouse. Que si nonobstant tous ces avantages, vous ne croyez pas encore avoir assez de pouvoir auprès de lui pour obtenir ce que vous lui demanderiez, cette troupe de saintes Vierges que vous conduisez suppléera par sa multitude à votre insuffisance : car puisque Jesus-Christ nous assu-

Math. 18.

re, que lorſque deux ou trois perſonnes ſont aſſemblées en ſon nom, il eſt au milieu d'elles, & que ſon Pere celeſte leur accordera tout ce qu'elles lui demanderont d'un commun accord, quel ſera le pouvoir & l'efficace de la priere de toute une Communauté de ſaintes Religieuſes ? Si, ſelon l'Apôtre S. Jacques, la priere d'un ſeul Juſte eſt toute puiſſante auprès de

Iat. 5.

petierunt, ſiet illud à Patre meo : Quis non videat quantum apud Deum valeat ſanctæ congregationis frequens oratio ? Si, ut Apoſtolus aſſerit, Multum valet oratio juſti aſſidua, quid de multitudine ſanctæ congregationis ſperandum eſt ?

Dieu, que ne fera point la priere de tant de ſaintes ames qui ſont aſſemblées pour faire violence au Ciel, & pour lui demander grace pour un pecheur ?

Vous aurez ſans doute appris, ma chere Sœur, en liſant les ouvrages de S. Gregoire, qu'un Religieux étant à l'article de la mort, & déſeſperant tout à fait de ſon ſalut, ne vouloit pas même que

Hom. 38.

Noſti, chariſſima ſoror, ex Homilia Beati Gregorii XXXVIII. quantum ſuffragium invito ſeu contradicenti fratri oratio fratrum natura attulerit.

De quo jam ad extremum ducto quanta periculi anxietate miserrima ejus anima laboraret, & quanta desperatione & tædio vitæ fratres ab oratione revocaret, quid ibi diligenter scriptum sit tuam minime latet prudentiam. Atque utinam confidentius te, & sanctarum Conventum sororum, ad orationem invitet, ut me scilicet vobis ipse vivum custodiat, per quem Paulo attestante, mortuos etiam suos de resurrectione mulieres acceperunt.

Si enim veteris & Evangelici

ses Freres priassent pour lui, & faisoit tous ses efforts pour les en empêcher. Vous sçavez néanmoins quel admirable changement produisit dans ce cœur endurci, l'assiduité de la priere de cette Communauté. Je ne doute point que vous n'ayez bien remarqué toutes les circonstances de ce fait, car où est-ce que votre érudition ne s'étend pas ? Fasse le Ciel que cet exemple vous anime, vous & toutes vos Filles à prier pour moi, afin que celui qui, comme dit S. Paul, a rendu à tant de saintes Femmes, leurs enfans que la mort avoit enlevez, me conserve la vie par votre moyen, & me procure la consolation de vous revoir.

Hebr. 11.

En effet, ma chere Sœur, pour peu que

vous faffiez reflexion sur tout ce que l'ancien & le nouveau Teftament nous difent sur ce fujet, vous trouverez que la plûpart des miracles, dont il y eft fait mention, & fur-tout prefque tous les morts qui ont été reffufcitez, l'ont été en faveur des perfonnes de votre fexe qui étoient animées d'une vraye foi, & qui vivoient dans la pieté. Dans l'ancien Teftament nous y voyons deux enfans paffer de la mort à la vie, par le moyen des prieres de leurs meres. Elie rendit la vie à l'un, & fon difciple Elisée à l'autre. Dans le nouveau nous en trouvons trois, & tous trois ont été reffufcitez par J. C. à la priere de quelque fainte Femme, pour confirmer de plus en plus

Teftamenti paginas revolvas, invenies maxima reffufcitationis miracula folis vel maxime fœminis exhibita fuiffe, pro ipfis, vel de ipfis facta. Duos quippe mortuos fufcitatos ad fupplicationes maternas vetus commemorat Teftamentum, per Heliam fcilicet, & ipfius difcipulum Helifaum. Evangelium vero triû tantum mortuorum fufcitationem à Domino factam continet, quæ mulieribus exhibita, maxime illud, quod fupra commemoravimus, Apoftolicum dictum rebus fuis confir-

mant. Accepe-
rūt mulieres de
resurrectione
mortuos suos.
Filium quippe vi-
duæ ad portam
civitatis Naym
suscitatum matri
reddidit, ejus
compassione com-
punctus. Lazarū
quoque amicum
suum ad obsecra-
tionem sororum e-
jus, Maria vi-
delicet ac Mar-
tha, suscitavit.
Quo etiam Ar-
chisynagogi filiæ
hanc ipsam gra-
tiam ad petitio-
nem patris impen-
dente, Mulieres
de resurrectio-
ne mortuos suos
acceperūt. *Cum*
hæc videlicet sus-
citata proprium
de morte recepe-
rit corpus, sicut

cette parole de l'Apô-
tre : La foi des Fem-
mes a fait sortir des
tombeaux leurs enfans
qui étoient morts &
leur a rendu la vie. Car
n'est-ce pas ainsi que le
fils de la veuve de Naïm
a été ressuscité ? J. C.
ne le rendit-il pas vi-
vant à sa mere après
s'être laissé toucher par
ses prieres & par ses
larmes ? N'est-ce pas
aussi à la priere de Mar-
the & de Marie que La-
zare a été ressuscité ? Si
le Chef de la Synago-
gue a été exaucé de Je-
sus-Christ dans la prie-
re qu'il lui faisoit de
rendre la vie à un de
ses enfans qui étoit dé-
cedé, cet enfant n'étoit-
il pas de votre sexe, &
le Fils de Dieu ne lui
rendit-il pas son corps
dont la mort s'étoit sai-
si ? Ainsi comme toutes
ces merveilles se sont

faites à la prière de peu de personnes, pouvez-vous douter qu'étant toutes unies ensemble pour demander au même Sauveur la conservation de ma vie qui est presque réduite au tombeau, vous ne l'obteniez ?

La vie chaste & pénitente que tiennent tant de Vierges, consacrées à Dieu dans le Paraclet, étant d'un mérite singulier auprès de sa divine Majesté, est aussi plus capable de l'appaiser & de nous la rendre favorable : car enfin la plûpart de ceux que Dieu a ressuscitez étoient peut-être infideles, aussi-bien que cette veuve de Naïm à qui Jesus-Christ rendit le fils unique que la mort lui avoit enlevé : mais ici, non-seulement

illa corpora suorum. Et paucis quidem intervenientibus hæc sacta sunt resuscitationes. Vita vero nostra conversationem multiplex vestra devotionis oratio facile obtinebit.

Quarum tam abstinentia quam continentia Deo sacrata, quanto ipsi gratior habetur, tanto ipsum propitiorem inveniet. Et plerique fortassis horum qui suscitati sunt nec fideles extiterunt, sicut nec vidua prædicta, cui non roganti filium Dominus suscitavit, fidelis extitisse legitur. Nos autem invicem non solum fidei

*colligat integri-
tas, verum etiam
ejufdem religio-
nis profeffio fo-
ciat.*

les liens d'une même
foi & d'une même réli-
gion nous tiennent é-
troitement unis, nous
avons encore l'avanta-
ge de l'être par un mê-
me état que nous avons embraſſé, &
par la ſainteté de notre Profeſſion qui
nous rend, pour ainſi dire, les domeſti-
ques de Dieu, & nous donne par conſequent plus d'accès auprès de lui.

*Ut autem ſacro-
ſanctum Collegii
veſtri nunc omit-
tam Conventum,
in quo plurima-
rum virginum ac
viduarum devo-
tio Domino jugi-
ter deſervit ; ad
te unam veniam,
cujus apud Deum
ſanctitatem plu-
rimum non am-
bigo poſſe, & quæ
potes mihi præ-
cipue debere, ma-
xime in tanta ad-
verſitatis labo-
ranti diſcrimine.*

Mais pour ne rien di-
re de cette ſainte Com-
munauté de Vierges &
de Veuves, qui ſervent
Dieu avec tant de fer-
veur dans votre Ab-
baye, ſouffrez, ma
chere Sœur, que je ne
parle ici que de vous,
dont je ſuis ſûr que la
pieté eſt toute puiſſan-
te auprés de Dieu.
Souvenez-vous donc
de vos obligations à
mon égard dans les fâ-
cheuſes conjonctures
où je me trouve, &
dans le péril évident
où je ſuis tous les jours

de perdre la vie d'une maniere tragique * : n'oubliez point dans vos prieres, une personne qui est toute à vous en tant de manieres ; & plus vos obligations sont grandes sur ce sujet, plus aussi êtes - vous tenuë de redoubler vos vœux & vos instances auprés de Dieu, qui ne peut ne vous point exaucer, voyant ce que vous m'êtes , & ce que je vous suis. Car combien de fois avez - vous lû ces paroles du S. Esprit: *La femme vigilante est la couronne de son mari. Celui qui a trouvé une bonne femme a trouvé un grand bien , & il a*

Prov. c. 12.

c. 18.

Memento itaque semper in orationibus tuis ejus , qui specialiter est tuus , & tanto confidentius in oratione vigila , quanto id esse tibi recognoscis justius , & ob hac ipsi qui orandus est acceptabilius. Exaudi , obsecro , aure cordis , quod sapius audisti aure corporis. Scriptum est in Proverbiis , Mulier diligens corona est viro suo. Et rursum , Qui invenit mulierem bonam , invenit bonum : & hauriet

* Il veut parler de la persecution que lui faisoient alors les Moines de saint Gildas , qui aprés avoir tenté plusieurs fois inutilement de l'empoisonner, étoient venus depuis peu le poignard à la main pour l'égorger dans sa chambre, ce qu'il n'évita qu'en prenant la fuite. Voyez sa vie.

riet jucunditatem à Domino. *Et iterum ,* Domus & divitiæ dantur à parentibus, à Domino autem proprie uxor prudens. *Et in Ecclesiastico ,* Mulieris bonæ beatus vir. *Et post pauca.* Pars bona, mulier bona. *Et juxta authoritatem Apostolicam,* Sanctificatus est vir infidelis per mulierem fidelem.

reçû du Seigneur une source de joye. Le pere & la mere donnent les maisons & les richesses, mais c'est proprement le Seigneur qui donne à l'homme une femme sage. *Et ailleurs :* Le mari d'une femme qui est bonne est heureux , car le nombre de ses années se multipliera au double. La femme vertueuse est un excellent partage, c'est le partage de ceux qui craignent Dieu. Vous avez , dis-je, lû tout cela, ma chere Sœur, & vous l'avez sans doute retenu : mais peut-être ces grandes veritez n'ont-elles frappé que l'oreille de votre corps , & je vous demande aujourd'hui qu'elles aillent jusqu'à celles de votre cœur, & que vous pesiez bien ces paroles du grand Apôtre : *Souvent un mari infidele a été santifié par une femme fidele.* Afin que j'obtienne de Dieu par votre vertu ce qu'il refuseroit avec justice à mon indignité.

c. 19.

Eccli. c. 26.

1. Cor. 7

Notre France, vous le sçavez, a fait une heureuse experience de la verité de ces paroles, lorsque Dieu pour la conversion de Clovis & de tous ses Etats, ne voulut se servir que des pieres & de la sainteté de l'épouse de ce grand Roy. Il y avoit déja des Saints & des hommes apostoliques dans ce Royaume, ils n'avoient pas manqué d'exhorter souvent ce Prince à reconnoître le vrai Dieu qui n'est autre que celui des Chrétiens, leur zele leur avoit fait entreprendre tout ce qu'ils avoient crû necessaire pour operer cette conversion, qui devoit être suivie de celle de tant de peuples, mais Dieu l'avoit reservée aux seules prieres de Clotilde, afin de nous apprendre de quel pouvoir étoit auprés de lui l'humble

Cujus quidem rei experimentum in regno præcipue nostro, id est Francorum, divina specialiter exhibuit gratia, cum ad orationem videlicet uxoris magis quam ad sanctorum prædicationem, Clodoveo Rege ad fidem Christi converso regnum sic universum divinis legibus mancipaverunt, ut exemplo maxime superiorum ad orationis instantiam inferiores provocarentur. Ad quam quidem instantiâ Dominica nos vehemēter invitat parabola.

ble priere d'une femme pour son mari, sur-tout lorsque cette priere est assiduë, & pour ainsi dire, presque continuelle.

Ille, *inquit*, si persevaverit pulsans : dico vobis, quia si non dabit ei eo quod amicus illius sit propter improbitatem ejus surget, & dabit ei quotquot habet necessarios. *Ex hac profecto, ut ita dicam, orationis improbitate, sicut supra memini, Moyses divina justitiæ severitatem enervavit, & sententiam immutavit.*

C'est à ce propos que J. C. nous a laissé dans son Evangile, cette excellente parabole d'un homme qui va durant la nuit demander du pain à son ami, & qui sans se rebuter de toutes ses excuses, ni même de son refus, persevere toujours à frapper à sa porte & à lui demander la même chose. N'est-il pas vrai, conclud le Sauveur, que quand cet homme ne se leveroit pas pour lui donner ce qu'il demande, à cause qu'il est son ami, il le lui donneroit néanmoins à cause de son importunité ? C'est

Luc. 11.

cette sorte d'importunité, si agréable à Dieu, qui, comme je vous l'ai déja dit, a désarmé sa colere contre son peuple, lorsque Moïse s'en est servi. Croyez-vous qu'il auroit moins de bonté & de charité pour ſes fideles ſerviteurs d'à préſent ſ'ils en agiſſoient ainſi avec lui ?

Vous ſçavez , ma Chere , quelle étoit autrefois la tendre charité de toute votre Communauté pour moi, lorſque j'étois en France : Elle fût ſi loin , que tous les jours à la fin de chaque Heure Canoniale , elle faiſoit pour moi cette priere à Dieu.

Pſal. 37 Seigneur, ne m'abandonnez point , & ne vous éloignez point de moi.

Pſal. 85 Seigneur , ſoyez toujours à mon aide. Sauvez votre ſerviteur, ô mon Dieu , Pſ. 101. lui qui eſt tout plein de confiance en vous. O Dieu, exaucez ma priere , & que les cris de mon cœur aillent juſques à vous. Nous vous prions , Seigneur, vous qui avez bien voulu vous ſervir de votre ſerviteur pour aſſembler ici vos petites ſervantes en votre nom , & pour

Noſti , dilectiſſima , quantum charitatis affectum præſentia mea Conventus olim veſter in oratione ſolitus ſit exhibere. Ad expletionem namque quotidie ſingularum Horarum ſpecialem pro me Domino ſupplicationem hanc offerre conſuevit, ut Reſponſio proprio , cum Verſu ejus præmiſſis & decantatis , preces his & Collectam in hunc modum ſubjungeret. Reſponſum. Non me derelinquas, nec diſcedas à me Domine. *Verſ.* In adjutorium meũ ſem-

per intende Do-
mine.   *Preces.*
Salvum fac fer-
vum tuum Deus
meus fperantē
in te.   Domine
exaudi oratio-
nem meam, &
clamor meus ad

*vous y loüer, de lui faire
la grace, & à vous auffi,
de perſévérer tellement
dans le bien que nous ne
nous écartions jamais de
votre ſainte volonté. Nous
vous le demandons par J-
ſus-Chriſt notre Sauveur.*

te veniat. *Oratio.* Deus, qui per fervu-
lum tuum ancillulas tuas in nomine tuo
dignatus es aggregare, te quæfumus; ut
tam ipfi quam in nobis in tua tribuas
perfeverare voluntate. Per Dominum,
&c.

*Nunc autem ab-
ſenti mihi tanto
amplius oratio-
num veſtrarum o
pus eſt ſuffragio,
quanto majoris
anxietate periculi
conſtringor. Sup-
plicando itaque
poſtulo, & poſtu-
lando ſupplico,
quatenus præci-
pue nunc abſens
experiar quam
vera charitas ve-*

Telle étoit la priere
que votre Communau-
té faiſoit pour moi. A
préſent que je fuis é-
loigné de vous, & que
je me trouve dans un
péril fi évident, que je
fuis tous les jours en
danger de perdre la
vie, n'ai-je pas encore
plus befoin de ce fe-
cours que je n'en avois
alors? Je vous fupplie
donc, & je vous con-
jure, avec toute l'in-

D 2

ſtance dont je ſuis ca-
pable, de me donner à
préſent des marques de
votre charité, afin que
je puiſſe connoître qu'-
elle eſt ſincere & veri-
table en mon endroit,
& que je ne vous ſuis

ſtra erga abſen-
tem extiterit, ſin-
gulis videlicet
Horis expletis,
hunc Orationis
propriæ modum
adnectens. Reſp.

pas moins cher abſent que préſent. Pour
ce ſujet je vous demande en grace qu'à la
fin de chaque Heure Canoniale on adreſ-
ſe pour moi cette priere particuliere à
Dieu.

Seigneur, qui êtes mon
pere, & le maître de ma
vie, ne m'abandonnez
pas, & ne ſouffrez point
que je tombe devant ceux
qui me haïſſent, & que
je ne ſois pas expoſé da-
vantage aux inſultes de
mes ennemis .... Prenez
en main vos armes &
votre bouclier, & levez-
vous pour me ſecourir,
crainte que mes ennemis
ne ſe réjoüiſſent de ma
perte. Sauvez votre ſer-
viteur, ô mon Dieu, car
il eſpere en vous. En-

Ne derelinquas
me Domine pa-
ter & dominator
vitæ meæ, ut
non corruam in
conſpectu ad-
verſariorũ meo-
rum : ne gau-
deat de me ini-
micus meus.
Verſ. Apprehen-
de arma & ſcu-
tum, & exurge
in adjutorium
mihi. Ne gau-
deat. *Preces.* Sal-
vum fac ſervum

tuum Deus meus ſperantem in te. Mitte ei Domine auxilium de ſancto : & de Sion tuere eum. Eſto ei Domine turris fortitudinis à facie inimici. Domine exaudi orationem meam : & clamor meus ad re veniat. *Oratio.* Deus qui per ſervum tuum ancillulas tuas in nomine tuo dignatus es aggregare, te quæſumus, ut eum ab omni adverſitate protegas, & ancillis tuis incolumem reddas. Per Dominum , &c.

Quod ſi me Dominus in manibus inimicorum

voyez lui du haut des Cieux, du haut de votre ſainte montagne de Sion, un puiſſant ſecours. Servez-lui de forereſſe imprenable quand il ſera attaqué par ſes ennemis. Exaucez ma priere, Seigneur, & que ma voix ſoit ecoutée de vous. O Dieu qui avez bien voulu vous ſervir du miniſtere de votre ſerviteur pour nous aſſembler toutes ici en qualité de vos ſervantes & de vos épouſes, nous vous prions trés-humblement de le proteger tellement dans toutes les adverſitez de cette vie, que nous ayons la conſolation de le revoir ſain & ſauf. C'eſt la grace que nous vous demandons par J. C. notre Sauveur.

Que ſi le Seigneur juge plus à propos de me livrer à la fureur de mes ennemis , & qu'ils pouffent leur rage jufques à m'ôter la vie. En un mot , de quelque maniere & en quelque lieu que je vienne à mourir , je vous prie de faire enlever mon corps , & de le faire porter dans votre Cimetiere , afin que nos Filles , ou plutôt nos Sœurs en J. C. ayant toujours devant les yeux mon tombeau, foient preffées plus fortement par cette vûë d'offrir à Dieu leurs prieres pour le repos de mon ame : car de tous les endroits où un Chrétien peut être inhumé, je n'en fçache point qui lui foit plus falutaire, fur-tout lorf-qu'il meurt dans une grande douleur de fes pechez , & que le fouvenir de fes fautes paffées le défole, qu'un

tradiderit , fcilicet ut ipfi prævalentes me interficiant , aut quocunque cafu viam univerfæ carnis abfens à vobis ingrediar : cadaver obfecro noftrum ubicumque vel fepulchrum vel fepultum , vel expofitum jacuerit , ad Cimiterium veftrum deferri faciatis , ubi filiæ noftra , imo in Chrifto forores , fepulchrum noftrum fæpius videntes , ad preces pro me Domino fundendas amplius invitentur. Nullum quippe locum anima dolenti de peccatorum fuorum errore defolatæ tutiorem ac falubriorem arbitror.

quam eum qui vero Paracleto, id est Consolatori proprie consecratus est, & de ejus nomine specialiter insignitus. Nec Christianæ sepulturæ locum rectius apud aliquot fideles, quam apud fæminas in Christo devotas consistere censeo. Quæ de Domini Jesu Christi sepultura sollicitæ, eam unguentis pretiosis, & prævenerunt & subsecuta sunt, & circa ejus sepulchrum studiose vigilantes.

Et sponsi mortem lachrymabiliter plangentes, sicut scriptum est, Mulieres sedentes

lieu qui est particulierement consacré au S. Esprit & au veritable Consolateur des ames, tel qu'est votre Monastere : & je ne croi pas que dans le Christianisme on puisse trouver une sepulture plus sainte, plus pieuse, & plus favorable, que celle que peuvent donner dans leur Eglise de saintes femmes consacrées à Jesus-Christ, puisque ce sont elles qui ont pris soin de la sepulture du Sauveur, qui ont embaumé son Corps avec des parfums prétieux, qui l'ont accompagné jusqu'au tombeau, & qui y sont restées, lors même que tout le monde s'étoit retiré. Ce sont elles qui ont versé plus de larmes sur la mort de J. C. qui en ont témoigné plus de deüil, & qui ont donné

D 4

plus de marques de leur douleur & de leur a-mour. Aussi ont-elles merité d'apprendre les premieres nouvelles de sa résurrection, de voir & de parler aux Anges qui l'annonçoient, d'aller elles-mêmes en avertir les Apôtres, & enfin d'être non-seulement honorées des premieres apparitions de J. C. mais d'avoir le bonheur & de le toucher & de l'embrasser tout glorieux qu'il é-toit.

Pour derniere grace je vous demande d'avoir alors autant de soin du salut & du repos de mon ame, que vous témoignez à présent d'inquiétude & d'empressement pour la conservation d'une vie mortelle & périsable que je dois quitter bien-tôt. N'ayez

ad monumentum lamentabantur flentes Dóminum. Primo ibidem de resurrectione ejus Angelica apparitione & allocutione sunt consolata; & statim ipsius resurrectionis gaudia, eo bis eis apparente, percipere meruerunt, & manibus contrectare.

Illud autem demum super omnia postulo, ut qua nunc de corporis mei periculo nimia sollicitudine laboratis, tunc præcipue de salute animæ sollicita, quantum dilexeritis vivum exhibeatis defuncto, orationum vide-licet veſtrarum ſpeciali quodam & proprio ſuffra-gio. Vive, vale, vivantque tuæ, valeantque ſo-rores. Vivite, ſed Chriſtoquæ-ſo mei memo-res.

pas pour moi moins de charité après ma mort, que vous en avez du-rant ma vie ; elle me ſera alors plus neceſ-ſaire qu'à préſent, par-ce que mes beſoins ſe-ront plus preſſans, & que je ſerai hors d'état de mettre obſtacle par mon indignité à la fer-veur de vos prieres.

C'eſt la grace que j'attends de votre ami-tié. Adieu, portez vous bien, vivez, máis vivez en Jeſus-Chriſt, vous & toutes vos Sœurs, & ne m'oubliez ja-mais.

Seconde Lettre d'Heloïse à Abeillard, pour servir de Réponse à la précédente.

Abregé de cette Lettre.

HEloïfe dépeint dans des termes fort touchans l'état déplorable où elle se trouve réduite, & l'accablement de douleur où elle eft avec toutes ses Religieufes, après avoir appris qu'Abeillard étoit fur le point de perdre la vie d'une maniere tragique; tout y eft plein de fentimens affectifs, capables de toucher le Lecteur, d'exciter fa compaf-

Epiftola III Heloiffæ. Quæ eft Responfio Heloiffæ ad Abalardum.

Argumentum.

PEr Epiftolam hancce planctibus, & doloribus pleniffimam plorat Heloiffa & fuâ, & Monacharum fuarum, nec non ipfius Abalardi miferam conditionem, accepta lamentandi occafione ex poftrema præcedentis Epiftolæ parte, in qua de fua ex hac vita migratione meminit Abælardus. Blandissima autem utitur eloquentiâ, luctuque pereleganti fit amabilior. Philomelæ cantibus suaviores querelæ vel è ferreis pectoribus invitas extorquent lacrymas, Stoicosque prorsus Lectores ad miserationem suarum, & Abælardi calamitatum impellit. Plangit Abælardi fatale vulnus, quod simul officium Patris, Mariti nomen, Uxoris amœnissimas abstulit delicias. Multa etiam de ipsis desideriis inar-

sion, & d'attirer ses larmes. Elle se lamente sur l'indigne traitement que son oncle avoit fait autrefois à son mary. Elle se plaint de la tyrannie que ses anciennes passions exerçoient encore sur elle par le souvenir des plaisirs passez, d'où elle prend sujet de s'humilier, de se confondre devant Dieu, & de faire passer toute cette vertu apparente dont on la flattoit, pour une pure hypocrisie ; ainsi elle rejette toutes les loüanges qu'Abeillard lui avoit données, & demande le secours de ses prieres, pour l'aider à sortir de cet état qui la fait gémir & pousser

D 6

de grands cris vers le Ciel sans être écoutée. On voit ici en sa personne, l'accomplissement de ce qu'avoit dit un Prophete, qu'il en coûte beaucoup pour retourner à Dieu, lorsqu'on a été une fois assez malheureux que de l'abandonner.

descentibus, mellitisque voluptatibus olim cum Abælardo suo expertis, dudum amissis, nunquam iterandis, conqueritur. Proinde exteriorem religionem suam non incongrue extenuat, illamque simulationi potius quam pietati sinceræ attribuendam confitetur. Abælardi precibus adjuvari supplicat, suasque laudes humiliter rejicit.

A SON UNIQUE après Jesus-Christ. Sa Chere & son Unique, dans le même J. C.

UNICO SUO post Christũ, Unica sua in Christo.

E suis surprise, mon Cher, de ce que contre la coûtume qui s'observe toujours en écri-

Iror (Unice meus) quod præter consuetudinem Epistola-

rum, *imo contra ipsum ordinem naturalem rerum, in ipsa fronte salutationis Epistolaris me tibi praponere præsumpsisti : fœminam videlicet viro, uxorem marito, ancillam Domino, Monialem Monacho & Sacerdoti, Diaconissam Abbati. Rectus quippe ordo est & honestus, ut qui ad superiores vel ad pares scribunt, eorum quibus scribunt nomina suis an-*

vant des lettres, ou plutôt, contre l'ordre naturel des choses, vous ayez pensé à me donner la préférence sur vous, & à placer mon nom avant le vôtre, dans le titre de votre lettre. * Quoi ! préférer une femme à un homme, une épouse à son mari, une servante à son maître, une Religieuse, à un Religieux & à un Prêtre, une Abbesse à un Abbé ! Assurement vous n'y avez pas fait reflexion. L'équité, aussi-bien que le bon ordre, demande que lorsqu'on écrit à une personne qui

---

* c'étoit la coûtume parmi les Latins de mettre toujours au commencement de leurs lettres ce que nous mettons à présent sur l'envelope, & ils y ajoutoient le nom de celui qui écrivoit, au lieu que nous le mettons au bas de la lettre. Quelquefois on y joignoit un salut & d'heureux souhaits. Cette coûtume a persevéré tant que celle d'écrire en Latin a duré.

qui eſt au-deſſus de ſoi, ou même à ſon égal, on le nomme le premier dans l'inſcription de la lettre, mais cela ne ſe fait jamais quand on écrit à ſes inférieurs, il faut que ceux qui ſont les premiers en dignité, ſoient auſſi les premiers nommez.

reponant. Sin autem ad inferiores, pracedunt ſcriptionis ordine qui pracedunt rerum dignitate.

Mais rien ne m'a étonné davantage que de trouver une lettre auſſi affligeante que la vôtre, dans le moment que j'attendois de vous quelque conſolation. Quoi! des larmes que vous auriez dû eſſuyer, vous les faites couler avec plus d'abondance, & vous déſolez celle dont vous étiez obligé d'appaiſer la juſte douleur! Car y a-t'il ici une ſeule perſonne qui ne s'abandonne au déſeſpoir quand elle voit ſur la fin de votre lettre, que votre vie eſt

Illud etiam non parva admiratione ſuſcepimus, quod quibus conſolationis remedium afferre debuiſti, deſolationem auxiſti; & quas mitigare debueras, excitaſti lachrymas. Quæ enim noſtrum ſiccis oculis audire poſſit, quod circa finem Epiſtolæ poſuiſti dicens, Quod ſi me Dominus in manus inimicorum tradiderit, ut me

scilicet præva-
lentes interfi-
ciant, &c. O
charissime, quo
id animo cogita-
sti, quod id ore
dicere sustinuisti?
Nunquam ancil-
lulas suas adeo
Deus oblivisca-
tur, ut eas tibi
superstites reser-
vet. Nunquam
nobis vitam il-
lam concedat, quæ
omni genere mor-
tis sit gravior. Te
nostras exequias
celebrare, te no-
stras Deo animas
convenit commen-
dare, & quas
Deo aggregasti,
ad ipsum præmit-
tere; ut nulla am-
plius de ipsis per-
turberis sollicitu-
dine, & tanto
lætior nos subse-
quaris, quanto se-

en danger, & que vous
êtes tous les jours sur
le point de la perdre
d'une maniere si tragi-
que ? Nous croyez-
vous donc insensibles,
pour pouvoir lire sans
verser des larmes, ces
tristes paroles dont
vous vous servez : Si le
Seigneur me livre à la
fureur de mes ennemis,
& qu'ils viennent à m'as-
sassiner, &c. O mon
Cher, avez-vous bien
eu le cœur de nous ap-
prendre de si dures nou-
velles, & votre main
n'a-t'elle point trem-
blé, lorsqu'elle a cou-
ché sur le papier ces
mots accablans ? La
pensée a-t'elle pû seu-
lement vous en venir ?
Est-ce donc ainsi que
vous nous épargnez, &
que vous avez pitié de
notre foiblesse ? N'est-
ce pas nous donner à
toutes le coup de la

mort que de nous par-
ler ainſi ? Non , non ,
Dieu ne nous abandon-
nera pas juſqu'à ce point , que de nous
faire ſurvivre à votre perte : Je l'en conjure de tout mon cœur , & je le prie de
ne nous point laiſſer une vie qui nous ſeroit plus inſupportable que la mort la
plus cruelle. C'eſt à vous à célébrer nos
obſeques , c'eſt à vous à recommander
nos ames à Dieu , & la juſtice veut que
vous remettiez entre ſes mains celles que
vous avez aſſemblées ici en ſon nom ,
afin que les ayant vous-même conduites
au Port , vous n'ayez plus d'inquiétude
de leur ſalut , & que vous vous trouviez
en état de les ſuivre avec d'autant plus de
tranquillité , que vous ſerez comme ſûr
qu'elles ſont en poſſeſſion du ſouverain
bien.

Je vous conjure donc,
mon Cher , de ne nous
plus parler ſur ce ton ,
abſtenez-vous, s'il vous
plaît , de ces ſortes de
diſcours qui nous tuënt
nous mêmes. Ne ſom-
mes nous pas déja aſſez
affligées ſans augmen-
ter encore notre affli-

curior de noſtra
ſalute jam fueris.

Parce obſecro,
Domine , parce
hujuſmodi dictis,
quibus miſeras
miſerrimas fa-
cias ; & ut ip-
ſum quodcumque
vivimus ne nobis
auferas ante mor-
tem. Sufficit dici

malitia sua, &
dies illa omnibus,
quos inveniet,
satis secum solli-
citudinis afferet
omni amaritudi-
ne involuta.
Quid enim ne-
cesse est, *inquit*
Seneca, mala
arcessere, &
ante mortē vi-
tam perdere?

Rogas unice, ut
quocumque casu
nobis absens hanc
vitam finieris?
ad Cimitarium
nostrum corpus
tuum adferri fa-
ciamus : ut ora-
tionum scilicet
nostrarum ex assi-
dua tui memoria
ampliorem asse-
quaris fructum.
At vero quomo-

ction? Ne nous ôtez
pas ce petit reste de vie
qui nous soûtient tel-
lement quellement, si
ce n'est que vous vou-
liez nous faire mourir
avant notre mort. A Marbobi
chaque jour suffit son 34.
mal, & celui qui ter-
minera notre vie cau-
sera de lui-même as-
sez de douleur & d'a-
mertume, sans le pré-
venir par une affliction
anticipée qui nous de-
sole.

Vous témoignez dans
votre lettre, qu'en quel-
que lieu ou en quelque
maniere que vous ve-
niez à mourir, vous
souhaitez que votre
corps soit porté chez
nous, afin que sa pré-
sence nous engage à
redoubler nos prieres
pour le repos de votre
ame : Vous nous avez
donc crû capables de
vous mettre en oubli?

Comment une telle penfée a-t-elle pû entrer dans votre efprit? Mais hélas!! ferons-nous alors en état de faire quelques prieres? Le trouble, l'agitation, la douleur, le defefpoir, nous permettront ils feulement de lever les yeux & les mains au Ciel ? Il faut un efprit tranquille pour prier. Eh ! quelle tranquillité aurons-nous, lorfque la douleur nous aura ôté jufqu'à l'ufage de la raifon & de la parole ? L'efprit revolté & hors de luy-même ne fera plus capable que d'irriter la colere de Dieu par fes injuftes plaintes, loin de pouvoir l'appaifer par d'humbles prieres & par une parfaite foumiffion à fes ordres. Tout ce que nous pourrons faire alors fera de

do memoriam tui à nobis labi poffe fufpicaris ? Aut quod orationi tempus tunc erit commodum , quando fumma perturbatio nihil permittet quietum ? cum nec anima rationis fenfum , nec lingua fermonis retinebit ufum? Cum mens infana in ipfum , ut ita dicã, Deum magis irata quam pacata , non tam orationibus ipfum placabit quam querimoniis irritabit ? Flere tunc miferis tantum vacabit, non orare licebit , & te magis fubfequi quam fepelire maturandum erit, ut potius & nos con-fepiliendæ fimus, quam sepelire possimus. Quæ cum in te nostram amiserimus vitam, vivere te recedente nequaquam poterimus. Atque utinam nec tunc usque possimus ! Mortis tuæ mentio mors quædam nobis est. Ipsa autem mortis hujus veritas quid, si nos invenerit, futura est ? Nunquam Deus annuat, ut hoc tibi debitum superstites persolvamus, ut hoc tibi patrocinio subveniamus, quod à te penitus expectamus. In hoc utinam te præcessura, non secutura.

nous abandonner aux larmes & à la douleur : & au lieu d'être en état de vous rendre les derniers devoirs, il ne faudra plus penser qu'à nous enterrer nous-mêmes, puisqu'ayant perdu nôtre vie en vous perdant, nous ne serons plus bonnes qu'à être portées en terre. Fasse plutôt le Ciel que nous y soyons déja avant que ce triste jour arrive, afin que nous ne soyons pas réduites à la dure nécessité de mourir deux fois. Enfin, mon Cher, nous parler seulement de votre mort c'est nous faire mourir, que seroit-ce donc si cette mort étoit réelle & véritable ? Je prie Dieu de ne pas permettre que nous vous survivions, pour n'être pas obligées d'être les témoins de vos funérailles, c'est à vous à nous mettre au tombeau, nous devons vous y pré-céder & non pas vous suivre.

Encore une fois je vous supplie de nous épargner plus que vous ne faites, en vous abstenant de ces sortes de discours qui sont autant d'épées qui nous percent le cœur, & qui nous arrachent l'ame du corps d'une maniere plus cruelle que la mort ne le fera. Si vous croyez mes Sœurs assez fortes pour supporter une si rude épreuve,

Parce itaque obsecro nobis, parce itaque unica saltem tua, hujusmodi scilicet supersedendo verbis, quibus, tanquam gladiis mortis, nostras transverberas animas : ut quod mortem prævenit ipsa morte gravius sit.

vous me connoissez assez pour être persuadé que je ne la suis pas. Ayez au moins pitié de votre chere moitié, & pardonnez à sa foiblesse & à son amour.

Un cœur plongé dans la douleur, n'est plus capable de vacquer à Dieu, ni de s'acquiter des exercices où l'état Religieux l'engage. Voulez-vous donc faire cesser entierement le Service divin dans

Confectus mærore animus quietus non est, nec Deo sincere potest vacare mens perturbationibus occupata. Noli, obsecro, divinum impedire servitium, cui nos maxime mancipasti. Omne inevitabile, quod cum acciderit, mœrorem maximum secum inseret, ut subito veniat optandum est; ne timore inutili diu ante cruciet, cui nulla succurri providentia potest. Quod & Poeta bene considerans Deum precatur dicens :

notre Eglise, après ne nous avoir assemblées ici que pour ces fonctions toutes divines ? car c'est assurément ce qui arrivera, si vous continuez à nous parler de votre mort. On doit plutôt souhaitter qu'un malheur qui est inévitable, arrive lorsqu'on y pensera le moins. Autrement c'est se tourmenter à plaisir. Car puisque toutes les prévoyances sur ce sujet sont inutiles, & qu'il n'est pas possible d'arrêter le ciseau, ni la cruelle main de la Parque, * pourquoi y penser avant que ce fatal moment arrive, sinon pour mourir à tous les momens du jour & multiplier ses maux à l'infini ? C'est dans cette vûë que le Poëte adressoit cette priere à Dieu.

Sit

* *Elle fait allusion à la pensée des Poëtes qui croyoient qu'une Déesse à qui ils donnoient le nom de Parque, présidoit à la vie des hommes. Elle en avoit deux autres avec elle, dont l'une tiroit le fil de nos jours, l'autre tournoit le fuseau, & la troisieme coupoit la trame.*

Luca
l. 2.

Sit fubitum quodcumque paras, fit cæca futuri
Mens hominum fati. Liceat fperare timenti.

Monarque tout-puiffant qui conduis les Hu-
maîns ,
Pourquoi nous laiffes- tu lire dans tes deffeins,
Prévoir notre infortune , aller à fa rencontre,
Et fentir ta vengeance avant qu'elle fe montre?
Cache un peu ton courroux , & permets feule-
ment
Qu'il tonne & qu'il foudroye en un même mo-
ment ;
Affouvis ta rigueur , mais fufpends tes menaces,
Et laiffe-nous fentir , fans hâter nos difgraces,
Sans aller vainement chercher dans l'avenir ,
Et de quoi te vanger , & de quoi nous punir.

Mais hélas ! quelle efperance me peut-il refter quand je vous aurai une fois perdu? Puis-je fouhaiter de demeurer encore un feul moment dans cette vie, lorfque celui qui en fait toute la douceur n'y fera plus ? De tous les plaifirs que vous pouviez me procurer , je

Quid autem te amiffo fperandum mihi fupereft? aut quæ in hac peregrinatione caufa remanendi , ubi nullum nifi te remedium habeam, & nullum aliud in te nifi hoc ipfum , quod vivis omnibus de te mi-

bi aliis volupta-
tibus interdictis,
cui nec præsen-
tia tua concessum
est frui, ut quan-
doque mihi reddi
valeam?

n'en ai plus, que celui
de sçavoir que vous vi-
vez encore. Tout autre
m'est interdit, & je suis
réduite à cet excès d'in-
fortune que ne pouvant
plus joüir de votre ai-
mable présence, je suis

séparée de moi-même, & je ne me trouve
plus là où je suis encore.

O si fas sit dici
crudelem mihi
per omnia Deü!
O inclementem
clementiam! O
infortunatam for-
tunam! quæ jam
in me universi
conaminis sui tela
in tantum con-
sumsit, ut quibus
in alios sæviat
jam non habeat!
Plenam in me
pharetram ex-
hausit, ut frustra
jam alii bella e-
jus formident.
Nec si ei adhuc
telum aliquod su-

Oserai-je le dire, ô
grand Dieu! vous m'ê-
tes cruel au de là de
l'imagination. O la plus
dure & la plus insup-
portable de toutes les
destinées! ô impitoya-
ble fortune qui a lancé
contre moi tous ses
traits les plus enveni-
mez, & qui m'a persé-
cutée jusques à cet ex-
cès, qu'elle s'est mis
hors d'état de pouvoir
nuïre à personne. Non,
non, mortels n'appré-
hendez plus rien de cet-
te cruelle, elle a épuisé
côtre moi son carquois,
elle a décoché toutes

ses fleches contre mon cœur, & s'il lui en restoit encore quelqu'une elle ne trouveroit pas où pouvoir la placer sur moi, toute Heloïse n'étant plus qu'une playe : & au milieu de tant de douleurs, elle pousse son inhumanité jusqu'à empêcher la mort de venir mettre fin à mes souffrances. Elle me tuë tous les jours, & cependant elle craint de me faire mourir. Malheureuse que je suis ! Ne suis-je pas la plus miserable de toutes les miserables. Eh ! de quoi m'a servi d'avoir été la plus glorieuse de toutes les femmes qui sont au monde, par l'honneur que j'ai eu de vous avoir pour époux, sinon pour éprouver dans la suite un plus tragique sort en vous perdant,

peresset, locum in me vulneris inveniret. Unum inter tot vulnera metuit, ne morte supplicia finiam. Et cum interimere non cesset, interitum tamen quem accelerat, timet. O me miserarum miserrimam ! infelicium infelicissimam, quæ quanto universis in te fœminis prælata sublimiorem obtinui gradum, tanto hinc prostrata graviorem in te fœminis prælata sublimiorem obtinui gradum, tanto hinc prostrata graviorem in te & in me pariter perpessa sum casum! Quanto quippe altior ascendentis

ascendentis gradus, tanto gravior corruentis casus. Quem mihi nobilium ac potentium fœminarum fortuna unquam præponere potuit aut aquare ? Quam denique adeo dejecit & dolore conficere potuit ? Quam in te mihi gloriam contulit ? Quam in te mihi ruinam intulit ? Quam mihi vehemens in utramque partem extitit, ut nec in bonis nec in malis modum habuerit ? Quæ, ut me miserrimam omnium faceret, omnibus antebeatiorem effecerat. Et cum quanta perdidi pensa-

puisque la chûte est d'autant plus terrible, qu'on tombe d'un rang plus élevé. C'est ainsi, cruelle & impitoyable fortune, que tu t'es oüée de moi. Tu ne m'as élevée au dessus de toutes les femmes les plus riches, les plus puissantes & les plus qualifiées du monde, qui regardoient mon bonheur avec des yeux de jalousie, que pour m'abaisser ensuite au dessous de toutes les plus miserables. Hélas ! quelle étoit ma gloire lorsque je vous possedois, & quelle est à present ma disgrace, vous ayant perdu ! Tout a été excessif en moi, & ma bonne & ma mauvaise fortune : je n'ai éprouvé aucune médiocrité ni dans l'une, ni dans l'autre ; &

ſi j'ai été la plus heu-
reuſe de toutes les fem-
mes , ce n'étoit que
pour devenir enſuite la
plus infortunée de tou-
tes , afin que venant à
faire réfléxion à la grã-
deur de ma perte, je ne
puſſe pas trouver aſſez
de larmes pour déplo-
rer mon malheur , &
que le ſouvenir des
joyes & des plaiſirs que
j'avois goûtés avec vous
m'accablât de douleur
& d'amertume , en
m'en voyãt privée tout
d'un coup ſans eſpe-
rance de retour.

Pour me rendre cette
playe plus ſenſible,
tous les droits de l'é-
quité ont été violez à
notre égard : car dans
le temps que nous nous
étions livrez à tous les
deſirs déréglez de no-
tre cœur, & que nous
ne penſions qu'à goû-
ter les douceurs d'un

rem , tanto me
majora conſume-
rent lamenta ,
quanto me majo-
ra oppreſſerant
damna : & tanto
major amiſſorum
ſuccederet dolor ,
quanto major poſ-
ſeſſorum præceſſe-
rat amor , &
ſumma volupta-
tis gaudia ſum-
ma mœroris ter-
minaret triſtitia.

Et ut ex injuria
major indigna-
tio ſurgeret , om-
nia in nobis æqui-
tatis jura pariter
ſunt   perverſa.
Dum enim ſolli-
citi amoris gau-
diisfrueremur,&
ut turpiore , ſed
expreſſiore voca-

bulo utar, fornicationi vacaremus, divina nobis severitas pepercit. Ut autem illicita licitis correximus, & honore conjugii turpitudinem fornicationis operuimus, ira Domini manum suam super nos vehementer aggravavit, & immaculatum non pertulit thorum, qui diu ante sustinuerat pollutum.

Deprehensis in quovis adulterio viris hoc satis esset ad vindictam pœna quam pertulisti. Quod ex adulterio promerentur alii, id tu ex conjugio incurristi; per quod jam te omnibus

violent amour, la justice de Dieu nous a épargnez, & nous a laissez en paix ; mais du moment que nous avons rectifié cette conduite par le lien sacré du mariage, la main de Dieu s'est appesantie sur nous, & celui qui nous avoit souffert si long-temps dans le déréglement n'a pû nous souffrir dans un état saint & innocent. O Dieu ! où est donc votre justice ?

Un homme qui auroit été surpris en adultere, auroit pû à peine être puni de la maniere dōt vous l'avez été. L'innocence du Sacrement vous a procuré ce que le crime procure justement aux autres ; & votre légitime épouse a été cause qu'on vous a fait un outrage que les femmes adulteres attirent ordinairement sur leurs galans ; & cela dans le temps que nous vivions plus chastement qu'on ne vit communement dans le mariage. Bon Dieu ! quel renversement de justice ! Car souvenez vous en, mon Cher, hélas! puis-je l'oublier? ce malheur arriva lors que m'étant retirée par vos ordres à l'Abbaye d'Argenteuil, j'y menois quasi la vie d'une Religieuse, tandis que vous étiez tout occupé à Paris à conduire vos écoles, & à y donner des marques de votre profonde érudition. Ainsi étant séparez l'un de l'autre pour un tems ; vous, afin de vaquer à un emploi qui est saint de lui-même ; moy,

satisfecisse confidebas injuriis. Quod fornicatoribus suis adultera, hoc propria uxor tibi contulit. Nec cum pristinis vacaremus voluptatibus, sed cum jam ad tempus segregati castius viveremus, te quidem Parisiis Scholis præsidente, & me ad imperium tuum Argenteoli cum Sanctimonialibus conversante. Divisis itaque sic nobis adinvicem ut tu studiosius Scholis, ego liberius orationi sive sacræ lectionis meditationi vacarem ; & tam nobis fanctius quanto caftius degentibus , folus in corpore luifti quod duo pariter commiferamus. Solus in pœna fuifti, duo in culpa: & qui minus debueras , totum pertulifti.

pour m'avancer dans l'étude des faintes lettres, nous menions une vie innocente , & d'autant plus agréable à Dieu qu'elle étoit plus chafte. C'eft néanmoins dans ces circonftances, capables d'attirer fur nous toutes fortes de bénédictions, que le malheur que je ne puis affez déplorer eft arrivé. Nos fautes paffées font venu fondre tout d'un coup fur nous pour nous accabler ; vous avez feul porté la peine de deux coupables , & quoi que vous le fuffiez moins que moi , puifque vous aviez déja fi amplement fatisfait à tout ce qu'on pouvoit exiger de vous , vous feul avez été puni.

Quanto enim amplius te pro me humiliando fatisfeceras , & me pariter & totum genus meum fublimaveras ; tanto te minus tam apud Deum,

Aprés qu'un homme de votre mérite s'étoit abaiffé jufqu'à m'époufer; aprés que vous aviez fait l'honneur à ma famille d'entrer dans fon alliance, ne devoit-elle pas être plus que fatisfaite pour le

E 3

passé ? Dieu l'étoit, sa justice sembloit avoir perdu ses droits sur nous, & ces execrables traîtres ne l'étoient pas encore. Ne suis-je pas bien malheureuse de n'être venuë au monde que pour être cause d'un crime si énorme ? Faut-il donc que les plus grands hommes périssent toujours à l'occasion des femmes, & qu'elles ne soient, pour ainsi dire, sur la terre, que pour leur perte ! Je ne m'étonne plus que le S. Esprit avertisse si souvent les hommes d'éviter la compagnie des fêmes : car c'est dans cette vûë qu'il est écrit : *Ecoutez-moi, ô mon fils, rendez-vous attentif aux paroles de ma bouche ; que votre* Prov. *esprit ne se laisse point* 7. 24. *emporter dans les voyes d'une femme, & ne vous*

quam apud illos proditores obnoxium pœnæ reddideras. O me miseram in tanti sceleris causa progenitam ! O summam in viros summos & consuetam fœminarum perniciem ! Hinc de muliere cavenda scriptum est in Proverbiis : Nunc ergo, fili, audi me, & attende verbis oris mei. Ne abstrahatur in viis illius mens tua, neq; decipiaris semitis ejus. Multos enim vulneratos dejecit, & fortissimi quique interfecti sunt ab ea. Viæ inferi domus ejus penetrantes in inferiora mortis. *Et in Ecclesiaste.* Lustravi universa animo meo, & inveni amariorem morte mulierem, quæ laqueus venatorum est, & sagena cor ejus. Vincula enim sunt manus ejus. Qui placet Deo, effugiet eam. Qui autem peccator est, capietur ab illa.

Prima statim mulier de Paradiso virum captivavit, & qua ei à Domino creata fuerat in auxilium, in sum-

égarez. point dans ses sentiers : car elle en a blessé & renversé plusieurs, & elle a fait perdre la vie aux plus forts. Sa maison est le chemin de l'enfer qui pénétre jusques dans la profondeur de la mort. Et ailleurs : *Eccles.* Mon esprit a porté sa 7. 26. lumiere sur toutes choses, pour sçavoir les raisons de tout, & j'ai reconnu que la femme est plus amére que la mort, & qu'elle est le filet des chasseurs ; que son cœur est un rets, & que ses mains sont des chaînes. Celui qui est agreable à Dieu se sauvera d'elle ; mais le pecheur s'y trouvera pris.

En effet, ne voyons-nous pas que dès le commencemét du mon- de la premiere femme *Gen.* 3. a été cause que l'homme a été chassé du Paradis. Une perfide Da-

E 4.

Iudic. 16.

lila a vaincu toute feu-le ce genereux Naza-réen, dont la naiſſance même avoit été annon-cée par un Ange; elle l'a trahi, elle l'a livré à ſes ennemis, qui a-près lui avoir arraché

Ibid.

les yeux l'ont réduit à la malheureuſe neceſſi-té de périr ſous les rui-nes dont il les a acca-blez. Le plus ſage de

3. Reg. 11.

tous les Rois a été, pour ainſi dire, enſorcelé par une femme qu'il avoit épouſée. * Elle l'a jetté dans cet excès de folie

mum ei converſa eſt exitium. For-tiſſimum illum Nazarenum Do-mini & Angelo nunciante con-ceptumDalila ſo-la ſuperavit, & eum inimicis pre-ditum & oculis privatum ad hec tandē dolor com-pulit, ut ſe pari-ter cum ruina ho-ſtium opprimeret. Sapientiſſimum omnium Salomo-nem, ſola quam ſibi

* Quoi qu'on diſe communement que les femmes ont debauché le cœur de Salomon, & qu'il entrete-noit ſept cent Reines, & trois cent concubines, leſ-quelles étant preſque toutes payennes & étrange-res obtinrent de lui des Temples & des Autels pour les fauſſes Divinitez qu'elles adoroient. Cependant il eſt vrai que ce fut la fille de Pharaon, Roi d'E-gypte, qui après avoir épouſé Salomon, corrompit ſon cœur, & fut la premiere qui le porta à l'idolâtrie. Les complaiſances qu'il eut après pour ſes autres femmes, ne furent que des ſuites de ſon premier déſordre. Ainſi Heloïſe a raiſon de n'attribuer ſon malheur qu'à une ſeule femme.

sibi, copulaverat mulier infatuavit, & in tantam compulit infaniam, ut cum quem ad ædificandum sibi Dominus templum elegerat, patre ejus David, qui justus fuerat, in hoc reprobato, ad idololatriam ipsa usque in finem vitæ dejiceret; ipso, quem tam verbis quam scriptis prædicabat atque docebat, divino cultu derelicto. Job

que d'adorer de fausses Divinitez, & de devenir idolâtre, lui que Dieu avoit choisi pour lui bâtir un Temple, après avoir refusé cet honneur à David, quoique ce fut un Prince selon son cœur : l'amour désordonné d'une femme lui a fait abandonner le culte du vrai Dieu, de ce Dieu dont il avoit dit & écrit de si belles choses ; de ce Dieu dont il avoit relevé la gloire avec tant de magnificence ; il l'a méconnu par un aveuglement déplorable jusqu'au dernier soupir de sa vie. *

Job

* Il est vrai que saint Ierôme, saint Ambroise, saint Hilaire, saint Epiphane, & même S. Thomas, ne doutoient point du salut de Salomon, & assurent qu'il a fait penitence avant de mourir. Cependant saint Gregoire, saint Prosper d'Aquitaine, saint Eucher, le venerable Bede, & plusieurs autres Peres sont d'un sentiment contraire, appuyez sur cette raison, que si ce Prince avoit fait penitence l'Ecriture Sainte en feroit mention, & que puisqu'elle parle de ses merites & de ses vertus avant qu'il se

Job. 2. Job, malgré toute sa sainteté, a pensé succomber à la tentation d'une femme qui vouloit l'engager à s'élever contre Dieu & à blasphêmer son saint nom. Il a eu besoin de toutes ses forces pour se soutenir contre une si dangereuse attaque ; aussi le démon la lui avoit-il reservée pour la derniere, comme la plus capable de le terraffer & de le vaincre, si toutes les autres étoient inutiles ; persuadé que ce qu'il n'avoit jamais pû faire par toutes sortes de moyens, il en viendroit à bout par l'artifice d'une femme.

sanctissimus in uxore novissimam atque gravissimam sustinuit pugnam, quæ eû ad maledicendam Deo stimulabat. Et callidissimus temptator hoc optime noverat, quod sæpius expertus fuerat ; virorum videlicet ruinam in uxoribus esse facillimam.

Qui

fut laissé pervertir par les femmes, elle n'auroit pas caché l'article de sa conversion, non plus qu'elle n'oublie pas à rapporter ses crimes & ses excès. Outre que Dieu l'avoit menacé expressément d'une reprobation éternelle, par la bouche de son pere David, s'il étoit assez malheureux que d'abandonner le culte du vrai Dieu. Si autem dereliqueris eum projiciet te in æternum. 1. Paralip. c. 28. Ce qui suffit pour autoriser la pensée d'Heloïse.

Qui denique etiam usque ad nos consuetam extendens malitiam, quem de fornicatione sterncre non potuit, de conjugio temptavit : & bono male est usus, qui malo male uti non est permissus.

Sa malice s'est étenduë jusques à nous. N'ayant pû vous terrasser par l'amour illegitime qu'il vous avoit inspiré, il vous a sollicité au mariage afin de vous prendre dans le filet qu'il vous avoit tendu ; & aprés que Dieu lui avoit refusé la permission de se servir de notre désordre pour nous perdre, il lui a accordé celle de faire un mauvais usage d'une bonne chose, se servant de notre mariage pour faire commettre un crime qu'on ne peut assez punir.

Deo saltem super hoc gratias, quod me ille, ut supra positas fœminas in culpam ex consensu non traxit, quam tamen in causam commissæ malitiæ ex affectu convertit. Sed & si purget animum

Il est vrai que j'ai cette consolation, & j'en rends grace à Dieu, de ce que je ne me sens point coupable de ce crime, & que cet esprit de tenebres par toutes ses séductions n'auroit jamais pû me faire consentir à quelque chose qui vous fût préjudiciable, comme il a

E 6

fait à l'égard de toutes les autres femmes dont je viens de vous parler, quoi qu'il se soit servi de moi comme par occasion pour executer le mauvais dessein qu'il avoit conçû côtre vous: mais si mon innocence sur cet article me rend excusable devant Dieu & devant les hommes, je reconnois neanmoins que tous mes pechez passez vous ont pû attirer cette disgrace. Oui j'ai mérité tout ce que je souffre à present, & puisque j'ai servi à votre peché, il est juste que j'en porte la peine par le déchirement de cœur où je me trouve. Notre union étoit sainte & innocente, je l'avoüe, mais elle avoit mal commencé, & Dieu punit souvent une conduite reguliere en apparence, lorsqu'elle a

meum innocentia, nec hujus reatum sceleris consensu incurrat: peccata tamen multa praecesserunt, quae me penitus immunem ab hujus reatu sceleris esse non sinunt. Quod videlicet diu ante carnalium illecebrarum voluptatibus serviens, ipsa tunc merui quod nunc plector, & praecedentium in me peccatorum sequentia merito facta sunt pœna. Etiam malis initiis perversus imputandus est exitus. Atque utinam hujus praecipue commissi dignam agere valeam pœnitentiam, ut pœna illi tuæ vulneris illati ex longa faltem pœnitentiæ contritione vicem quoquo modo recompenfare queam: & quod tu ad horam in corpore pertulifti, ego in omni vita, ut juftum eft, in contritione mentis fufcipiam, & hoc tibi faltem modo, fi non Deo, fatisfaciam.

eu de mauvais commencemens. Faffe le Ciel que j'en puiffe faire une véritable pénitence, & que la longueur de mes maux ait quelque rapport à ce que vous avez fouffert dans l'outrage qu'on vous a fait, je me croirai foulagée, quand je pourrai partager avec vous la peine dûë à un peché dont nous fommes également coupables, fi ce n'eft que je la fois plus que vous, pour n'avoir pas affez refifté à vos follicitations : mais j'en ferai, ce me femble affez bien punie, fi au lieu d'une plaie d'un moment qui vous a été faite, j'en endure une dont la douleur ne finira qu'avec ma vie, & qui me fera d'autant plus fenfible qu'elle fera plus interieure. Si je ne fatisfais pas à Dieu par cette efpece de penitence, j'aurai au moins la confolation de fatisfaire à ce que je vous dois pour avoir été caufe de l'outrage que vous avez fouffert, & l'amertume dont vous me verrez toute pénétrée sera pour vous un gage de mon innocence, & de la part que je prends si justement à votre infortune.

Pour ne vous rien cacher * ici de mes plus secrettes pensées, je vous avouerai ingénuement que je ne crois pas pouvoir satisfaire à la justice de Dieu par aucune pénitence, puisqu'au lieu de l'appaiser par une humble soumission à toutes ses volontez, je ne fais que l'irriter de plus en plus par la résistance que j'y apporte, par mes murmures continuels, par mes plaintes ; oserois-je le dire, par mes blasphêmes : puisque je ne cesse de l'appeller injuste, de le taxer de cruauté, & d'appeller

Si enim vero miserrimi mei animi profitear infirmitatem, qua pœnitentia Deum placare valeam non invenio, quæ super hac semper injuria summæ crudelitatis arguo ; & ejus dispensationi contraria magis eum ex indignatione offendo, quam ex pœnitentiæ satisfactione mitigo. Quomodo etiam pœnitentia peccatorum dicitur, quatacunque sit corporis afflictio,
si

---

* Le Lecteur se souviendra que c'est ici une Pénitente qui va parler à son Directeur, & lui confesser dans l'amertume de son ame, l'état deplorable où elle se trouve, & dont elle gemit.

si mens adhuc ip-
sam peccandi re-
tinet voluntaté,
& pristinis as-
suat desideriis ?
Facile quidem est
quemlibet confi-
tendo peccata se-
ipsum accusare ,
aut etiam in ex-
teriori satisfac-
tione corpus affli-
gere. Difficilli-
mum vero est à
desideriis maxi-
marum volupta-
rum avellere ani-
mum. Unde &
merito sanctus
Job cum præmi-
sisset , Dimittam
adversum me
eloquium meü,
id est laxabo lin-
guam , & ape-
riam os per con-
sessionem in pec-
catorum meorum
accusationé : sta-
tim adjunxit ,

la mort à mon secours,
pour me délivrer des
peines qu'il me fait en-
durer. De quelque ma-
niere qu'on afflige son
corps par les veilles,
par les jeûnes, & par
toutes les autres ma-
cérations ique la péni-
tence met en usage, il
est certain que rien de
tout cela n'est capable
de satisfaire à Dieu pour
les pechez qu'on a com-
mis contre lui, tandis
qu'on retient encore la
volonté de pecher', &
que le cœur n'étant
point touché de regret
soupire après les vains
plaisirs qui l'ont occu-
pé. Ce n'est pas une
chose fort difficile d'ou-
vrir la bouche pour
confesser ses fautes, ni
même d'affliger son
corps par quelque pé-
nitence exterieure : mais
de retirer son cœur d'u-
ne violente attache,

d'étouffer une flamme secrette qui vous dévore, & cependant qui vous plaît, de dompter une passion cimentée & soutenuë par tout ce qui est capable de faire plaisir, de reprimer d'ardents desirs qui vous emportent & qui vous charment, de bannir de son esprit l'agréable idée d'un commerce qui vous a autrefois enchanté, & de ne plus trouver que de l'amertume dans ce qui vous a plû, & qui vous plaist encore : voilà ce qui est difficile, & ce que Dieu neanmoins exige d'un cœur pénitent. C'est pourquoi le saint homme Job après avoir dit :

Job. 10. *Je laisserai parler ma langue contre moi-même* : C'est-à-dire, j'ouvrirai la bouche pour confesser mes pechez, & je m'accuserai moi-même de mes fautes, ajoute aussi-tôt : *Je parlerai*

Loquar in amaritudine animæ meæ. *Quod Beatus exponens Gregorius*, Sunt, *inquit*, nonnulli, qui apertis vocibus culpas fatentur, sed tamen in confessione gemere nesciunt, & lugenda gaudentes dicunt. *Unde qui culpas suas detestans loquitur, restat necesse est ut has in amaritudine anima loquatur, ut hæc ipsa amaritudo puniat quiquid lingua per mentis judicium accusat.*

dans l'amertume de mon ame. Ce qu'un grand Pape voulant expliquer davanta- ge, dit fort à propos : » Il s'en trouve « beaucoup qui n'ont pas de peine à s'a- « voüer coupables, & à confeſſer leurs « pechez, mais ils ne ſçavent ce que « c'eſt que de gémir en ſe confeſſant, & « ils racontent comme une chanſon, ou « cöme quelqu'agréable hiſtoire, ce qu'ils« ne devroient dire que la larme à l'œil, « & le cœur pénétré de douleur ; il ne « ſuffit donc pas, ajoute ce ſaint Pontife, « de confeſſer vos pechez, ſi en même « temps vous ne les confeſſez dans l'a- « mertume de votre ame, afin que cette « amertume puniſſe ce que la langue « conduite par la raiſon accuſe devant « Dieu & devant ſes Miniſtres. «

Greg. l. 9. Mor. c. 23. & 24.

Sed hæc quidem amaritudo vera pænitentiæ quam rara ſit beatus diligenter atten- deas Ambroſius : Facilius, inquit, inveni qui in- nocentiam ſer- vaverunt, quã qui pœniten- tiam egerunt.

Cependant rien n'eſt plus rare que cette a- mertume de cœur & cette veritable contri- tion qui fait l'eſſentiel de la pénitence. Saint Ambroiſe qui avoit une grande experience de toutes ces choſes, a- voüe lui-même qu'il a plus trouvé d'ames qui euſſent conſervé l'in-

Ambr. l. de Pœ- nit. c. 10.

nocence de leur Baptême, qu'il n'en a trouvé qui aprés l'avoir perdue, se fussent relevez par une sincere penitence. A mon égard, hélas ! que j'en suis éloignée ! Les plaisirs que nous avons autrefois pris ensemble m'ôt été si agréables, & ont fait une si douce impression sur mon ame, que loin de me déplaire à présent, comme je le souhaiterois, je ne puis pas même en effacer le souvenir de mon esprit.

In tantum vero illæ, quas pariter exercuimus, amantium voluptates dulces mihi fuerunt ; ut nec disciplere mihi, nec vix à memoria labi possint. Quocunque loco me vertam, semper se oculis meis cum suis ingerunt desideriis. Nec etiam dormienti suis illusionibus parcum.

En quelque lieu que je me trouve, l'idée s'en présente toujours à mon imagination avec des charmes qui séduisent mon cœur. Ces agréables fantêmes ne me donnent pas même de quartier durant la nuit, ils viennent troubler mon repos, & quoi qu'ils ne me présentent que des ombres, j'y trouve encore de véritables plaisirs.

J'aurois quelque espèce de consolation s'ils me laissoient tran-

Inter ipsa Missarum solemnia, ubi purior esse de-

bci oratio, ob-
scœna earum vo-
luptatum phan-
tasmata ita sibi
penitus miserri-
mam captivant
animam, ut tur-
pitudinibus illis
magis quam ora-
tioni vacem. Quæ
cum ingemiscere
debeam de com-
missis, suspiro
potius de amissis.

Nec solum quæ
egimus, sed loca
pariter & tempo-
ra, in quibus hæc
egimus, ita te-
cum nostro infixa
sunt animo, ut
in ipsis omnia te-

quille durant le reste de la journée: mais dans le temps le plus saint, durant les divins Offices, durant la célébration même de nos plus augustes mysteres, je veux dire durant la Messe, où l'esprit devroit être tout occupé de Dieu, où la priere devroit être pure & sans distractions, ces idées importunes me persecutent & me réduisent à une telle captivité, qu'il ne m'est plus possible de penser à autre chose; & cependant au lieu d'en gémir, comme je le devrois, il me semble que toute ma peine se réduit à regreter de n'être plus dans un état où je puisse goûter ces faux plaisirs.

Je me plains de la vivacité de mon imagination, qui est si grande, qu'elle me dépeint jusqu'aux moindres circonstances de nos amours, les temps, les lieux, les personnes, leur air, leurs geftes, leurs difcours, tout eft fi parfaitement imprimé dans mon efprit, | *cum agam, hæc dormiens etiam ab his quiefcam.*

qu'il me femble y être encore, & que tout cela fe paffe effectivement entre nous, non-feulement lorfque je dors, mais même lorfque je fuis éveillée.

Croiriez-vous que la violence de cette paffion eft fi extraordinaire, qu'on connoît fouvent au dehors ce qui fe paffe dans le plus fecret de mon cœur. Certains mouvemens du corps qui m'échappent fans y penfer, certaines paroles que je prononce fans réfléxion, me trahiffent, & découvrent le défordre de mon ame. * O que je | *Nonnunquam & ipfo motu corporis animi mei cogitationes deprehendūtur, nec à verbis temperans improvifis. O vere me miferam, & illa con-queftione inge-mifcentis animæ digniffimam! Infelix ego homo! quis me liberabit de corpore*

---

* Il eft aifé de connoître par tout ce recit fi bien circonftancié que fait Heloïfe, combien elle fouffroit, & combien elle meritoit, puifque tous ces mouvemens étoient involontaires, qu'ils lui deplaifoient, & qu'elle fouhaitoit fi ardemment d'en être delivrée. On y voit encore la delicateffe de fa confcience qui lui faifoit apprehender d'offenfer Dieu dans ces violens

poré mortis hu-
jus ? *Utinam &*
quod sequitur ve-
raciter addere
queam ! Gratia

suis à plaindre ! Y en
a-t-il une seule au mõ-
de à qui ces gémisse-
mens du grand Apôtre
conviénent mieux qu'à
moi,

les agitations , quoique sa volonté n'y eût point de
part , & qu'elles fussent l'effet d'un temperamment
vif & sanguin , d'une imagination prompte & pene-
trante , & d'une grande jeunesse. Enfin on y voit sa
profonde humilité , en s'accusant ainsi à son Directeur & à son Superieur de toutes ces foiblesses , qui ,
naturellement font rougir , & que les filles sur-tout
ont tant de peine à avoüer , même à confesse , par
une certaine honte qui leur est naturelle. Les gémissemens de son cœur qu'on ne peut pas reconnoître
dans ses paroles , font voir qu'elle combattoit la
tentation , & qu'elle étoit fidele à Dieu dans ces
rudes épreuves. Ainsi , loin d'en prendre sujet de
se mal édifier , & de la regarder comme une personne qui eût le cœur corrompu , & qui se fut
livrée à toutes les passions honteuses , comme quelques Ecrivains peu experimentez dans les voyes interieures , en ont jugé , elle ne merite que des louanges , ou du moins de la compassion. Autrement une
sainte Catherine de Sienne , & tant d'autres Saintes ,
qui , durant toute leur vie ont esté tourmentées de
ces cruelles tentations , & d'une maniere encore
plus violente qu'Heloïse ne l'estoit , ne meriteroient
pas l'estime qu'on fait de leur vertu , même sur cet
article. Saint Augustin , long-tems après sa conversion , ressentoit encore toutes ces foiblesses , & se
trouvoit dans le même état , qu'Heloïse dépeint ici si
naïvement. Voyez ce qu'il en dit dans les Con-
fessions , liv. 10. ch. 30.

moi, *Malheureux que je suis, qui me délivrera de ce corps de mort? Fasse enfin le Ciel que ce qui suit me convienne aussi, & s'accomplisse quelque jour en ma personne: Ce sera la grace de Dieu par Jesus-Christ Notre Seigneur.*

Rom. 7.

Dei per Jesum Christum Dominum noftrũ.

Cette grace, mon Cher & bien-aimé, vous a heureusement prévenu par ses charitables rigueurs. Une seule incision qu'elle a permis qu'on fit sur votre corps, a guéri une infinité de playes de votre ame; & ce qu'on regarde dans le monde comme le plus grand malheur, & la suite du courroux & de l'indignation de Dieu, est dans la verité le plus grand effet de son amour, puisqu'il vous a délivré par là en un moment de cette malheureuse passion qui me fait une si longue & si cruelle guerre. Il en a agi en votre endroit comme un charitable

Hæc te gratia, chariffime, prævenit, & iis tibi ftimulis una corporis plaga medendo multas in anima fanavit, & in quo tibi amplius adverfari Deus creditur, propitior invenitur. More quidem fideliffimi medici, qui non parcit dolori, ut confulat faluti.

Medecin qui ne se soucie pas de faire crier son malade, pourvû qu'il le guérisse, & lui rende la santé. Mais pour moi, je suis livrée à toute la rigueur de mon malheureux sort; ma passion ne m'a point quittée; le remede que j'avois pour la guérir m'a été enlevé, & je n'en ai point reçû d'autre qui put me tenir lieu de celui que je possedois; fut-ce au même prix qu'il vous a été donné, je l'aurois accepté.

Hos autem in me stimulos carnis, hæc incentiva libidinis ipse juvenilis fervor ætatis, & jucundissimarum experientia voluptatum, plurimum accendunt, & tanto amplius sua me impugnatione opprimunt, quanto infirmior est natura, quam oppugnant.

Ma condition est encore pire que je ne la dis : car me trouvant dans la fleur de mon âge, cette grande jeunesse ne fait qu'augmenter l'ardeur de mes convoitises, & ce sang petillant qui bout dans mes veines venant à se joindre à l'experience de tant de doux plaisirs que nous avons goûtez ensemble, allume dans mon corps un feu qui me devore & qui m'accable de telle sorte, que j'ai tout à craindre de ces rudes combats, sur-tout dans un sexe aussi foible & aussi fragile qu'est le nôtre.

Ceux qui ne me con-
noiſſent pas me pren-
nent pour une ſainte :
& cependant, Seigneur,
vous le ſçavez, je ne
ſuis qu'une hypocrite :
car de quoi ſert devant
vous la pureté du corps,
quand le cœur n'eſt pas
chaſte ? Les hommes
qui jugent de tout par
les dehors & par les ap-
parences exterieures,
me donnent des loüan-
ges, & je ne mérite que
des blâmes devant vous
ô mon Dieu, qui ſon-
dez les cœurs & les
reins, & qui pénétrez
juſqu'à nos plus ſecre-
tes penſées.

Nous ſommes dans
un temps où l'hypo-
criſie ne fait pas une
des moindres parties de
la Religion ; celui qui
ſçait garder les dehors
& éviter de rien faire
qui choque la vûë du
monde, paſſe pour un

Caſtam me præ-
dicant, qui non
deprehenderunt
hypocritā. Mun-
ditiam carnis
conferunt in vir-
tutem, cum non
ſit corporis, ſed
animi virtus. A-
liquid laudis a-
pud homines ha-
bens, nihil apud
Deum merear,
qui cordis & re-
num probator eſt,
& in abſcondito
videt.

Religioſa hoc
tempore judicor,
in quo jam parva
pars religionis
non eſt hypocriſis;
ubi ille maximis
extollitur laudi-
bus, qui humanū
non offendit judi-
cium. grand

grand homme de bien ; il ne faut donc pas s'étonner si l'on a de moi quelque idée avantageuse , & si je passe dans le monde pour une bonne Religieuse, puisque je me suis toûjours étudiée à faire mon devoir extérieurement.

Et hoc fortassis aliquo modo laudabile , & Deo acceptabile quoquo modo videtur, si quis videlicet exterioris operis exemplo quacunque intentione non sit Ecclesiæ scandalo, nec jam per ipsum apud infideles nomen Domini blasphemetur , nec apud carnales professionis suæ ordo infametur. Atque hoc quoque nonnullum est divinæ gratiæ donum , ex cujus videlicet munere venit

Ce n'est pas que je blâme le soin qu'on prend de ne point scandaliser son prochain. C'est quelque chose, c'est même un don de Dieu : car quel bien peut-il y avoir au monde qui ne vienne de lui , & qui ne soit un effet de sa grace ? Ce soin, quoi que souvent il ne vienne pas d'une intention fort pure , ne laisse pas de produire de bons effets. L'Eglise n'est point scandalisée, le monde mal-édifié ; les infideles & les impies n'ont point occasion de blasphêmer le nom de Dieu, les libertins n'ont nul sujet de faire des raille-

Tome I.   F

ries sur la sainteté de notre profession, & de se mocquer des Moines & des Religieuses. Enfin c'est une partie de la justice qui consiste à fuir le mal & à faire le bien : mais l'un sans l'autre est inutile pour le salut : & quand l'on feroit même l'un & l'autre, s'il ne se fait par un desir sincere de plaire à Dieu, & par un motif d'amour pour lui, il ne faut pas s'attendre d'en être recompensé dans le Ciel.

non solum bona facere, sed etiam à malis abstinere. Sed frustra istud præcedit, ubi illud non succedit, sicut scriptum est : Declina à malo, & fac bonum. *Et frustra utrumque geritur quod amore Dei non agitur.*

Jugez à present quelle est ma destinée, & ce que je puis me promettre : moi qui dans tous les differens états de ma vie ai toujours plus aprehendé de vous offenser que d'offenser Dieu ; moi qui me suis toujours plus étudiée à vous plaire que de plaire à Dieu, à faire vos volontez qu'à accom-

In omni autem (Deus scit) vita mea statu, te magis adhuc offendere, quam Deum vereor : tibi placere amplius quam ipsi appeto. Tua me ad religionis habitum jussio, non divina traxit dilectio. Vide quam

infelicem, & om-
nibus miserabi-
liorem ducam vi-
tam, si tanta hic
frustra sustineo:
nihil habitura
remunerationis
in futuro. Diu te,
seu multos, si-
mulatio mea fe-
fellit, ut religio-
ni deputares hy-
pochrisin: & ideo
nostris te maxime
commendans ora-
tionibus, quod à
te expecto, à me
postulas.

Noli, obsecro,
de me tanta præ-
sumere, ne mihi
cesses orando sub-
venire. Noli asti-

plir les siennes. C'est
votre commandement,
& non point l'amour
de Dieu, qui m'a revê-
tuë d'un habit reli-
gieux. Hélas! quelle
récompense en puis-je
attendre? Ne suis-je
pas à plaindre, & la
vie que je meine n'est-
elle pas bien malheu-
reuse, si après tant de
souffrances, tant d'au-
stéritez, tant de priva-
tions dans lesquelles je
passe mes jours, Dieu
ne m'en doit tenir au-
cun compte pour l'é-
ternité? C'est donc en
vain que je jeûne, que je veille, que je
prie, que j'ai sacrifié ma liberté, &
que je me suis interdit tous les plaisirs
du monde! Grand Dieu, quel triste état!
Peut-on voir une situation plus déplorable?

Il est temps de lever
le masque, & de vous
desabuser aussi bien
que la plupart du mon-
de, qui a cru comme

vous ma conversion sincere & véritable. Oui, ce que vous avez attribué à un principe de religion, n'a été qu'une pure hypocrisie. Nulle vûë de Dieu n'est entrée dans mon changement d'état : & cependant c'est sur ce faux principe que vous témoignez tant de confiance en mes prieres, & que vous me demandez ce que je dois attendre de vous. Ah ! je vous conjure de ne pas avoir si bonne opinion de ma personne, de crainte que sur cette fausse idée, vous cessiez de prier pour moi. N'allez point vous mettre dans l'esprit que je me porte bien, pour éviter de me procurer les remedes necessaires à ma santé ; ne croyez pas, je vous en prie, que je sois hors de l'in-

mare sanam, ne medicaminis subtrahas gratiam. Noli non egentem credere, ne differas in necessitate subvenire. Noli valitudinem putare, ne prius corruam quam sustentes labentem. Multis ficta sui laus nocuit, & præsidium quo indigebant, abstulit. Per Esaiam Dominus clamat, Popule meus, qui te beatificant ipsi te decipiunt, & viam gressuum tuorum dissipant. Et per Ezechielem, Væ qui consuitis, inquit, pulvillos sub omni cubitu manus, &

cervicialia fub capite ætatis u-niverfæ ad de-cipiendas ani-mas. *E contra autem per Salomonem dicitur,* Verba fapien-tum quafi fti-muli, & quafi clavi in altum defixi, qui vi-delicet vulnera nefciunt palpa-re, fed punge-re.

digence, crainte que vous ne vous croyiez difpenfé de me fecou-rir dans mes befoins. Ne vous imaginez pas que je fois affez forte pour me foûtenir de moi-même, de peur que je ne tombe avant que votre main chari-table vienne à mon fe-cours. Rien n'eft plus à craindre pour le falut que de fauffes loüan-ges: elles en ont fé-duit plufieurs qui fe font crûs hors de tout

befoin, du moment qu'on les a flattez d'une abondance qu'ils n'avoient pas; & c'eft pour remedier à ce malheur que Dieu s'écrie lui-même par un Prophete: *Mon Peuple, ceux qui vous difent que vous* Ifaïe 3. *êtes heureux, vous trompent, & vous reti-rent des voies du falut.* Et ailleurs: *Malheur à vous, directeurs des ames, qui met-* Ezechiel 13. *tez des couffinets fous les coudes, & des oreillers fous la tête de ceux que vous con-duifez, leur perte eft inévitable auffi bien que la vôtre.* C'eft pourquoi Salomon qui étoit infpiré de Dieu, difoit fort à

F 3

propos : *Les paroles du Sage font autant de pointes qui percent le cœur ; fes reprimandes font comme des cloux qu'on enfonce bien avant , il n'eft pas capable d'entretenir une playe , mais il y fait une incifion afin de la guérir.*

Prenez ce dernier parti , je vous en conjure, ceffez de me donner des loüanges , fi vous voulez éviter d'être regardé comme un flateur , & comme un ennemi de la verité ; fi vous croyez qu'il y a en moi quelque ombre de vertu, craignez qu'elle ne fe diffipe par un air auffi dangereux que font les loüanges. Un habile Medecin ne s'arrête point aux difpofitions exterieures d'une perfonne , pour juger d'une maladie fecrete & interieure qui l'a conduit à la mort. Tous les avantages que les reprouvez peuvét partager avec les élûs doi-

Quiefce obfecro à laude mea , ne turpem adulationis notam & mendacii crimen incurras : aut fi quod in me fufpicaris bonum , ipfum laudatum vanitatis aura ventilet. Nemo medicina peritus interiorem morbum ex exterioris habitus infpectione dijudicat. Nulla, quicquid meriti apud Deum obtinent , quæ reprobis æq; ut electis communia funt. Hæc autem ea funt , quæ exterius agun-

tur, que nulli Sanctorum tam studiose peragit, quantum hypocritæ.

vent être comtez pour rien par des personnes bien sensées ; comme ils ne sont d'aucun mérite devant Dieu, ils ne méritent pas aussi l'estime des hommes ; & c'est le sort de toutes les pratiques exterieures dont les hypocrites sont encore plus soigneux que les plus grands Saints. En juger par les dehors, c'est s'exposer à canoniser ceux que Dieu rejette.

Pravum est cor hominis, & inscrutabile etiam : quis cognoscet illud? Et sunt viæ hominis quæ videntur recta : novissima autem illius deducunt ad mortem. Temerarium est in eo judicium hominis, quod divino tantum reservatur examini. Unde & scriptum est : Ne laudaveris hominem

Comme le cœur de l'homme est une source inépuisable de malice & de corruption, aussi est-il impénétrable, & l'on ne peut presque en juger sans faire des jugemens téméraires. C'est pour ne nous y pas engager que Dieu s'en est reservé l'examen & le jugement, & qu'il nous ordonne de suspendre le nôtre, jusqu'à nous défendre de loüer personne durant cette vie. En effet, la loüange

Hier. 17.

Ecclef. 11.

porte avec elle un poison si subtil, que quand elle seroit sincere& veritable, elle est capable de nous faire perdre tout le mérite qui nous l'avoit attirée, & de nous réduire à l'état déplorable de n'être plus dignes que de blâme.

Si ce malheur peut arriver à toutes sortes de personnes, j'en suis plus menacée qu'aucune autre, parce que mon cœur étant extrêmement sensible à tout ce qui me vient de votre part, les loüanges que vous me donnez peuvent faire aussi plus d'impression sur moi, & m'être plus agréables que celles que je recevrois d'une autre personne. Je me suis fait un devoir & un plaisir d'entrer dans tous vos sentimens, il

in vita. Ne tunc videlicet hominem laudes, dum laudando facere non laudabilem potes.

Tanto autem mihi tua laus in me periculosior est, quanto gratior : & tanto amplius ea capior & delector, quanto amplius tibi per omnia placere studeo. Time obsecro semper de me potius quam confidas, ut tua semper sollicitudine adjuver. Nunc vero præcipue timendum est, ubi nullum incontinen-

tia mea superest in te remedium.

n'est donc pas possible que si vous en avez d'avantageux pour moi je ne m'y plaise infiniment, & qu'ainsi je ne tombe dans le piege que vous me rendez innocemment. Voulez-vous être la cause de ma perte? Non je ne puis croire que vous ayez assez peu d'amitié pour moi, pour vouloir ainsi exposer mon salut, en m'exposant à perdre l'humilité. Demeurez donc toujours dans une sainte appréhension sur mon sujet, craignez pour moi & pour mon peu de vertu, afin que cette crainte vous oblige à me secourir par de ferventes prieres, qui me sont maintenant d'autant plus necessaires que j'ai perdu en vous perdant l'unique remede que Dieu m'avoit donné pour guérir mon incontinence, ou du moins pour en moderer les ardeurs.

Nolo me ad virtutem exhortans, & ad pugnam provocans, dicas: Nam virtus in infirmitate perficitur: &, non coronabitur nisi qui legitime

Ne me dites point pour m'encourager dãs les combats que j'ai à soutenir, que la vertu se perfectionne dans les foiblesses que le peché originel nous a laissées. Ne m'alleguez point que pour être

2. Cor. 12.

F 5

couronné il faut avoir combattu. Hélas ! ce n'eſt pas ce que je cherche. Non, non, je ne veux point de ces couronnes qui ſe donnent pour prix des victoires qu'on a remportées: mon ambition ne va pas juſques - là. C'eſt aſſez pour moi ſi je puis éviter les dangers qui me menacent. Tout eſt à craindre pour une créature auſſi foible que je la ſuis, quand elle s'expoſe au combat ; la prudence au contraire demande qu'elle l'évite. Je me croirai trop heureuſe ſi Dieu veut bien ſeulement me donner la derniere place de ſon Royaume, je n'en demanderai point d'autre, & je ne ſerai pas capable alors d'envier celle des autres , parce qu'il n'y a point de ſentimens de jalouſie dans ce bienheureux ſéjour, & que chacun eſt content de ſon ſort. En un mot, je ne veux pas m'expoſer à tout perdre pour courir aprés quelques legers avantages que je ne poſſederai peut-être ja-

2. Tim. 2.

certaverit. Non quæro coronam victoriæ. Satis eſt mihi periculum evitare. Tutius evitatur periculum , quam committitur bellum. Quocunque me angulo cœli Deus collocet , ſatis mihi faciet. Nullus ibi cuiquam invidebit , cum ſingulis quod habebunt ſuffecerit.

mais. C'est une témérité que d'abandonner ce qui est sûr, quoi que médiocre, pour courir apres l'incertain, quelques grandes que soient les recompenses dont il nous flatte.

Cui quidem consilio nostro, ut ex authoritate quoque robur adjungam, Beatum audiamus Hieronymum : Fateor imbecillitatem meam, nolo spe victoriæ pugnare, ne perdam aliquando victoriam. Quid necesse est certa dimittere, & incerta sectari ?

Si ces sentimens vous paroissent peu genereux ; si vous les croïez indignes du courage que j'ai toujours fait paroître, j'aurai au moins la consolation de voir saint Jerôme prendre mon parti, & de le trouver favorable à mes pensées. *J'avouë ma foiblesse*, dit ce grand Saint, *je ne veux point combattre dans l'esperance de la victoire, de crainte que m'étant exposé temerairement au combat, je ne fois vaincu.* Voulez-vous qu'une fille soit plus genereuse qu'un homme, une pecheresse plus hardie qu'un Saint, une ignorante plus habile qu'un Docteur de l'Eglise, qu'Heloïse ait plus de vertu qu'un saint Jerôme ? C'est assez,

To. 2.
adverf.
Vigil.

F 6

mon Cher, pour me justifier auprès de
vous , & je ne puis vous en dire davantage.

Epiſtola II. Abælardi quæ eſt Reſponſio ad Heloiſ-ſam.	SECONDE LETTRE d'Abeillard à He-loïſe, par laquelle il répond à la pré-cédente.

Argumentum.

QUatuor partibus ex quibus tota noviſſima He-loiſſæ Epiſtola conſtare dicitur argute reſpon-det Abælardus; ſingularumque rationes proſe-quitur, non tam ut ſeipſum ex-cuſet, quam ut ipſam Heloiſ-ſam doceat, hortetur, con-ſoletur. Primo quidem cauſam

Abregé de cette Lettre.

*A*Beillard réduit fort adroitement toute la precedente Lettre d'Heloïſe à qua-tre chefs, & y répond d'une maniere fort tou-chante & fort inſtruc-tive. Il lui rend rai-ſon en premier lieu, de la preference qu'il lui a donnée dans l'inſ-cription de ſa Lettre. Il lui fait voir ſecon-dement que s'il lui a parlé du danger où il étoit de perdre la vie,

ce n'étoit que pour o-
beïr aux inftances qu'-
elle lui en avoit fait.
Il approuve enfuite le
mépris qu'elle paroît
faire des loüanges des
hommes, pourvû que
ce mepris foit fincere.
Enfin il lui parle fort
au long de ce qui a efté
l'occafion que l'un &
l'autre ait embraffé la
vie Religieufe. Il a-
doucit tellement l'ou-
trage fait à fa perfon-
ne, qu'il le fait paffer
pour un remede falu-
taire, dont il a tiré
plufieurs avantages
pour fon falut, auffi-
bien qu'Heloïfe, d'où
il prend fujet de loüer
la fageffe & la bonté
divine. Tout y eft foü-
tenu par une profonde
érudition, & par de

affignat prop-
ter quam in E-
piftola fua præ-
cedenti Heloif-
fæ nomen fuo
præpofuerat.
Secundo, quod
cafuum vario-
rum, necnon
ipfius mortis
difcriminum
mentionem fe-
cerat, fe ab ipfa
adjuratum fcri-
pfiffe teftatur;
Tertio, Heloif-
fam propter
fuarum laudum
faftidium com-
probat, mo-
do id fincere,
& fine laudis
cupiditate fiat;
Quarto, de u-
triufque ad vi-
tam Monafti-
cam converfio-
nis occafione
fufius profequi-
tur. Vulnus ob-

scœnæ corporis sui parti inflictum, quod tam lugubriter illa planxerat, sic extenuat Philosophus; ut id utriq; saluberrimum conti-

puissans motifs de consolation pour Heloïse. Il ajoute sur la fin une formule de priere, qu'il lui demande de réciter tous les jours pour lui & pour elle.

gisse, &, si turpia ejusdem pudendæ partis conferantur acta, multorum bonorum causam esse profiteatur: ob eumque casum divinam extollit sapientiam & clementiam. Epistolam hancce claudit oratiuncula, qua Monachæ Paracletenses Abælardo, & Heloïssæ Deum propitiarent.

SPONSÆ Christi, Servus ejusdem.

A UNE DIGNE Epouse de Jesus-Christ, un Serviteur du même J. C.

 IN quatuor, memini, circa quæ Epistola tua no-

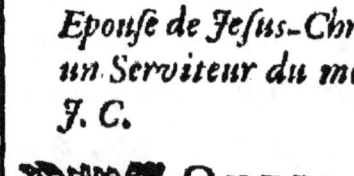 OUTES les plaintes que vous me faites dans votre precedente lettre, se peuvent réduire, au-

tant que je puis m'en souvenir , à quatre chefs. Vous vous plaignez premierement de ce que contre la coutume qui s'obferve en écrivant des lettres , & même contre l'ordre naturel des chofes , j'ai mis votre nom avant le mien dans le titre de la lettre que je vous ai écrite. Secondement, de ce qu'au lieu de vous écrire quelque chofe capable de vous confoler , je n'ai fait que vous attrifter davantage, & exciter des larmes que j'aurois dû appaifer , en vous parlant de ma mort , & du danger où j'étois expofé de perdre la vie. En troifiéme lieu, vous renouvellez & continuez toûjours ces anciennes plaintes contre la Providence divine , que vous n'avez ceffé

viffima fummâ confiftit , offenfa tua commotionem expreffifti. Primo quidem fuper hoc conquereris , quod præter confuetudinem Epiftolarum , imo etiam contra ipfum naturalem ordinem rerum , Epiftola noftra tibi directa te mihi in falutatione propofuit. Secundo , quod cum vobis confolationis potius remedium afferre debuiffem, defolationem auxi , & quas mitigare debueram lachrymas , excitavi. Illud videlicet ibidem adjûgens, Quod fi me Dominus in manus ini-

micorum tradi-
derit , ut me
scilicet prævia-
lentes interfi-
ciant, *&c.* Ter-
*tio vero veterem
illam & assiduam
querelam tuam
in Deum adjeci-
sti , de modo vi-
delicet nostræ con
versionis ad Deŭ,
& crudelitate
proditionis illius
in me commissa.
Denique accusa-*
*tionem tui contra nostram in te laudem op-
posuisti , non cum supplicatione modicâ , ne
id deinceps præsumerem.*

*Quibus quidem
singulis rescribe-
re decrevi , non
tam pro excusa-
tione mea , quam
pro doctrina vel
exhortatione tua;
ut eo scilicet li-
bentius petitioni-
bus assentias no-
stris, quo eas ra-*

de faire jusqu'à pré-
sent, au sujet du moïen
dont elle s'est servie
pour nous dégoûter du
monde , je veux dire la
trahison de vos parens,
& cette cruauté dont
ils ont usé en mon en-
droit. Enfin vous trou-
vez mauvais que je
vous aye donné quel-
ques loüanges, & vous
me priez instamment
de ne plus retomber
dans cette faute.

J'ai resolu de répon-
dre à tous ces chefs,
non pas tant pour m'ex-
cuser que pour vous in-
struire , & vous obliger
à entrer d'autant plus
facilement dans mes
pensées que vous les
trouverez plus raison-
nables & mieux fon-
dées sur la justice & sur

la véritable pieté. Vous connoîtrez alors que ce que vous exigez de moi n'eft pas jufte, & que vous devez préférer mes fentimens aux vôtres, qui ne font appuyez que fur la foibleffe de la nature corrompuë, ou fur des principes peu folides.

Je commence par le reproche que vous me faites, d'avoir changé l'ordre des chofes en vous écrivant, & de vous avoir fans raifon donné une préférence qui ne vous étoit pas dûë, en mettant votre nom avant le mien dès les premiers mots de ma lettre. Si vous y faites reflexion, Héloïfe, vous trouverez que la raifon que vous apportez pour juftifier ce repro-

tionabilius factas intellexeris ; & tanto me amplius exaudias in tuis, quanto reprehenfibilem minus invenies in meis; tantoque amplius verearis contemnere, quanto minus videris dignum reprehenfione.

De ipfo autem noftra falutationis, ut dicis, ordine præpoftero, juxta tuam quoque, fi diligenter attendas, actum eft fententiam. Id enim quod omnibus patet, tu ipfa indicafti, ut cum videlicet ad fuperiores fcribitur eorum nomina præponantur. Te vero ex tunc me fuperiorem fac-

iam intelligas, quod domina mea esse cœpisti. Domini mei sponsa effecta, juxta illud Beati Hieronymi ad Eustochium ita scribentis: Hæc idcirco domina mea Eustochiũ, scribo. Dominam quippe debeo vocare spõsam Domini mei. *Fœlix talium commerciũ nuptiarum, ut homunculi miseri prius uxor, nunc in summi Regis thalamis sublimeris. Nec ex hujus honoris privilegio priori tantummodo viro, sed quibuscunque servis ejusdemRegisprælata. Ne mire-*

che, vous condamne ; car si, selon vous, & selon la maxime reçuë de tout le monde, cette préférence ne se fait que lorsqu'on écrit à des personnes qui sont au-dessus de nous, ne suis-je pas dans le cas, puisque du moment que vous êtes devenuë l'épouse de Jesus-Christ, par vos vœux, & par la sainteté de votre état, vous êtes en même temps devenuë ma Dame, & ma maîtresse, & par conséquent vous occupez dans l'Eglise un rang que je dois respecter, & qui vous éleve au-dessus de moi. C'est saint Jerôme qui me l'apprend, toutes ses paroles vous doivent être comme autant d'oracles. Ecoutez ce qu'il dit à Eustoquie : *Je vous écris ceci, Madame, car*

To. I. Ep. 22.

je dois donner ce nom à l'épouse de mon Seigneur & de mon maître. Ai-je eu tort aprés cela de vous donner la préférence dont vous vous plaignez, & pouvois-je moins faire étant ce que vous êtes ? L'heureux échange que vous avez fait ! En comprenez-vous bien la grandeur ? Celle qui auparavãt n'avoit pour époux qu'une vile & miserable créature, un homme qui n'est que cendre & poussiere, est élevée maintenant à l'auguste qualité d'épouse du Roi des Rois, & partage avec luy l'honneur de sa couche nuptiale ! Héloïse, quel est votre bonheur? Par cette alliance vous vous trouvez non-seulement au dessus de votre premier époux, mais encore de tous ceux qui

ris igitur si tam vivus quam mortuus me vestris præcipue commentem orationibus ; cum jure publico conset apud dominos plus eorum sponsas intercedendo posse, quam ipsorum familias, dominas amplius, quam servos. In quarum quidem typo Regina, illa & summi Regis sponsa diligenter describitur, cum in Psalmo dicitur, Astitit Regina à dextris tuis. Ac si aperte dicatur, ista juncto latere sponso familiarissime adhæret, & pariter incedit, cæteris omnibus quasi à lon-

ge absistentibus, vel subsequentibus. ont l'honneur de servir ce grand Roi. Ne soyez donc plus surprise si je me recommande à vos prieres, & si j'en implore le secours, soit durant ma vie, soit après ma mort, puisqu'il est constant parmi toutes les nations du monde qu'une femme a plus de pouvoir & de crédit auprés de son époux, que tous ceux qui composent sa famille, & que les serviteurs ne sont rien en comparaison de celle qui en est la Dame & la maîtresse. C'est pour nous marquer cette verité que le Prophete Roy faisant la description des préroga- Psal, 44. tives de cette celeste épouse, dit qu'elle est toujours comme une Reine assise à la droite du Prince son époux. Comme s'il vouloit dire que lui étant unie par un lien qui ne se peut plus rompre, elle marche toujours de pair avec lui, & joüit sans cesse de la douceur de sa présence & de la familiarité de ses entretiens, tandis que les autres, ou ne le voyent que de loin, ou se tiennent derriere dans un respectueux silence.

De hujus excellentia prærogativa sponsa in Canticis exultans, Elle ne l'ignore pas elle-même cette bien-heureuse épouse, puisque pour exprimer la joye qu'elle reſſent de cette divine alliance, & des avantages qui y ſont attachez, nous la voyons dans le divin Cantique adreſſer ces paroles aux filles de Je-ruſalem : *Je ſuis brune,* leur dit-elle, *mais je ſuis belle, c'eſt le ſujet de l'amour que le Roy des Rois me porte, amour qui l'a engagé juſqu'à m'in-troduire dans ſon appar-tement, & à partager avec moi l'honneur de ſa couche nuptiale.* Et ail-leurs : *Ne ſoyez point ſurpris de ce que je ſuis ſi brune, c'eſt pour m'être trop appro-chée des rayons du Soleil, que j'ay pris cette couleur.*

Il eſt vrai que ces myſterieuſes paroles nous marquent en ge-neral l'état d'une ame contemplative qui ne quitte point Dieu de vûë, & qui pour ce ſu-jet, eſt appellée à juſte titre l'épouſe de J. C.

Cant. 1.

Ibid.

illa, ut ita di-cam, quam Moy-ſes duxit, Æ-thyopiſſa dicit : Nigra ſum, ſed formoſa, filiæ Hieruſalē. Ideo dilexit me Rex, & introduxit me in cubicu-lum ſuum. Et rurſum, Nolite cōſiderare quod fuſca ſum, quia decoloravit me Sol.

In quibus qui-dem verbis cum generaliter ani-ma deſcribatur contemplativa, quæ ſpecialiter Sponſa Chriſti dicitur, expreſ-ſius tamen ad vos hoc pertinere ipse etiam vester exterior habitus loquitur. Ipse quippe cultus exterior nigrorum, aut vilium indumentorum, instar lugubris habitus bonarum viduarum mortuos, quos dilexerant viros, plangentium, vos in hoc mundo, juxta Apostolum, vere viduas, & desolatas oftendit, stipendiis Ecclesiæ sustentandas. De quarū etiam viduarum luctu super occisum earū sponsum Scriptura commemorat, dicens: Mulieres sedentes ad monumentum lamentabantur flentes Dominum.

mais il n'est pas moins certain qu'elles vous regardent très-particulierement, vous qui par la couleur de votre habit faites connoître les dispositious interieures de votre ame, & exprimez si bien par le deüil que vous portez toûjours, le triste état de ces veuvès desolées dont parle l'Apôtre ; veuves qui pleurent sans cesse la mort de leurs époux, qu'elles aimoient uniquement; & qui pour ce sujet doivent être entretenuës aux dépens de l'Eglise, qui, durant cette vie passagere leur tient lieu de Mere, de consolation & d'appui. Voulez-vous voir quelle est l'occupation la plus ordinaire de ces heureuses Veuves ? Ecoutez ce qu'en dit un Evangeliste. Elles é-

1. Tim. 5.

Matth. 27.

toient, dit-il, affises auprès du sepulchre, & là , plongées dans la douleur & dans l'amertume , elles verfoient des torrents de larmes fur la mort de leur Seigneur & de leur divin Maître.

Comme tout ce qui fe paffoit dans l'ancien Teftament étoit une figure de ce qui fe feroit dans le Nouveau, Moïfe, ce grand ferviteur de Dieu , époufa une Ethyopienne. Qu'eft-ce qu'une Ethyopienne ? Une femme qui à l'exterieur paroît moins belle que les autres, à caufe de la noirceur de fon teint qui la défigure , mais qui ne leur eft pas inférieure dans tout le refte , & les furpaffe même en blancheur & en beauté dans les autres parties du corps les plus cachées , comme font les os & les dents : blancheur fi agréable à l'Epoux, qu'il

Num. 12.

Habet autem Æthyopiffa exteriorem in carne nigredinem , &, quantum ad exteriora pertinet, cæteris apparet fœminis deformior : cum non fit tamen in interioribus difpar, fed in plerifque etiam formofior, atque candidior, ficut in offibus, fen dentibus. Quorum videlicet dentium candor in ipfo etiam commendatur Sponfo, cum dicitur : Et dentes ejus lacte candidiores. Nigra itaque in exterioribus, tus, sed formosa in interioribus est; quia in hac vita crebris adversitatum tribulationibus corporaliter afflicta quasi in carne nigrescit exterius, juxta illud Apostoli : Omnes, qui volunt pie vivere in Christo tribulationem patientur. Sicut enim candido prosperum, ita non incongrue nigro designatur adversum. Intus autem, quasi in ossibus, candet, quia in virtutibus ejus anima pollet sicut scriptum est : Omnis gloria ejus filiæ Regis ab intus.

s'en fait lui-même un point d'honneur, puisqu'il a eu soin qu'on ne l'oubliât pas dans son Cantique, & que parmi toutes les loüanges que l'Epouse lui donne, elle marque celle-ci en particulier : *Ses dents sont plus blanches que du lait.* L'Epouse paroît donc noire au dehors. Les travaux de cette vie laborieuse, & les fréquentes afflictions qu'elle y éprouve, conformément à cette parole de l'Apôtre : *Tous ceux qui veulent vivre avec pieté, doivent s'attendre à être persecutez,* semblent la défigurer : car si la joie & la prosperité nous sont marquées fort à propos par la blancheur, il ne faut point douter que la tristesse & l'adversité ne soient aussi fort justement re-

Gen.
49.

Tome I.   G

préfentées par la noirceur ; mais cette Epoufe eft belle au dedans , parce que les vertus dont fon ame eft ornée luy donnent un agrément qui furpaffe toutes les beautez de ce monde , felon cette parole du Prophete : *Toute la gloire de la fille du Roi vient de fon interieur.*

Pfal. 44.

Ce font là les os de cette Ethyopienne, dôt la blancheur furpaffe celle des perfonnes qui paroiffent moins noires qu'elle : car qu'y a-t-il qui nous reprefente mieux la force de l'ame que les os? Comme elle, ils font tout interieurs , & cachez fous la chair qui les dérobe à nos yeux ; comme elle, ils font la force du corps, fon appui & fon foutien ; comme elle, ils donnent au corps par leur arrangement, une forme & une figure qu'il n'auroit point s'il en étoit deftitué ; comme elle enfin, ils font en

Offa quippe, quæ interiora fiit, exteriori carne circundata , & ipfius carnis, quam gerunt, vel fuftentant , robur, ac fortitudo funt, bene animam exprimunt, quæ carnem ipfam, cui ineft, vivificat, fuftentat , movet, atque regit, atque ei omnem valetudinem miniftrat. Cujus quidem eft candor , five decor, ipfa , quibus adornatur, virtutes.

quelque façon la vie & la beauté du corps.

Nigra quoque est in exterioribus, quia dum in hac peregrinatione adhuc exulat, vilem & abjectam se tenet in hac vita; ut in illa sublimetur, quæ est abscondita cum Christo in Deo, patriam jam adepta.

Ce n'est pas seulement pour cette raison que la celeste Epouse dit qu'elle est noire exterieurement, la vie humble, cachée, & obscure qu'elle meine en ce monde, fait encore une partie de cette noirceur. Instruite par la sagesse de Dieu même, elle sçait que l'humilité est l'unique moïé de s'élever & de devenir grande dans le Ciel : & comme elle ne connoît point d'autre grandeur que celle qu'elle doit posseder dans l'autre vie, aprés laquelle elle soupire sans cesse, elle ne met point aussi de bornes à son humilité dans celle-ci ; persuadée que ce sont autant de degrez qui l'approchent davantage de son celeste Epoux.

Sic vero eam sol verus decolorat, quia cœlestis amor Sponsi eam sic humiliat, vel tribulationibus

Elle ajoute que le Soleil l'a décolorée, parce que son époux qui est le véritable Soleil de justice, ne l'aimeroit pas autant qu'il fait, s'il n'avoit soin de l'humilier, de l'affliger, & de lui faire part de ses souffrances, crainte que la prosperité ne lui enfle le cœur, & ne lui fasse perdre tout le mérite qu'elle s'est acquis par la pratique de tant de vertus. C'est par cette douce rigueur qu'il l'a décolorée, c'est-à-dire qu'il l'a renduë dissemblable au reste des hommes qui ne pensent qu'aux biens de la terre, & qui ne cherchent que la gloire de ce monde. C'est pourquoi il la compare au lys des vallées, & non pas des montagnes, parce que son humilité la tient toujours dans de

cruciat; ne eam scilicet prosperitas extollat. Decolorat eam sic, id est dissimilem eam à cæteris facit, quæ terrenis inhiant, & sæculi quærunt gloriam; ut sic ipsa vere lilium convallium per humilitatem efficiatur: non lilium quidem montium, sicut illæ videlicet fatuæ virgines, quæ de munditia carnis, vel abstinentia exteriore, apud se intumescentes, æstu temptationum aruerunt.

Cant. 3.

bas sentimens d'elle même: bien éloignée de ces infideles épouses, ou de ces vierges insensées qui toutes orgueilleuses d'une chasteté exterieure qu'elles observent exactement, & d'une severe abstinence dont elles font parade, se laissent consumer au dedans par le feu des tentations dont elles ne se gardent point, ou par les flateurs sentimens d'une secrette vanité qui ne leur inspire que du mépris pour celles qui ont contracté une alliance avec les enfans des hommes, ne se croyant pas assez fortes pour passer toute leur vie dans la continence.

Bene autem filias Hierusalem, id est, imperfectiores alloquens fideles, qui filiarum potius, quam filiorum nomine digni sunt, dicit: Nolite me considerare, quod fusca sim, quia decoloravit me sol. *Ac si apertius dicat: Quod sic me humilio, vel tam viriliter adversitates sustineo, non est meæ virtutis; sed ejus gratia, cui de-*

Si elle s'adresse aux filles de Jerusalem, c'est pour nous faire entendre qu'elle parle aux ames imparfaites, que le mot de filles represente mieux que celui de fils; & c'est à ces ames encore foibles qu'elle dit : Ne soyez point surprises de me voir si brune, le Soleil m'a réduite en cet état : comme si elle vouloit dire: Ne croïez pas que ce soit un effet de ma vertu, si vous me voyez pratiquer l'humilité & la patience avec tant de courage, c'est une grace de celui dont j'ai l'honneur d'être l'épouse & la servante; conduite bien differente de celle des hypocrites, qui pour s'attirer quelque fumée d'encens ou de vaine gloire, s'étudient à paroître fort humbles devant les hômes, & à témoigner de la patience dans les adversitez de cette vie: sans prendre garde que par ces démarches ils se rendent plus malheureux que les plus miserables de ce monde, puisqu'ils se privent également des plaisirs de la terre & de ceux du Ciel.

L'Epouse attentive à toute cette conduite, dit ici, qu'il ne faut pas s'étonner de la sienne, mais plûtôt de celle de ces ames orgueilleuses, qui pour se con

servio. Aliter solent hæretici, vel hypocritæ, quantum ad faciem hominum spectat, spe terrenæ gloriæ sese vehementer humiliare, vel multa inutiliter tolerare. De quorum hujusmodi abjectione, vel tribulatione, quā sustinent, vehementer mirandū est; cum sint omnibus miserabiliores hominibus, qui nec præsentis vitæ bonis, nec futurā fruuntur.

Hoc itaque Sponsa diligenter considerans dicit: Nolite mirari, cur id faciam. Sed de illis mirandum est, qui inutiliter terrena laudis desiderio æstuantes terrenis se privant commodis, tam hic, quam in futuro miseri. Qualis quidem fatuarum virginum continentia est, quæ à janua sunt exclusæ.

cilier l'estime des hommes, où se bornent tous leurs desirs, menent à leurs yeux une vie pénitente & crucifiée, dont elles n'auront d'autre récompense que celle de se mortifier inutilement. Telles furent ces vierges insensées dont parle l'Evangile. Malgré toute leur apparente _{Matth.} vertu, elles eurent la honte d'être rejettées de l'Epoux ; & cet état de continence dont elles faisoient toute leur gloire, ne servit qu'à leur attirer la derniere confusion.

Bene etiam, quia nigra est, ut diximus, & formosa, dilectam, & introductam se dicit in cubiculum Regis, id est, in secretum, vel quietem contemplationis, & lectum illum, de quo

Elle a raison aussi de dire que son humilité l'a renduë agréable aux yeux de l'Epoux, & que cette beauté qui le charme l'a engagé à l'introduire non-seulement dans son palais, mais encore dans son lit, c'est-à-dire dans cet heureux repos de la contemplation, où une ame fidele goûte toutes les douceurs d'un Paradis anticipé ; & c'est ce qui lui fait dire *cant. 3.* ailleurs, qu'elle s'est occupée durant toutes les nuits à chercher son bien aimé dans son lit : car une ame veritablement humble fuit le tumulte du monde, & n'aime point à paroître en public ; elle cherche l'obscurité & les lieux écartez, comme une épouse pleine de pudeur, qui auroit honte de se voir caressée de son époux devant le monde.

En effet, il arrive fort souvent qu'une femme un peu trop brune n'est point belle à voir, quoi qu'elle soit trés-aimable dans le secret par la douceur de sa chair qui l'emporte sur les personnes

eadem alibi dicit : In lectulo meo per noctes quæsivi, quem diligit anima mea. Ipsa quippe nigredinis deformitas occultum potius quam manifestum, & secretum magis, quam publicum amat. Et qua talis est uxor, secreta potius viri gaudia, quam manifesta desiderat, & in lecto magis vult sentiri quam in mensa videri.

Et frequenter accidit, ut nigrarum caro fœminarum, quanto est in aspectu deformior, tanto fit in tactu suavior : atque ideo earum voluptas ſecretis gaudiis, quam publicis gratior ſit, & convenientior, & earum viri, ut illis oblectentur, magis eas in cubiculum introducunt, quam ad publicum educunt.

les plus blanches. Un mari pourvû d'une telle femme, ne s'amuſe point à la faire paroître en public; il ſçait que ſa vûë n'eſt pas capable de plaire; elle-même fuit ces occaſions qui ne lui ſont point favorables; l'un & l'autre ſe reſervent pour le particulier, &

ils ne trouvent de ſatisfaction que quand ils ſont ſeuls, éloignez de la vûë du monde.

Secundum quam quidem metaphoram bene ſpiritualis Sponſa cũ præmiſiſſet: Nigra ſum, ſed formoſa, ſtatim adjunxit: Ideo dilexit me Rex, & introduxit me in cubiculum ſuum, ſingula videlicet ſingulis reddens. Hoc eſt, quia for-

Conformement à cette métaphore, l'Epouſe celeſte ayant dit qu'elle étoit brune, mais agréable, ajoute auſſi-tôt que c'eſt pour ce ſujet que le Roi du Ciel la chérit, & qu'il la fait entrer dans ſon appartement le plus ſecret: marquant ainſi toutes les démarches de ſon époux par rapport aux qualitez qu'elle poſſede: car s'il

G 5

l'aime, c'est parcequ'elle est agréable ; & s'il la tient dans un lieu écarté, c'est parcequ'elle est trop brune, & nullement propre à paroître devant le monde ; son agrément lui vient des vertus interieures qu'elle pratique, & qui plaisent infiniment à son époux. Sa noirceur est l'effet de la vie pénitente qu'elle mene, & des afflictions de cette vie, dont elle est mieux partagée qu'une autre.

mosa, dilexit : quia nigra introduxit. Formosa, ut dixi, intus virtutibus, quas diligit Sponsus : nigra exterius corporalium tribulationñ adverfitatibus.

Ces traverses & ces croix continuelles lui sont avantageuses ; elles éloignent son cœur de l'amour du monde, elles lui donnent du dégoût pour les plaisirs de cette vie, elles lui font désirer les biés celestes ; & aprés avoir reconnu le néant & la vanité de 'ceux de la terre, elle forme la résolution de ne plus vivre que pour le Ciel.

Quæ quidem nigredo, corporalium scilicet tribulationum, facile fidelium mentes ab amore terrenorum avellit, & ad æterna vita desideria suspendit, & sæpe à tumultuosa sæculi vita trahit ad secretum contemplationis. Sicut in Paulo il-

lo videlicet no-
ſtra, id eſt, Mo-
nachalis vita,
primordio actum
eſſe Beatus ſcri-
bit Hieronymus.

C'eſt ainſi, ſelon ſaint Hier. in vit. S. Paul. Jerôme, que ce bien-heureux ſolitaire, que nous regardons com-me le modele de la vie monaſtique que nous avons embraſſée, fut dégoûté du monde, & prit le deſſein de s'en ſeparer pour toujours. C'eſt ainſi que Paul, le premier ſolitaire du Chri-ſtianiſme, nous apprit par ſon exemple le bonheur de la vie retirée, & que les perſecutions qu'il ſouffrit dans le mon-de furent l'occaſion de ce genre de vie ſi ſublime & ſi élevé, où il paſſa le reſte de ſes jours.

Hæc quoque ad-
jectio indumen-
torum vilium ſe-
cretum magis,
quam publicum
appetit, & ma-
xima vilitatis,
ac ſecretioris lo-
ci, qui noſtra præ-
cipue convenit
profeſſioni, cuſto-
dienda eſt. Ma-
xime namque ad
publicum proce-

Je vous ai dit, Héloï-ſe, que cette noirceur de l'Epouſe pouvoit auſſi marquer la ſim-plicité, ou plûtôt la pauvreté des habits que nous portons : ils ſont vils & mépriſables par leur couleur, par leur groſſiereté, par leur figure ſi peu conforme aux modes du ſiecle. Il faut bien ſe garder, Epouſe de J. C. de jamais quitter cette noirceur, sous quelque prétexte que ce soit; elle est la gardienne de l'innocence, comme de la pureté de notre état, qui consiste principalement à vivre dans l'éloignement du monde: car une personne vêtuë pauvrement ne sent aucune envie de se montrer & de paroître *dere pretiosus provocat cultus, quæ à nullo appeti, nisi ad inanem gloriam, & sæculi pompâ Beatus Gregorius inde convincit: Quod nemo his in occulto se ornat, sed ubi conspici queat.*

en public; elle aime au contraire à être seule, elle fuit les compagnies: au lieu que ceux qui s'habillent magnifiquement, ou qui affectent d'être toujours d'une grande propreté, cherchent à être vûs, & font connoître par cette vanité, comme saint Gregoire le remarque fort à propos, que les pompes du siecle & la vûë des hommes leur sont encore cheres, puisqu'on ne s'avise point de se parer, & de mettre de beaux habits pour rester seul dans l'obscurité de la retraite.

Hom. 40. in Luc. 16.

Si vous me demandez presentemet quelle est cette chambre secrette de l'Epouse, je *Hoc autem prædictum Sponsæ cubiculum illud est, ad quod ipse*

Sponsus in Evan-
gelio invitat o-
rantem, dicens :
Tu autem cùm
oraveris, intra
in cubiculum,
& clauso ostio,
ora Patrem tuũ.
Ac si diceret :
Non in plateis,
vel publicis locis,
sicut hypocrita.
Cubiculum ita-
que dicit secretũ
à tumultibus, &
aspectu sæculi lo-
cum, ubi quie-
tius & purius o-
rari possit : qua-
lia sunt scilicet
Monasticarũ so-
litudinum secre-
ta, ubi claudere
ostium jubemur,
id est, aditus
omnes obstruere,
ne puritas ora-
tionis casu aliquo
præpediatur, &
oculus noster in-

vous réponds que c'est
celle dont parle Jesus-
Christ dans son Evan-
gile, lorsque pour nous
inviter à la priere il
nous dit : *Pour vous,*
lorsque vous voudrez prier Matth.
6.
retirez-vous dans votre
chambre, & aprés avoir
fermé la porte sur vous,
mettez-vous en prieres en
présence de votre Pere cé-
leste. Comme s'il di-
soit : N'imitez pas les
hypocrites qui recher-
chent les assemblées &
les lieux publics lors-
qu'ils veulent prier, a-
fin d'être vûs des hom-
mes. Par le mot de châ-
bre, il entend donc un
lieu secret & particu-
lier, éloigné de la pré-
sence du monde, com-
me sont les Monaste-
res, ces heureuses so-
litudes qui nous déro-
bent à la vûë des créa-
tures, & qui nous don-
nent le moyen d'élever

au Ciel des mains pu-
res, & de prier avec
toute l'attention & la
tranquillité qui sont necessaires pour
être écoutez de Dieu. Là on nous ordonne de fermer la porte sur nous, c'est-à-
dire, de retrancher tout ce qui peut
nous distraire, & de fermer toutes les
avenuës par où les distractions & les
pensées du siecle peuvent entrer dans
notre esprit, de crainte, comme parle
l'Ecriture, que nos yeux ne donnent
malheureusement le coup de la mort à
notre ame, & qu'elle ne devienne la
proye de nos cupiditez.

Plût à Dieu que nous
ne fussions pas obligez
de voir tous les jours
tant de Religieux &
d'Ecclesiastiques mé-
priser si ouvertement
ce divin précepte. Leur
conduite sur ce sujet
fait gémir tous les gens
de bien. On les voit
durant qu'ils celebrent
les divins Offices tenir
toutes les portes du
Chœur & du Sanctuai-
re ouvertes, & là en

felicem animam
depradetur.

Cujus quidem
consilii, imo prae-
cepti divini mul-
tos hujus habitus
nostri contempto-
res adhuc gra-
viter sustinemus,
qui cum divina
celebrant officia,
claustris, vel
choris eorum re-
seratis, publicis
tam fœminarum
quam virorum
aspectibus impu-

denter se inge-
runt , & tunc
præcipue cum in
solemnitatibus
pretiosis pollue-
runt ornamentis ,
sicut & ipsi , qui-
bus ostentant , sæ-
culares homines.
Quorum quidem
judicio tanto fe-
stivitas habetur
celebrior , quanto
in exteriori orna-
tu est ditior , &
in epulis copio-
sior. De quorum
quidem cæcitate
miserrima , &
pauperum Chri-
sti religioni peni-
tus contraria ,
tanto est silere
honestius , quan-
to loqui turpius.
Qui penitus Ju-
daizantes con-
suetudinem suam
sequuntur pro re-
gula , & irritum

présence des hommes
& des femmes qui viê-
nent pêle-mêle se pla-
cer auprés d'eux, chan-
ter les cantiques cele-
stes , sans autre atten-
tion que celle qu'ils
témoignent sur la vûë
de ces objets profanes:
ce qui arrive particu-
lierement les jours des
fêtes solemnelles , où
la parure des Autels, &
la magnificence des or-
nemens sacerdotaux
dont ils sont revêtus ,
imite le luxe, la vanité
& la pompe de ceux
qui les regardent. Leur
aveuglement va jus-
qu'à se persuader que
la fête est d'autant plus
grande & mieux cele-
brée, qu'on y a fait pa-
roître plus de faste, &
que les repas de ce jour
ont été plus somptueux
& plus magnifiques. J'a-
voüe qu'il seroit moins
honteux de se taire,

que de parler de tous ces desordres : mais qui peut se tenir dans le silence, tandis qu'on voit la Religion ainsi deshonorée, & les pauvres de Jesus - Christ mener la vie du mauvais riche. Semblables à des Juifs grossiers & charnels, ils prennent leurs coûtumes pernicieuses pour la véritable regle, ils ont plus de soin de suivre ce qu'ils appellent les traditions de leur Monastere, que d'observer les commandemens de Dieu ; & uniquement occupez de certaines routines qu'ils ont vû pratiquer par leurs anciens, ils se mettent peu en peine des devoirs que prescrit la pieté & la Religion : comme si J. C. n'avoit pas dit, ainsi que le remarque saint Augustin: *Je suis la verité, & non pas la coûtume ?*

Se recommande qui voudra aux prieres de ces sortes de gens, pour moi qui suis persuadé que vous toutes qui êtes assemblées au Pa-

fecerunt manda-tum Dei per tra-ditiones suas : non quod debeat, sed quod soleat attendentes. Cum, ut Beatus etiam meminit Augu-stinus, Dominus dixerit : Ego sum veritas, non ego sum con-suetudo.

Horum oratio-nibus, qua aper-to scilicet fiunt ostio, qui volue-rit, se commen-det. Vos autem:

Aug. lib. 6. de Bapt. cont. Donat. c. 3.

que in cubiculum cælestis Regis ab ipso introducta, atque in ejus amplexibus quiescentes, clauso semper ostio, ei tota vacatis, quanto familiarius ei adhæretis, juxta illud Apostoli, Qui adhæret Domino, unus spiritus est, tanto puriorem, & efficaciorem habere confidimus orationem, & ob hoc vehementius earum efflagitamus opem. Quas etiam tanto devotius pro me faciendas esse credimus, quanto majore nos invicem caritate colligati sumus.

raclet, ne faites à Dieu que des prieres très-pures & très-saintes, parce que vous le priez toûjours après avoir fermé la porte sur vous, vous ne devez point être surprises que je desire avec tant de passion d'avoir part à ces prieres. Je sçai que l'Epoux celeste vous a déja introduites dans sa chambre là plus secrette; que vous jouïssez de la douceur de ses embrassemens, & que lui étant uniquement attachées, vous ne faites plus qu'un même esprit avec lui, ainsi que parle l'Apôtre. Quelle force n'ont point de telles prieres auprès de sa divine Majesté? Vous étonnerez-vous après cela si je les implore, & si je témoigne y avoir de la confiance, surtout étant unis comme nous

1. Cor. 6.

le fommes par les liens d'une charité fi étroite?

Si je vous ai fait de la peine en vous parlant du danger où j'étois à tous momens de perdre la vie; fi j'ai par ces triftes nouvelles fait couler vos larmes avec plus d'abondance, au lieu de les effuyer, n'eft-ce pas vous qui en êtes la caufe? Ne m'avez-vous pas prié; que dis-je? Ne m'avez-vous pas conjuré de ne vous rien cacher de l'état de mes affaires? Souvenez-vous, je vous fupplie, des paroles de votre lettre. Les voici, fi je ne me trompe. » Nous » vous conjurons par le » même Dieu qui vous » protege & qui vous » foutient encore au » milieu de tant de pé-» rils, de faire fçavoir » à vos petites fervan-

Quod vero mentione periculi, in quo laboro, vel mortis quam timeo, vos commovi, juxta ipfam quoque tuam factum eft exhortationem, imo etiam adjurationem. Sic enim prima, quam ad me direxifti, quodam loco continet Epiftola : Per ipfum itaque qui fe fibi adhuc quoquo modo protegit Chriftum obfecramus, quatenus ancillulas ipfius, & tuas crebris literis de his, in quibus adhuc fluctuas, naufragiis certificare digne-

ris : ut nos fal-
tem quæ tibi
folæ, remanfius
doloris vel gau-
dii participes
habeas. Solent
enim dolenti
nonnullam ad-
ferre côfolatio-
nem qui condo-
lent. Et quod-
libet onus plu-
ribus impofi-
tum, levius fu-
ftinetur , five
defertur.

tes par de fréquentes,
lettres, l'état où vous
vous trouverez , afin
qu'étant les feules
qui vous font demeu-
rées fideles en ce mô-
de , nous foyons auffi
les feules qui pren-
nent part à vos joies
ou à vos douleurs.
C'eft un fujet de con-
folation pour ceux
qui fouffrent, de fça-
voir qu'il y en a qui
ne font pas infenfi-
bles à leurs maux, &
qui les partagent a-
vec eux par la douleur qu'ils en reffentent. Un fardeau qui eft foutenu par
plufieurs mains devient beaucoup plus
leger.

Quid igitur ar-
guis , quod vos
anxietatis mea
participes feci ,
ad quod me ad-
jurando compu-
lifti ? Nunquid
in tanta vita ,
qua crucior , def-

Aprés des prieres fi
preffantes , comment
pouvez - vous vous
plaindre de ce que j'ai
fatisfait à vos fouhaits?
Ai-je mal fait de vous
obéïr, & voulez-vous
m'en faire un crime?
Mais je vous ai attri-

ftée, dites-vous, & j'ai renouvellé toutes vos douleurs ! Voudriez-vous donc être dans la joie, tandis que je suis à deux doigts de la mort ? Cela conviendroit-il avec la qualité que vous prenez à mon égard ? Je

peratione gaude-re vos convenit ? Nec doloris focia, fed gaudii tantum vultis esse : nec flere cum flentibus, fed gaudere cum gaudentibus ?

vous comprends, ou je me trompe. C'est que vous voudriez bien partager avec moi ce qui peut m'arriver d'agréable en cette vie ? mais non pas les défagré-mens que j'y ai ; prendre part à mes joies, mais non pas à mes larmes, quoi que l'Apôtre dife qu'il faut pleurer avec ceux qui pleurent, & fe réjoüir avec ceux qui fe réjoüiffent.

En effet, il n'y a point de marque plus certaine pour diftinguer les veritables amis d'a-vec ceux qui n'en ont que l'apparence. Un véritable ami prend fa part des adverfitez, auffi-bien que des profpe-ritez de fon ami.

Nulla major, verorum & falforum differentia est amicorum, quam quod illi adverfitati, ifti profperitati fe fociant.

Celui qui eft inte-reffé veut bien entrer dans tout ce qui

lui fait plaisir, mais n'entendre jamais parler de ses chagrins & de ses afflictions. On peut dire que ce sont des gens qui s'aiment eux-mêmes, mais qui ne sçavent ce que c'est que la belle amitié.

Quiesce, obsecro, ab his dicris, & hujusmodi querimonias compesce, quæ à visceribus caritatis absistunt longissime. Aut si adhuc in his offenderis, me tamen in tanto periculi positum articulo, & quotidiana desperatione vitæ, de salute animæ sollicitum esse convenit, & de ipsa, dum licet, providere.

Cessez donc, je vous prie, de faire de pareilles plaintes ; qu'on n'entende plus sortir ces sortes de discours de votre bouche. Ils sont infiniment éloignez de la charité chrétienne ; ou si ces sentimens si peu raisonnables ne peuvét vous quitter, du moins faites réfléxion à l'obligation où vous êtes de penser au salut de mon ame ; & puisque ma vie est dans un si grand danger, vous ne sçauriez trop prier pour moi. Plus le péril est évident, plus les secours que j'ai droit d'attendre de votre chatité doivent être prompts & efficaces. Il n'y a point de temps à perdre, vous en devez ménager tous les momens.

Si vous m'aimez véritablement , loin de vous plaindre de cette conduite de Dieu à mon égard, vous l'adorerez. Plus les peines que je souffre dans cette vie sont grandes, plus vous devriez souhaiter que j'en fusse promptement délivré. Pour peu d'esperance que vous aïez que Dieu me fera misericorde , vous n'hésiterez pas à lui demander qu'il me retire de ce monde ; car tenez pour certain que quiconque m'ôtera la vie , ne peut que me faire plaisir , puisqu'il me délivrera d'une infinité de maux que je souffre. Je puis à la vérité en avoir de plus grands à souffrir dans l'autre vie , mais c'est une chose incertaine , au lieu que rien n'est plus assuré & plus positif que ceux que je souffre actuellement.

Nec tu , si me vere diligis, hanc exosam providentiam habebis. Quinetiam si quâ de divina erga me misericordia spem haberes , tanto amplius ab hujus vitæ ærumnis liberari me cuperes , quanto eas conspicis intolerabiliores. Certum quippe tibi est , quod quisquis ab hac vita me liberet , à maximis pœnis eruet. Quas postea incurram incertum est , sed à quantis absolvar dubium non est.

Omnis vita miseta jucundum exitum habet, & quicunque aliorum anxietatibus vere compatiuntur & condolent, eas finiri desiderant : & cum damnis etiã suis, si quos anxios vident, vere diligunt, nec tam commoda propria quam illorum in ipsis attendunt. Sic diu languentem filium mater etiam morte languorem finire desiderat, quem tolerare ipsa non potest, & eo potius orbari sustinet quam in miseria consortem habere. Et quicunque amici præsentia plurimum delectatur, ma-

Quand on mene une vie miferable, la nouvelle qui vous apprend que vous en devez bientôt fortir, ne peut que vous caufer de la joie ; & ceux qui compâtiffent véritablement a vos douleurs ne peuvent que fouhaiter de les voir finir, aux dépens même des douceurs & des commoditez que leur peut procurer la préfence des perfonnes qui fouffrent. S'ils ont d'autres fentimens, ils s'aiment eux-mêmes, & non pas ceux qu'ils qualifient de leurs amis. C'eft ainfi qu'une mere qui voit languir fon fils par de cruelles douleurs, fouhaite que la mort y mette fin, quoi qu'elle l'aime d'un véritable amour. La mort lui eft plus fupportable que la douleur qu'elle reffent en le voyant fouffrir ; & elle n'héfite pas un moment dans le choix qu'elle a à faire d'en être privée pour toûjours, ou de partager avec lui des fouffrances auffi longues que la vie. Il en eft de même d'un véritable ami ; on aime mieux le voir heureux, quoi qu'abfent, que de joüir de fa préfence, quelqu'agréable qu'elle nous foit , & de le voir dans la mifere, parce que les peines d'un ami qu'on fe voit hors d'état de foulager, deviennent infupportables.

Mais pour vous qui n'avez pas même la trifte confolation de me voir, qui ne pouvez remedier à mes maux, ni adoucir mes fouffrances, je ne vois pas qui peut vous engager à me fouhaiter plûtôt une vie miferable qu'une heureufe mort. Si c'eft votre fatisfaction que vous recherchez en cela, vous

gis tamen beatam effe vult ejus abfentiam quam prafentiam miferam. Quia quibus fubvenire non valet ærumnis, tolerare non poteft.

Tibi vero nec noftra vel etiam mifera conceffum eft frui prafentia. Nec ubi tuis in me commodis aliquid provideas, cur me mifirrime vivere malis quam felicius mori non vides. Quod si noftras protendi miferias in commoda tua defiderat desideras, hostis potius, quam amica convinceris. Quod si videri refugis, ab his obsecro, sicut dixi, quiesce querimoniis.

plaindre la perte d'un ami qui ne peut plus vivre que miserable.

Approbo autem, quod reprobas, laudem; quia in hoc ipso re laudabiliorem ostendis. Scriptum est enim: Justus in primordio accusator est sui: & qui se humiliat, se exaltat. Atque utinam sic sit in animo tuo sicut in scripto! Quod si fuerit, vera est humilitas tua, ne pro nostris evanuerit

faites paroître alors que vous n'êtes plus dans mes interêts, & vous agissez comme une ennemie cruelle. Ce mot vous fait horreur, je le veux croire, changez donc de sentiment, & cessez de

J'approuve fort que vous rejettiez les loüãges que je vous avois données, parce que vous vous en rendez plus digne par ce généreux mépris. C'est le S. Esprit qui me l'apprend: *Le juste*, dit-il, *est le premier à s'accuser* Prov.18 *soi-même & à s'humilier.* Et ailleurs: *Celui qui* Luc. 18. *s'humilie se rend digne d'être loüé.* Fasse le Ciel que votre esprit & votre cœur s'accordent avec les expressions de votre langue. Si cela est ainsi, votre humi-

lité est sincere & véri-
table, & les loüanges
que nous vous avons
données n'y ont fait
aucun tort; mais pre-
nez garde, s'il vous
plaît, que vous ne
cherchiez les loüanges
par les mêmes voyes
que vous semblez pré-
dre pour les éviter, &
que vous ne rejettiez
du bout des lévres ce
que votre cœur sou-
haite avec plus de paf-
sion. C'est l'instruction
que saint Jerôme don-
noit autrefois à une

Ep. 22. ad Eu-stoch.

illustre vierge. » Nous
» sommes naturelle-
» ment portez au mal
» lui disoit-il, nos fla-
» teurs, quoi que nous
» en disions, nous plai-
» sent toûjours, & nous
» nous sentons portez
» à leur faire du bien.

verbis. Sed vide
obsecro ne hoc ip-
so laudem quæras
quo laudem fu-
gere videris, &
reprobes illud ore
quod appetas cor-
de. De quo ad
Eustochium vir-
ginem sic inter
cætera Beatus
scribit *Hierony-
mus* : Naturali
ducimur malo.
Adulatoribus
nostris libenter
favemus, &
quanquam nos
respondeamus
indignos, &
callidior rubor
ora suffundat,
attamen ad lau-
dem suam in-
trinsecus anima
lætatur.

» Ce n'est pas que nous ne répondions
» souvent que nous ne méritons point
» les loüanges qu'on nous donne. Il n'est

pas même extraordinaire de voir la «
rougeur monter au visage d'une fille «
bien née à qui on dit quelques dou- «
ceurs, comme si elle en étoit honteu- «
se; mais cette couleur est une finesse «
de l'amour propre, & comme un voile «
sous lequel il se cache, tandis que dans «
le secret du cœur il s'enyvre de la «
douceur de ces paroles flateuses. «

Talem & lasciva calliditatem Galathea Virgilius describit, quæ quod volebat fugiendo appetebat, & simulatione repulsæ amplius in se amantem incitabat : Et fugit ad salices, inquit, & se cupit ante videri. Antequam lateat cupit se fugientem videri, ut ipsa fuga, quæ reprobare consortium juvenis videtur, amplius acquirat.

Le Poëte Latin, quoique privé des lumieres de l'Evangile, n'a pas même ignoré ces détours de l'amour propre. Il n'y a qu'à voir la description qu'il fait de sa galante Bergere. Elle semble fuir ce qu'elle souhaite avec plus d'ardeur, & pour augmenter la passion de son amant elle se sert du mépris & du refus qu'elle seroit fort fâchée qu'on prit en mauvaise part. *Galatée,* dit-il, *prend la suite dans les bois ; mais avant de se cacher elle a soin de faire connoître*

H 2

qu'elle s'enfuit. * Afin de donner lieu à ce jeune homme de courir aprés elle, & de se trouver dans sa compagnie, sans qu'il paroisse y avoir de sa faute. Ainsi lorsque nous paroissons fuir les loüanges des hommes, nous nous en attirons davantage. On affecte de se cacher, afin que ceux qui nous loüent ne reconnoissent point qu'il n'y en a pas de sujet, ou que cette feinte humilité nous fasse paroître à leurs yeux encore plus dignes des loüanges qu'ils nous donnent.

Quand je vous parle ainsi, Héloïse, ce n'est pas que je doute de votre vertu. Je sçai quelle est votre humilité, & je n'ai jamais reconnu en vous aucun

Sic & laudes hominum dum fugere videmur, amplius erga nos excitamus, & cum latere nos velle simulamus, ne quis scilicet in nobis, quid laudet, agnoscat, amplius attendimus in laudem nostram imprudentes, quia eo laude videmur digniores.

Et hæc quidem, quia sæpe accidunt, dicimus, non quia de te talia suspicemur, qui de tua non hæsitamus humilitate.

* Et fugit ad Salices & se cupit ante videri Virg. Eglog. 3.

litate. Sed ab his etiam verbis te temperare volumus, ne his qui te minus noverint, videaris, ut ait Hieronymus, fugiendo gloriam quærere. Nunquam te mea laus inflabit, sed ad meliora provocabit, tanto studiosius, quæ laudavero amplecteris, quanto mihi amplius placere satagis. Non est laus nostra testimonium tibi religionis, ut hinc aliquid extollentiæ sumas. Nec de commendatione cujusquam amicis credendum est, sicut nec inimicis de vituperatione.

desir d'être loüée; mais je souhaiterois seulement que vous ne teniez plus un tel langage, parce que ceux qui ne vous connoissent pas si bien que moi, pourroient croire qu'il y a de l'affectation, & que vous cherchez la vaine gloire dans le moment même que vous paroissez vous en éloigner, comme font la plupart des hommes. Je suis sûr pour moi, que toutes les louanges que je vous donnerai ne seront jamais capables de vous enfler le cœur : elles n'auront d'autre effet que de vous avancer de plus en plus dans la vertu, & de vous faire embrasser avec d'autant plus d'ardeur les voies de la perfection que je vous montre, que vous avez plus de defir de me plaire en toutes chofes. Les témoignages avantageux que je rends à votre vertu , ne doivent point vous donner de vanité : car comme on ne doit point faire attention aux blâmes & aux mépris qu'un ennemi declaré fait de nous , auffi les loüanges d'un ami ne doivent point faire d'impreffion fur nous.

Il ne me refte plus qu'à répondre à ces anciennes plaintes que vous continuez encore de faire fur la conduite de Dieu à mon égard. Ofez-vous bien l'accufer d'injuftice dãs les voyes qu'il a prifes pour me retirer du monde, au lieu de l'en remercier & de l'en glorifier ? Je m'étois perfuadé que cette plaie de votre cœur étoit fermée depuis long-temps , & que la vûë des mifericordes que Dieu m'a fait auroit adouci ce chagrin qui vous ronge , & qui

Supereft tandem , ut ad antiquam illam , ut diximus , & affiduam querimoniam tuam veniamus, quia videlicet de noftra converfionis modo Deum potius accufare prefumis , quam glorificare , ut juftum eft , velis. Hanc jamdudum amaritudinem animi tui tam manifefto divinæ mifericordiæ confilio evanuiffe credideram. Quæ quanto tibi periculosior est, corpus tuum pariter & animam conterens; tanto miserabilior est, & mihi molestior. Quæ cum mihi per omnia placere, sicut profiteris, studeas, hoc saltem uno ut me non crucies, imo ut mihi summopere placeas, hanc depone. Cum qua mihi non potes placere, neque mecum ad beatitudinem pervenire. Sustinebis illuc me sine te pergere, quem etiam ad Vulcania profiteris te sequi velle? Hoc saltem uno religionem appete, ne à me ad Deum, ut credis, prope-

est d'autant plus dangereux qu'il nuit également à votre corps & à votre ame. Il vous rend miserable, & il m'est onereux. Que dis-je, onereux? il m'est insupportable, & me fait souffrir au delà de tout ce que je puis vous dire. Je m'étonne qu'ayant autant de desir de me plaire que vous en témoignez, vous n'ayez pas encore pensé à vous défaire de ces fâcheuses idées & de ces ressentimens qui me déplaisent si fort, & qui sont un obstacle invincible à l'accomplissement du desir que nous avons de nous réünir dans le Ciel. Souffrirez-vous donc que j'y aille sans vous, vous qui dites que vous me suivriez jusqu'aux enfers? Faites voir au moins votre religion en ne vous féparant point de moi dans le temps que vous voyez que je m'éleve vers Dieu, & que je ne tends qu'à lui. Ce parti vous doit être d'autant plus agréable, que le lieu où nous efperons nous trouver eft plus charmant, & la focieté que nous y aurons plus heureufe. Souvenez-vous, je vous prie, de ce que vous me difiez, rappellez en votre memoire les beaux fentimens dont votre premiere lettre étoit remplie. *Dieu*, difiez-vous, *dans le temps même qu'il paroiffoit me traiter avec plus de rigueur, m'a témoigné plus d'amour & plus de mifericorde.* Pourquoi ne vous en tenez-vous pas là ? N'eft-ce pas affez que cette conduite de Dieu me foit falutaire pour qu'elle

ranté dividaris; & tanto libentius quanto quo veniendum nobis eft beatius eft; ut tanto fcilicet focietas noftra fit gratior, quanto felicior. Memento qua dixeris. Recordare qua fcripferis, in hoc videlicet noftra converfionis modo, quo mihi Deus amplius adverfari creditur propitiorem mihi, ficut manifeftum eft, extitiffe. Hoc uno faltem hac ejus difpofitio tibi placeat, quod mihi fit faluberrima, imo mihi pariter & tibi, fi rationem vis doloris admittat. Nec te tanti boni caufam effe do-

teas ; ad quod te à Deo maxime creatam esse non dubites. Nec quia id tulerim plangas, nisi cum Martyrum passionum, ipsiusque Dominica mortis commoda te contristabunt. Nunquid si id mihi juste accidisset, tolerabilius ferres, & minus te offenderet ? Profecto si sic fieret, eo modo contingeret quo mihi esset ignominiosius, & inimicis laudabilius ; cum illis laudem justitia, & mihi contemptum acquireret culpa. Nec jam quisquam quod actum est accusaret, ut compassione mei moveretur.

vous plaise ? Mais ce n'est pas seulement à moi qu'elle est salutaire, elle vous l'est aussi, & vous en tomberiez d'accord, si une grande douleur étoit capable d'entendre raison. Vous vous désolez, parce que vous vous croyez la cause de cet accident, & que vous vous imaginez que Dieu ne vous a mis au monde que pour mon malheur : mais si ce que vous appellez malheur est un bien & un avantage pour moi, comme il l'est en effet, pouvez-vous être fâchée d'y avoir contribué ? J'en ai porté toute la peine & toute la douleur, dites-vous. Hé bien, est-ce un sujet suffisant pour vous en affliger ? si ce n'est que vous vouliez aussi vous affliger des souf-

frances des Martyrs , & de la mort même de Jesus-Christ qui leur ont été si
glorieuses , & à nous si avantageuses.
J'étois innocent , ajoutez-vous , & je
n'avois rien fait qui pût mériter un tel
outrage , qui n'est bon que pour des a-
dulteres. Vous seriez donc toute con-
solée si j'étois coupable , & si je me
fusse attiré ce châtiment avec quelque
ombre de justice ? Quel renversement
de raison ? Ce seroit alors que vous devriez plûtôt me plaindre , & vous abandonner à la douleur , parce que cette
action me couvriroit de honte & d'i-
gnominie , elle deviendroit une action
loüable en la personne de ceux qui
m'ont traité de la sorte , & ils auroient
sujet de s'en glorifier ; la justice qu'ils
auro'ent exercé les rendroit dignes de
loüanges , & la faute qu'ils auroient punie sur moi m'attireroit avec raison le
mépris & l'indignation de Dieu & des
hommes , personne ne me plaindroit,
personne n'auroit compassion de mon
malheur , personne n'accuseroit mes ennemis de cruauté & d'injustice.

Mais prenons les cho-   *Ut tamen &*
ses plus haut, remon-   *hoc modo hujus a-*
tons jusqu'à la source,   *maritudinem do-*
& nous trouverons que   *loris leniamus*

tam juste quam utiliter id monstrabimus nobis accidisse, & rectius conjugatos quam in fornicantes ultum Deũ suisse. Nôsti post nostri confœderationem conjugii, cum Argenteoli cum Sanctimonialibus in claustro conversabaris, me die quadam privatim ad te visitandam venisse, & quid ibi tecum meæ libidinis egerit intemperantia in quadam etiam parte ipsius refectorii, cum quo alias diverteremus, non haberemus. Nôsti, inquam, id impudentissime tunc actum esse in tam

rien n'est plus juste & plus équitable que cette conduite de Dieu en mon endroit, & par conséquent que rien n'est plus capable de nous consoler & de soulager votre douleur. Oui, il a eu raison de me punir ainsi, & il s'est vengé de nous avec plus de justice, lors même que nos fautes passées étoient couvertes du Sacrement, que lorsque nous nous abandonnions au désordre. Pour vous en convaincre, souvenez-vous, je vous prie, de quelle maniere nous nous sommes comportez ensemble dans un état aussi saint qu'est celui du mariage des Chrétiens, & combien de fautes nous y avons commises. Avez-vous oublié que durant le séjour que vous faisiez à l'Abaïe d'Argenteuil, je fus une fois vous y trouver fort secrettement, dans le dessein de satisfaire notre passion, sans aucun égard à la sainteté du lieu où nous étions, sans respect pour une maison religieuse consacrée à la sainte Vierge, ce qui seul mérite une punition exemplaire, quand même il n'y auroit pas d'autes circonstances qui eussent rendu cette actiō criminelle. Comtez-vous encore pour rien tous les désordres qui ont précédé notre mariage? L'affront que j'ai fait à votre oncle, en abusant de la confiance qu'il avoit en moi, en violant dans sa maison les droits sacrez de l'hospitalité, vous paroît-il une petite faute ? Ne faut-il pas tomber d'accord

reverendo loco & summa Virgini consecrato. Quod, etsi alia cessent flagitia ; multo graviore dignum sit ultione. Quid pristinas fornicationes & impudentissimas referam pollutiones, quæ conjugium præcesserūt? Quid summam denique proditionem meā, qua de te ipsa tuum , cum quo assidue in ejus domo convivebā, avunculum tam turpiter seduxi? Quis me ab eo juste prodi non censeat , quem tā impudenter ante ipse prodideram ? Putas ad tantorum criminum ultionem momentaneum illius pla-

ge dolorem suffi-
cere? Imo tantis
malis tantum de-
bitum esse com-
modum? Quam
plagam divinæ
sufficere justitiæ
credis ad tantam
contaminationē,
ut diximus, sa-
cerrimi loci suæ
matris? Certe nisi
vehementer erro,
non tam illa sa-
luberrima plaga
in ultionem ho-
rum conversa est,
quam quæ hodie
indesinenter susti-
neo.

que la trahison qu'il
m'a faite est juste, aprés
l'avoir trahi moi-mê-
me le premier d'une
maniere si criminelle?
Croyez - vous qu'une
incision, une douleur
d'un moment puisse
suffire pour punir tant
de crimes? Quel châ-
timent à votre avis
mérite la profanation
d'un lieu saint, telle
qu'est celle dont je
viens de vous parler?
Oui, ou je me trompe
fort, ou cette insulte
sanglante, aussi - bien
que tous les maux que
je souffre à present, ne

sont que les suites de nos déreglemens,
& la juste punition de tous mes pechez.

Nôsti etiam
quando te gravi-
dam in meam
transmisi patriã,
sacro te habitu
indutam, Monia-
lem te finxisse,
& tali simula-

Souvenez-vous en-
core de ce que vous
fites, lorsque je vou-
lus vous tirer de la
maison de votre oncle,
& vous envoyer en
mon pays, pour déro-
ber à sa connoissance

l'état où vous étiez, & vous épargner tous les chagrins qui ne pouvoient vous manquer, si vous fussiez restée chez lui, ne prîtes-vous pas alors un habit de Religieuse pour vous déguiser, & ne fîtes-vous pas par conséquent un outrage à la sainte Religion que vous professez à present ? Dieu est donc juste, de vous avoir fait entrer comme malgré vous dans un état dont vous aviez profané l'habit, afin qu'en le portant à present avec respect, vous effaciez l'insulte que vous aviez faite alors aux livrées de l'état monastique. La vérité prend la place du mensonge, & se vange elle-même de l'outrage qu'elle a reçû par cette feinte qui tient du sacrilege.

Que si aux droits de la justice de Dieu vous

tione tua, quam nunc habes religioni irreverenter illusisse. Unde etiam pensa quam convenienter ad hanc te religionem divina justitia, imo gratia traxerit nolentē, cui verita non es illudere, volens ut in ipso luis habitu, quod in ipso luis habitu, quod in ipsum deliquisti, & simulationis mendacio ipsa rei veritas remedium præstet, & falsitatem emendet.

Quod si divina in nobis justi-

tia nostram velis utilitatem adjungere, non tam justitiam, quam gratiam Dei quod tunc egit in nobis poteris appellare. Attende, itaque, attende, charissima, quibus misericordiæ suæ retibus à profundo hujus tam periculosi maris nos Dominus piscaverit, & a quãta Charibdis voragine naufragos, licet invitos, extraxerit, ut merito uterque nostrum in illam perrumpere posse videatur vocem: Dominus sollicitus est mei. Cogita & recogita, in quantis ipsi nos periculis constituti eramus,

ajoutez les utilitez & les avantages que nous avons retirez de cette conduite du Ciel à notre égard, vous serez obligée d'avoüer que c'est plûtôt une grace qu'une punition que nous avons reçûë. Faites reflexion, je vous prie, ma Chere, faites réfléxion à toutes les innocentes rufes dont la misericorde de Dieu s'est servi pour nous tirer de l'abime où nous étions, à tous les moïes qu'elle a employez pour nous empêcher de faire naufrage sur cette mer orageuse du monde qui alloit nous engloutir dans ses flots. Elle nous a sauvez malgré nous, malgré toutes nos résistances, malgré la funeste résolution où nous étions de périr : & vous trouverez qu'au lieu de nous plaindre, nous devrions nous écrier avec des transports de joye : *Je connois à present que le Seigneur a soin de moi, & que mon salut lui est cher.* La pensée des périls dont Dieu nous a délivrez doit nous tenir dans de continuelles actions de graces, & nous obliger de dire avec le Prophete : *Ecoutez tous, & voyez de combien de faveurs le Seigneur m'a comblé, & tout ce qu'il a fait pour mon ame.* Nous devons même nous en servir pour consoler, pour soutenir, pour encourager ceux qui ayant beaucoup offensé Dieu, desesperent d'obtenir jamais le pardon de leurs fautes : car s'il a fait tant de graces à de miserables pecheurs qui

Psal. 39.

Psal. 65.

& à quantis nos eruerit Dominus : & narra semper cum summa gratiarum actione, quanta fecit Dominus anima nostra : & quoslibet iniquos de bonitate Domini desperantes nostro consolare exemplo, ut advertant omnes quid supplicantibus atque petentibus fiat, cum tam peccatoribus & invitis tanta praestentur beneficia. Perpende altissimum in nobis divinae consilium pietatis, & quam misericorditer judicium suum Dominus in correptionem verterit, & quam prudenter malis quoque ip-

fis ufus fit, & impietatem piè depofuerit. Ut unius partis corporis mei juftiffima plaga duabus medcretur animabus. Confer periculum & liberationis modũ. Confer languorem & medicinam. Meritorum caufas infpice, & miferationis affectus admirare.

ne les lui demandoient point ; s'il les a contraints par une fainte violence à rentrer dans les voyes de la juftice & de la fainteté, que ne fera-t-il point pour ceux qui humiliez à fes pieds, lui demandent avec effufion de larmes l'efprit de pénitence, & le pardon de leur vie paffée ? Entrez plus avant dans l'abîme des decrets adorables de la fageffe de Dieu ; confiderez fes

deffeins impénétrables en notre endroit, d'avoir changé avec tant de bonté les droits de fa juftice pour faire place à fa mifericorde ; de s'être fervi de la méchanceté des hommes pour en tirer tant de biens, & d'un feul coup, quoi que criminel, d'avoir procuré la guérifon à deux ames dont la fanté paroiffoit defefperée. Mettez prefentement en parallele le péril où nous étions, & la maniere dont nous en avons été délivrez ; le danger de la maladie, & l'amertume de la medecine qu'il a fallu prendre ; notre indignité qui ne méritoit que des châtimens, & ces marques de charité & de compaſſion que Dieu nous donne ; & vous aurez ſujet d'admirer ſa bonté, qui eſt d'autant plus grande, que nous nous en étions rendus plus indignes.

Car enfin vous ne pouvez ignorer à quel excés ma paſſion m'avoit emporté, & l'honteux eſclavage où elle m'avoit réduit. J'en étois à cette extrêmité, que ni le reſpect pour Dieu, & pour les jours qui lui ſont conſacrez, ni certains devoirs d'honnêteté qui ſe gardent parmi les perſonnes mêmes les moins Chrétiennes, ni enfin aucune conſideration divine ou humaine n'étoit capable d'arrêter la fougue qui m'emportoit. La ſemaine ſainte, comme dans un autre temps, il falloit ſatisfaire ma cupidité,

Noſti quantis turpitudinibus immoderata mea libido corpora noſtra addixerat, ut nulla honneſtatis vel Dei reverentia in ipſis etiam diebus Dominicæ Paſſionis, vel quantarumcumque ſolennitatum ab hujus luti volutabro me revocaret. Sed & te nolentem, & prout poteras reluctantem & diſſuadentem, quæ natura infirmior eras, ſæpius minis ac flagellis ad conſenſum tra-

hebam. Tanto e-
nim tibi concu-
piscentiæ ardore
copulatus eram,
ut miseras illas
& obscœnissimas
voluptates, quas
etiam nominare
confundimur, tã
Deo, quam mihi
ipsi præponerem :
nec tam aliter
consulere posse di-
vina videretur
clementia, nisi
has mihi volup-
tates sine spe ulla
omnino interdi-
ceret.

les fêtes les plus so-
lemnelles qui impo-
sent aux plus impies
quelque sorte de res-
pect, & qui les obli-
gent de faire tréve a-
vec le crime, ne pou-
voient mettre de bor-
nes à mes convoitises
enflammées; & lorsque
par un esprit de Reli-
gion vous vous oppo-
siez alors à mes volon-
tez, & tâchiez par tou-
tes sortes de raisons de
me faire rentrer en
moi-même, j'en de-
venois plus furieux, &
ne ménageant ni les
coups ni les menaces,
je vous obligeois malgré vous de con-
tenter ma passion. L'amour dont je brû-
lois pour vous étoit si ardent, & avoit
tellement obscurci toutes les lumieres
de ma raison, que je ne sçavois plus ce
qui me convenoit, ou ce qui vous étoit
avantageux : mes interêts, ceux de mon
salut, les vôtres, ceux de Dieu même,
ne m'étoient plus de rien ; & par un a-
veuglement qu'on ne sçauroit assez dé-

plorer, je leur préférois tous les jours ces voluptez qu'on n'oseroit même nommer sans rougir ; si bien que la sagesse de Dieu dont les trésors comme les ressources sont infinies, sembloit ne pouvoir plus me guérir, qu'en me les interdisant pour toujours, en me réduisant à un état où je ne fus plus capable de les goûter.

C'est donc un effet de sa justice comme de sa misericorde, de s'être servi de la trahison de votre oncle, pour me priver de cette partie de mon corps où la concupiscence avoit établi son siege, & ce cruel empire qui m'asservissoit tout entier à ces désirs infâmes. De là comme de son trône elle commandoit absolument à tous mes membres, & les obligeoit malgré qu'ils en eussent à suivre les injustes loix de sa tyrannie. C'est une justice d'avoir puni ce qui a-

Unde justissime & clementissime; licet cum summa tui avunculi proditione, ut in multis crescerem, parte illa corporis sum minutus; in qua libidinis regnum erat, & tota hujus concupiscentiæ causa consistebat: ut juste illud plecteretur membrum, quod in nobis commiserat totum, & expiaret patiendo, quod deliquerat oblectando: & ab his me spur-

citiis, quibus me totum quasi luto immerseram, tam mente quam corpore circumcideret: & tanto sacris etiam altaribus idoniorem efficeret, quanto me nulla hinc amplius carnaliũ contagia pollutionum revocarent. Quam clementer etiam in eo tantum me pati voluit membro, cujus privatio & animæ saluti consuleret, & corpus non deturparet, nec ullam officiorum ministrationem præpediret. Imo ad omnia, quæ honeste geruntur, tanto me promptiorem efficeret, quanto ab hoc concupiscen-

voit causé tout le mal, & d'avoir fait expier à cette partie de mon corps par une douleur passagere les plaisirs criminels qu'elle avoit pris contre l'ordre de Dieu ; mais c'est une misericorde de m'avoir délivré par cette espece de circoncision, de toutes les impuretez de corps & d'esprit ausquelles je m'étois livré entierement, sans garder aucunes mesures, & de m'avoir rendu par là plus propre aux fonctions sacrées du redoutable ministere auquel il me destinoit. N'est-ce pas encore une misericorde de Dieu bien sensible d'avoir permis que j'aye été châtié dans cette partie de mon corps dont la privation ne me cause aucune difformité apparente, & ne met aucun obstacle à tous mes exercices, tandis qu'elle porte la santé dans toutes les parties de mon ame, & me procure cette pureté qui est si necessaire pour s'acquitter dignement de tout ce qui se doit faire avec bienséance & honnêteté. Ainsi la grace du Tout-puissant m'ayant privé de ces parties, qui par les fonctions basses ausquelles la nature les destine, ne peuvent être nommées sans offenser la pudeur, qu'a-t-elle fait, sinon d'éloigner de moi tous les vices & toutes les saletez qui empêchent qu'on ne vive dans une exacte pureté ?

Nous voyons dans l'Histoire, que parmi les Sages de l'antiquité il s'en est trouvé quelques-uns si amis de la pureté, qu'ils n'ont pas fait difficulté de se ré-

tia jugo maximo amplius liberaret. Cum itaque membris his vilissimis, quæ pro summa turpitudinis exercitio pudenda vocantur, nec proprium sustinent nomen, me divina gratia mundavit, potius quâ privavit, quid aliud egit quam ad puritatem mundicia conservandam sordida removit & vitia?

Hanc quidem mundicia puritatem nonnullos sapientium vehementissime appetentes inferre etiam sibi manum audivimus, ut hoc à se penitus removerent concupiscentiæ flagitium. Pro quo etiam stimulo carnis auferendo & Apostolus perhibetur Dominum rogasse, nec exauditum esse. In exemplo est ille magnus Christianorum Philosophus Origenes, qui, ut hoc in se penitus incendium extingueret, manus sibi inferre veritus non est: ac si illos ad literam vere beatos intelligeret, qui seipsos propter regnum cœlorum castraverunt, & tales illud veraciter implere crederet, quod de membris scanda-

duite eux-mêmes à cet état pour acquerir cette vertu, & retrancher ce foïer d'iniquité qui leur étoit insupportable. Le grand Apôtre a souvent importuné le Ciel par de ferventes prieres, pour obtenir la délivrance de ces miseres, sans pouvoir être exaucé. Origene cet incomparable Philosophe parmi les Chrétiens, a porté l'excès de son zele jusqu'à éteindre dans son propre sang ces feux illegitimes par un coup aussi hardi qu'il est extraordinaire, prenant à la lettre cette parole du Seigneur, qui loüe ceux qui pour acquerir le Royaume des Cieux, se sont rendus eunuques, & cette autre qui nous ordonne de nous couper le pied & de nous arracher l'œil,

1. Cor, 12.

Euseb. l. 6. c. 7. Hist.

Matth. 10.

Matth. 18.

s'ils nous font un fujet de chûte & de fcandale : comme fi ces paroles myfterieufes étoient un trait d'hiftoire , & non pas une énigme qui cache un fens fpirituel , mais facile cependant à découvrir , aux perfonnes même les plus fimples. Ce grand homme fe laiffa encore tromper par ces paroles du Prophete Ifaïe : *Que l'Eunuque ne dife point , je ne fuis qu'un tronc deffeché , car voici ce que le Seigneur dit aux Eunuques : S'ils gardent mes jours de fabath; s'ils embraffēt ce qui me plaît; s'ils demeurent fermes dans mon alliance , je leur donnerai dans ma maifon & dans l'enceinte de mes murailles une place avantageufe , & un nom qui leur fera meilleur que des fils & des*

C. 56.

lizantibus nobis pracipit Dominus , ut ea fcilicet à nobis abfcindamus & projiciāmus , & quafi illam Ifaia Propheriam ad hiftoriam magis quā ad myfterium duceret , per quam cateris fidelibus Eunuchos Dominus præfert , dicens : Eunuchi fi cuftodierint fabatha mea , & elegerint quæ volui, dabo eis in domo mea & in muris meis locum , & nomen melius à filiis & filiabus. Nomen fempiternũ dabo eis, quod non peribit. Culpam tamen non modicā Origenes incurrit,

vit, dum per pœ
nam corporis re
medium culpæ
quærit.

filles, je leur donnerai un
nom éternel qui ne périra
jamais. Il regardoit tou-
tes ces paroles comme
autant de magnifiques
promesses faites aux Eunuques volontaires, & il ne voyoit pas que le Prophete ne faisoit autre chose que nous tra-
cer cette excellente doctrine que J. C.
nous a depuis appris par la bouche de
saint Paul : Que pour lui être parfaite- I. Cor. 7
ment uni il faut être saint, c'est-à-dire
pur de corps & d'esprit.

Zelum quippe
Dei habens, sed
non secundû scien
tiam, homicidii,
incurrit reatum
inferendo sibi ma-
tum. Suggestione
diabolica, vel
errore maximo id
ab ipso constat esse
factum, quod mi-
seratione Dei, in
me est ab alio per-
petratum. Culpâ
evito, non incur-
ro. Mortem me-
reor, & vitam

J'admire le zele &
l'amour qui embrâ-
soient le cœur de ce
venerable Philosophe:
cependant l'on est o-
bligé d'avoüer que cet
amour n'étoit point
éclairé, & que ce zele
n'étoit pas selon la
science : ainsi en cher-
chant un remede à ses
foiblesses par un bon
motif, il est tombé
dans une plus grande
faute que celles qu'il
vouloit éviter ; il s'est
rendu coupable d'un

homicide, en portant sur son corps des mains violentes & sanguinaires ; & ce qu'il a fait par un étrange aveuglement, ou par une suggestion du démon, la bonté de Dieu l'a fait en moi, sans qu'il y ait de ma faute. J'en retire les mêmes avantages sans être coupable du même crime. Loüez donc ici avec moi les misericordes infinies de notre Dieu, Héloïse ;

assequor. Vocor, & reluctor. Insto criminibus, & ad veniam trahor invitus. Orat Apostolus, nec exauditur. Precibus instat, nec impetrat. Vere Dominus sollicitus est mei. Vadâ igitur & narrabo quanta fecit Dominus anima mea.

j'ai mérité la mort, & il me rend la vie ; il m'appelle, & je lui résiste ; je multiplie mes crimes, & il m'attire à lui malgré toutes mes résistances ; il m'accorde un pardon dont je m'étois rendu indigne, tandis qu'un Saint, un Apôtre, demande la même grace, sans qu'il soit écouté ; qu'il multiplie ses ferventes prieres pour ce sujet, sans qu'il soit exaucé. Oui je le dirai, & je le dirai éternellement, le Seigneur a pris soin de mon ame, lui seul a operé mon salut, je le ferai connoître à toute la terre, & je ne cesserai jamais de chanter ses misericordes.

Accede & tu inseparabilis comes in una gratiarum actione, qua & culpæ particeps facta es & gratis. Nam & tua Dominus non immemor falutis, imo plurimum tui memor qui etiam fancto quodam nominis præfagio te precipue fuam fortn præfignavit, cum te videlicet Heloïffam ex proprio nomine fuo, quod eft Heloym, infignivit.

Joignez-vous à moi, ma chere Compagne, pour rendre à Dieu de continuelles actions de graces de tant de bontez, vous y êtes d'autant plus obligée qu'après avoir été complice de la plûpart de mes fautes, vous avez auffi participé aux mêmes graces, pour ne pas dire que vous en avez reçû de plus grandes. Il n'y a pas jufqu'à votre nom qui ne foit un heureux préfage de votre prédeftination éternelle, & du foin que Dieu a pris de votre falut, avant même que vous vinffiez au monde : car ne peut-on pas dire avec quelque fondement, que c'eft dans cette vûë qu'il a voulu que vous fuffiez nommée Héloïfe, c'eft-à-dire que vous portaffiez fon augufte nom, puifque vous fçavez que c'eft celui d'Héloïm qu'il prend plus ordinairement dans les Ecritures facrées de l'un & de l'autre Teftament.

C'eſt lui qui par une bonté admirable a tellement diſpoſé toute la ſuite des évenemens de notre vie, qu'il nous ſauve tous deux par le moyen d'un ſeul, après que le démon s'étoit ſervi de l'un de nous pour nous perdre tous deux. Car vous pouvez bien vous ſouvenir que cet accident arriva peu de temps après que nous fûmes unis enſemble par le lien indiſſoluble du Sacrement de Mariage. Alors je n'avois point de plus forte paſſion que de vous retenir éternellement auprès de moi, comme l'unique objet de toutes mes tendreſſes, & Dieu attendoit cette occaſion pour nous convertir l'un & l'autre.

En effet, ſi nous n'euſſions point alors été mariez, il eſt certain qu'après un ſi ſan-

Ipſe, inquam, clementer diſpoſuit in uno duobus conſulere, quos diabolus in uno nitebatur extinguere. Paululum enim antequam hoc accideret, nos indiſſolubilis lex ſacramenti nuptialis invicem adſtrinxerat, cum cuperem te mihi ſupra modum dilectam in perpetuum retinere, imo cum ipſe jam tractaret ad ſe nos ambos hac occaſione convertere.

Si enim mihi antea matrimonio non eſſes copulata, facile i-

discessu meo à sæ-culo, vel suggestione parentium, vel carnalium oblectatione voluptatum, sæculo inhæsisses. Vide ergo quantum sollicitus nostri fuerit Dominus, quasi ad magnos aliquos vos reservaret usus, & quasi indignaretur aut doleret, illa literalis scientiæ talenta, quæ utrique nostrum commiserat, ad sui nominis honorem non dispensari: aut quasi etiam de incontinentissimo servulo vereretur, quod scriptum est, Quia mulieres faciunt etiam apostatare sapientes. Sicut de sapientissimo

glant affront qui ne pouvoit manquer de me jetter dans un cloître, vous fussiez sans doute restée dans le monde, ou par la persuasion de vos parens, ou peut-être même entraînée par le penchant de vos convoitises. Quelle est donc la bonté de Dieu, d'avoir ménagé si adroitement toutes ces circonstances pour procurer notre salut ; comme s'il nous eût destiné à quelque chose de plus grád que l'état que nous avions embrassé, ou qu'il eût souffert avec indignation que le talent des sciences divines & humaines qu'il nous avoit confié à l'un & à l'autre, fut employé à d'autres usages qu'à procurer sa gloire dans le monde, ou qu'il eût appréhendé

I 3

que le plus vil de ses serviteurs, en qui il voyoit déja un si grand penchant à l'incontinence, n'achevât de se perdre, parmi les femmes, comme il étoit arrivé à Salomon avec toute sa sagesse & tout son esprit, puisque c'est de ce malheureux Prince dont le saint Esprit a voulu parler, lorsqu'il a dit: *Les femmes font tomber les hommes, même les plus sages.*

certum est Salomone.

3. Reg. 2.

Eccli. 19.

Vous avez encore plus de sujet que moi, je ne dis pas seulement de vous consoler, mais de vous réjoüir de ce que vous regardez cóme le plus grand de tous les malheurs. Car quel bien n'a pas déja produit le riche talent que vous avez reçû du Ciel ? Il seroit demeuré inutile si vous fussiez restée dans le monde : mais dans la Religion il a déja donné à Jesus-Christ une infinité de chastes épouses, tandis que je de-

Tua vero prudentiæ talentum quantas quotidie Domino referat usuras, qua multas domino jam spirituales filias peperisti, me penitus sterili permanente, & in filiis perditionis inaniter laborante. O quàm detestabile damnum ! quam lamentabile incommodum, si carnalium voluptatum sordibus vacans paucos c̄

dolore pareres mũ-
do, quæ nunc mul-
tiplicem prolem
cum exultatione
parturis cælo!
Nec esses plus quã
fæmina, quæ nunc
etiam viros tranf-
cendis, & quæ
maledictionem
Eva in benedic-
tionem vertisti
Mariæ. O quam
indecenter manus
illæ sacræ, quæ
nunc etiam divi-
na revolvunt vo-
lumina, curæ
muliebris obscæ-
nitatibus defervi-
rent!

meure sterile de ce cô-
té-là, & que je travail-
le en vain à cultiver
des plantes malheureu-
ses qui ne produisent
que des fruits de mort.
Je n'ai que des enfans
de perdition à nour-
rir, qui bien loin de
me procurer quelque
consolation, déchirent
mes entrailles par la
douleur que je ressens
de leur perte éternelle.
O que votre sort est
digne d'envie, Héloï-
se! & que votre con-
dition est heureuse!
Pouvez-vous regretter
de l'avoir embrassée?
En restant dans le sie-
cle, occupée des plai-
sirs des sens qu'on y goûte, vous n'auriez donné au monde qu'un petit nombre d'enfans, avec des douleurs infinies,
& à présent vous élevez pour le Ciel
une nombreuse famille que vous avez
engendrée en Jesus-Christ avec une joie
& un contentement qui se goûte mieux
qu'il ne s'explique. Dans le monde vous

I 4

ne feriez au plus qu'une femme ; à prefent vous êtes au deffus des hommes
mêmes ; & toutes les malédictions ful-
minées contre la première femme, ont
été changées pour vous en autant de be-
nedictions. Il semble que vous ne foyez
plus fille d'Eve, mais Marie, dont tous
les privileges vous ont été en quelque
forte communiquez. N'auroit-ce pas été
une indécence, que ces mains facrées,
toutes occupées prefentement à feuille-
ter les Livres faints, n'euffent été em-
ployées qu'à faire un ménage, & à d'autres occupations encore plus baffes &
plus honteufes, mais cependant infé-
parables des foins qu'une mere de famille doit prendre de fes enfans ?

Dieu par fa mife- | *Ipfe nos à conta-*
ricorde a bien voulu | *giis hujus cœni,*
nous délivrer d'une | *à voluptatibus*
condition fi vile & fi | *hujus luti digna-*
méprifable ; il nous a | *tus eft erigere &*
retirez de la boüe, il | *ad feipfum vi*
nous a élevez au deffus | *quadam attra-*
de nous-mêmes, il | *here, qua per-*
nous a attirez à luy | *cuffum voluit Pau-*
par cette force impe- | *lum convertere,*
rieufe à qui rien ne re- | *& hoc ipfo for-*
fifte ; il nous a conver- | *taffis exemplo no-*
tis par cette grace tou- | *ftro, alios quoque*

literarum peritos ab hac deterrere praesumptione.

te puissante, qui d'un persecuteur fit autrefois un Apôtre : peut-être afin que nous ser- Act. 9. vions d'exemple à tous les Sçavans, & qu'ils apprennent à n'être jamais présomptueux, pour ne pas tomber dans les malheurs que nous nous sommes attirez, d'où la main charitable du Tout-puissant ne les delivreroit peut-être pas comme elle a fait à notre égard.

Ne te id igitur, soror, obsecro moveat, nec patri paterne nos corrigenti sis molesta ; sed attende quod scriptū est : Quos diligit Deus, hos corripit. Castigat autē omnem filium quē recipit. *Et alibi,* Qui parcit virgæ, odit filium. *Pœna est hæc momentanea, non aterna ; purgationis, non damnationis. Audi*

Ainsi, ma chere Sœur, je vous suplie, de ne plus témoigner tant de douleur, ni tant de ressentimens de ce qui m'est arrivé. Vous devenez onereuse par vos plaintes continuelles & déraisonnables, à cette bonté paternelle qui ne nous châtie que pour nous corriger. Faites plûtôt reflexion à cette parole du saint Esprit: *Le Seigneur corrige ceux qu'il aime, & il frappe* Prov. 3. *de verges tous ceux qu'il reçoit au nombre de ses enfans ;* & ailleurs: *Ce-*

J 5

Heb. 12.

Prov. 13

lui qui épargne la verge haït son fils. Cette peine est passagere & non pas éternelle. Dieu nous l'a envoyée pour nous purifier, & non pas pour nous perdre: E-coutez ce que dit un Prophete, & que ses paroles vous soûtiennent & vous donnent du courage : *Le Sei-*

Nahum. 1.

gneur, dit-il, ne juge pas, & ne châtie pas deux fois une même faute. Fai-tes réfléxion sur cet a-vis important que la Vérité même donne à tous les Fideles. *C'est par la patience que vous*

Luc 12.

conserverez vos ames dans une paix profonde.

Prov. 16.

C'est aussi en ce sens que Salomon di-soit : *L'homme patient vaut mieux que le courageux ; & celui qui est maître de son esprit vaut mieux que celui qui force les villes.*

Mais si toutes ces au-toritez si puissantes où la sagesse & la verité

Prophetam ,, & confortare : Non judicabit Dominus bis in id ipsum, & non cõsurget duplex tribulatio. *Attende summam illam & maximam Veritatis adhortationem :* In patientia vestra possidebitis animas vestras. *Unde & Salomon :* Melior est patiens viro forti, & qui dominatur animo suo, expugnatore urbium.

Non te ad lachrymas , aut ad compunctionem

movet unigenitus Dei innocens pro te & omnibus, ab impiissimis comprehensus, distractus, flagellatus, & velata facie illusus, & colaphizatus, sputis conspersus, spinis coronatus, & tandem in illo crucis tunc tam ignominioso patibulo inter latrones suspensus, atque illo tunc horrendo, & execrabili genere mortis interfectus? Hunc semper, soror, verum tuum & totius Ecclesia Sponsum præ oculis habe, mente gere. Intuere hunc exeuntem ad crucifigendum pro te & bajulantem sibi crucem. Esto de

même s'expliquent si fortement ne peuvent rien sur votre esprit, peut-être que l'exemple de notre divin Sauveur achevera de le toucher & de le convaincre. Pouvez-vous sans verser des larmes, & sans être touchée d'une amere componction, voir ce fils unique de Dieu qui étoit l'innocence même, arrêté par des méchans & des impies, lié & garoté, traîné par les rües de Jerusalem comme un voleur, presenté devant d'injustes Juges qui étoient ses ennemis declarez, moqué & couvert d'opprobres, souffleté, couvert de crachats, couronné d'épines, cruellement flagellé, & enfin attaché à un infâme gibet entre deux larrons, où il a

I 6

expiré ? C'étoit pour vous, Héloïfe, c'étoit pour moi & pour tous les hommes, qu'il enduroit tous ces tourmens. Ah ! ma Sœur, je vous conjure d'avoir toûjours devant les yeux ce chafte Epoux de l'Eglife, qui eft devenu le vôtre d'une maniere toute particuliere ; ne le perdez jamais de vûë, confiderez-le lorfqu'il fort de Jerufalem, chargé du pefant bois de fa croix, accompagnez - le en efprit jufqu'au lieu de fon facrifice, foyez du nombre de ces faintes femmes qui verfoient des larmes, & qui fe lamentoïent à la vûë d'un fi trifte fpectacle, *Luc. 23.* ainfi qu'un Evangelifte le rapporte. Elles meritent par leur pieté que cet aimable Sauveur jettât la vûë fur

populo & mulieribus, quæ plangebant & lamentabantur eum, ficut Lucas his verbis narrat : Sequebatur autem multa turba populi & mulierum, quæ plangebant & lamentabantur eum. Ad quas quidem benigne converfus, clementer eis prædixit futurum in ultionem fuæ mortis exitium, à quo quidem fi faperent, cavere fibi per hoc poffent. Filiæ, *inquit,* Hierufalem, nolite flere fuper me, fed fuper vos ipfas flete, & fuper filios veftros. Quoniam ecce veniët dies in quibus dicent: Beatæ steriles, & ventres qui non genuerunt , & ubera quæ non lactaverūt. Tunc incipient dicere montibus , Cadite super nos ; & collibus , Operite nos. Quia si in viridi ligno hæc faciunt , in arido quid fiet ?

elles , & se retournant exprès pour leur adresser ces paroles : *Filles de Jerusalem , ne pleurez point sur moi , mais sur vous & sur vos enfans , parce que viendra un jour où l'on dira : Bienheureuses les femmes steriles, les ventres qui n'ont point porté , & les mammelles qui n'ont point allaité. Alors on souhaitera d'être accablé par la chûte des montagnes. Car si l'on traite ainsi le bois verd, que fera-t-on du sec?*

Patienti sponte pro redemptione tua compatere, & super crucifixo pro te compungere.

Leur tendre devotion mérita que Jesus-Christ les rendit les dépositaires de cette Prophetie, qui leur apprenoit le triste état où Jerusalem seroit réduite en punition du crime qu'elle commettoit en la personne de son Sauveur , afin qu'en l'apprenant elles pussent se garantir des malheurs dont elles étoient menacées.

Sepulchro ejus mente semper as-

Imitez les, Héloïse, compâtissez avec elles.

aux douleurs de celui qui souffre volontairement pour votre salut. Ressentez vivement les pointes des cloux qui l'ont attaché à la croix pour vous délivrer des supplices éternels ; n'abandonnez point son sépulchre ; pleurez sa mort; lamentez-vous avec elles, preparez des parfums pour l'embaumer, je veux dire, disposez-vous à la pratique des vertus les plus parfaites, qui seront pour lui un baume d'autant plus agréable qu'il n'a plus besoin à présent dans l'état de sa gloire, de ces onguens prétieux dont on embaumoit les corps. En un mot, mettez toute votre dévotion à méditer sur la mort & passion du Fils de Dieu, ressentez en toute l'amertume ; vos larmes & votre douleur seront alors de quelque utilité, & non pas celles que vous versez sur moi & sur mes infortunes.

siste, & cum fidelibus fœminis lamentare & luge. De quibu, etiam ut jam supra memini scriptum est, Mulieres sedentes ad monumentum lamentabantur flentes Dominū. *Para cum illis sepulturæ ejus unguenta, sed meliora, spiritualia quidem, non corporalia : hæc enim requirit aromata, qui non suscepit illa. Super his toto devotionis affectu compungere.*

Ad quam qui-dem compassionis compunctionem ipse etiam per Hieremiam fideles adhortatur dicens: O vos omnes qui transitis per viam, attendite & videte, si est dolor similis sicut dolor meus. *Id est, si super aliquo patiente ita est per compassionem dolendum, cum ego scilicet solus sine culpa, quod alii deliquerint, luam. Ipse autem est via, per quam fideles de exilio transeant ad patriam.*

Qui etiam crucem, de qua sic clamat, ad hoc, nobis erexit scalam. Hic pro te

Le Seigneur vous exhorte lui-même à compâtir à ses souffrances, lorsqu'il vous dit par la bouche de Jeremie : *O vous tous qui passez par le chemin, considerez & voyez s'il y a quelque douleur semblable à la mienne.* Car c'est comme s'il disoit : Si lorsqu'on voit souffrir quelqu'un, tel qu'il soit, on se sent naturellement touché de compassion, combien plus le doit-on être à mon égard, moi qui suis le seul qui souffre pour les autres, qui souffre innocent, & qui souffre plus que personne ait jamais souffert ?

C'est du haut de la croix qu'il nous adresse ces paroles ; de cette croix, dis-je, dont il a fait une échelle à

Lament. c. 1.

tous les Chrétiens pour monter au Ciel ; & il mérite d'autant plus d'être écouté, qu'il est la voie, la vérité, & la vie. La voie qu'il faut suivre pour passer de cet exil à notre heureuse patrie, la verité qu'il faut écouter pour ne pas tomber dans l'erreur ; la vie après laquelle il faut soupirer pour être delivré de la mort éternelle. Pleurez donc à la bonne heure, si vous le voulez, Héloïse, gemissez, versez des larmes, mais que ce soit sur la

occisus est unigenitus Dei, oblatus est, quia voluit. Super hoc uno compatiendo dole, dolendo compatere. Et quod per Zachariam Prophetam de animabus devotis prædictum est comple: Plangent, inquit, planctum, quasi super unigenitum, & dolebunt super eum, ut doleri solet in morte primogeniti.

mort de ce Fils bien-aimé du Tout-puissant, compâtissez à ses douleurs, & accomplissez en votre personne ce qu'un Prophete a dit en général de toutes les ames devotes. *Ils jetteront les yeux sur moy, ils pleureront avec des larmes & des soupirs, comme on pleure un fils unique ; & ils seront pénétrez de douleur, comme l'est une mere à la mort d'un fils aîné.*

Zachar. 12, 10.

Vide, Soror, quantus sit planctus his qui Regem diligunt super morte primogeniti ejus & unigeniti. Intuere quo planctu familia, quo mœrore tota consummatur Curia & , cum ad Sponsam unigeniti mortui perveneris, intolerabiles ululatus ejus non sustinebis.

Vous voyez, ma Sœur, quel est le deuil des saintes ames sur la mort du Fils aîné de Dieu, & de son fils unique. Elles aiment le Pere, n'est-ce pas assez pour se croire obligées de pleurer la mort du Fils ? Si un jeune Prince vient à mourir, toute la Famille Royale, toute la Cour n'est-elle pas dans le deuil & dans les larmes ? Sans cela pourroit-elle dire qu'elle aime le Roy son pere ? Mais si vous considerez l'épouse du défunt, vous trouverez que son affection est infiniment plus grande, & que les cœurs les plus insensibles sont touchez en voyant seulement ses larmes & en entendant ses sanglots & ses soupirs.

Hic tuus, Soror, planctus, hic tuus sit ululatus, qua te huic Sponso felici copulasti matrimonio. Emit

Tel est votre partage, ma Sœur ; c'est vous qui êtes cette épouse de ce jeune Roi qu'on a mis à mort de la maniere du monde la plus cruelle. Il vous a fait l'honneur de vous prendre en mariage, aprés vous avoir achetée & rachetée, non pas avec un vil métail, mais avec son propre sang ; non pas avec des biens périssables, mais aux dépens de sa propre vie. Quel droit n'a-t-il donc point sur vous, & combien faut-il que vous soyez précieuse à ses yeux, pour avoir fait de telles dépenses en votre consideration?

te iste non suis, sed seipso. Proprio sanguine emit te, & redemit. Quantum jus in te habeat vide, & quâ preciosa sis intuere.

L'Apôtre qui pénétroit la grandeur de ce prix, qui consideroit avec des yeux éclairez d'une foi vive quel étoit celui qui avoit été livré pour le racheter lui-même, ne pouvoit mettre des bornes à sa reconnoissance. Dans cet esprit il s'écrioit :

Hoc quidem pretium suum Apostolus attendens, & in hoc pretio quanti sit ipse, pro quo ipsum datur, perpendens, & quam tanta gratia vicem referat adnectens:

Gal. 6. *A Dieu ne plaise que je me glorifie en autre chose qu'en la croix de Notre Seigneur Jesus-Christ, par qui le monde est mort*

Absit mihi, inquit, gloriari nisi in cruce Domini nostri Jesu Christi, per quê mihi mundus crucifixus eft, & ego mundo. *Major es cœlo, major es mundo ; cujus pretium ipfe conditor mundi factus eft. Quid in te, rogo, viderit, qui nullius eget, ut pro te acquirenda ufque ad agonias tam horrendæ atque ignominiofæ mortis certaverit? Quid in te, inquam, quærit nifi seipfam? Verus eft amicus, qui te ipfam, non tua defiderat. Verus eft amicus, qui pro te moriturus dicebat :* Majorem hac dilectionem nemo habet, ut animam fuam ponat quis pro amicis fuis. *Amabat te ille veraciter, non ego.*

& crucifié pour moi, comme je fuis mort & crucifié pour le monde ... Il faut fans doute, Héloïfe, que vous foyez au deffus du Ciel & de la terre, & que vous valiez plus que tout le monde, puifque le Createur du monde s'eft donné lui-même pour le prix de votre rançon. Mais de grace, qu'a-t-il pû voir en vous qui l'ait engagé à de fi grands frais, luy qui n'a befoin de rien? Comment a-t-il pû fe réfoudre, pour vous avoir, à fubir une fi honteufe & fi cruelle mort ? Que cherche-t-il donc en vous, finon vous-même ? O le véritable ami ! ô le genereux amant ! qui dés la recherche qu'il fait d'une époufe, ne penfe ni à fes biens, ni à fes avantages, mais fe cō-

tente uniquement d'avoir son cœur. C'est ce véritable ami qui sur le point de donner sa vie pour vous, disoit à ses Apôtres : *Personne ne peut pousser l'amour plus loin que de donner sa vie pour celui qu'il aime.* C'étoit lui, Héloïse, qui vous aimoit véritablement, & non pas moi. Hélas ! l'amour que je vous portois ne faisoit que nous rendre criminels l'un & l'autre. C'étoit un amour de concupiscence, & non pas un véritable amour. Je cherchois en vous mon plaisir, je cherchois à assouvir la malheureuse passion qui me dominoit, c'étoit là tout mon amour. Mais, dites-vous, j'ai souffert pour vous ; cela peut-être. Cependant si nous voulons dire la

Amor meus, qui utrumque nostrum peccatis involuebat, concupiscentia, non amor dicendus est. Miseras in te meas voluptates implebam, & hoc erat totum quod amabam. Pro te, inquis, passus sum, & fortassis verum est : sed magis per te, & hoc ipsum invitus. Non amore tui, sed coactione mei. Nec ad tuam salutem, sed ad dolorem. Ille vero salubriter, ille pro te sponte passus est, qui passione sua omnem curat languorē, omnem removet passionem. In hoc, obsecro, non in me tua tota sit de-

votio, tota com-
paſſio, tota com-
punctio. Dole in
tam innocentem
tanta crudelita-
tis perpetratam
iniquitatem : non
juſtam in me æ-
quitatis vindi-
ctam, imo gra-
tiam, ut dictum
eſt, in utroſque
ſummam.

vérité, & parler plus
juſte, nous dirons ſeu-
lement que j'ai ſouf-
fert à votre occaſion,
& encore malgré moi.
Ce n'eſt point pour l'a-
mour de vous, mais
par une force majeure,
& par une malheureu-
ſe neceſſité ; j'ai ſouf-
fert non point pour vo-
tre ſalut, & pour vous
procurer la paix, mais
plûtôt pour vous ac-
cabler de douleur : au lieu que les ſouf-
frances de J. C. ont été volontaires, ont
été pour vous & pour l'amour de vous,
& vous ſont ſi ſalutaires, que ſi vous
voulez vous en faire l'application, elles ſuffiſent pour guérir tous vos maux,
& éteindre le feu de toutes vos paſſions.
Ah ! je vous ſupplie, & je vous en conjure, que tout votre amour ſoit donc
pour lui, & non pas pour moi ; donnez-lui toute votre tendreſſe, toute votre douleur, toute votre compaſſion ; que
vos larmes, que vos inquiétudes, que
vos inſomnies, que vos regrets, oſe-
rois-je le dire ? que votre deſeſpoir ſoit
pour lui. Pleurez, mais pleurez amere-

ment un si grand crime commis avec tant de cruauté sur une persone si juste, si sainte, si innocente, que dis-je? sur l'innocence & la sainteté même. C'est là ce qui mérite vos gémissemens & vos larmes, c'est-là ce que vous devez regreter, & non pas une punition juste & équitable, telle qu'est celle que j'ai endurée. Non, j'ai tort de l'appeller punition, c'est une grace, & une grace infinie qu'on nous a faite à l'un & à l'autre, comme je vous l'ai déja fait voir.

Vous êtes injuste si vous n'aimez pas la justice ; mais vous êtes trés-criminelle si vous vous opposez davantage à la volonté de Dieu, ou plûtôt à sa grace & à ses bienfaits, après toutes les connoissances que vous en avez. Pleurez l'injustice commise à l'endroit de votre Sauveur, j'y consens, mais ne pleurez plus l'injure qu'on peut avoir faite à un homme qui vous avoit fait le dernier

Iniqua enim es, si æquitatem non amas; & iniquissima, si voluntati, imo tanta gratiæ Dei scienter es adversa. Plange tuum reparatorem, non corruptorem; redemptorem, non scortatorem; pro te mortuum Dominum, non viventem servum, imo nunc primum de morte vere liberatum.

outrage. Pleurez votre Redempteur, &
non pas le corrupteur de votre innocence. Pleurez le Seigneur qui est mort pour
vous, & non pas son esclave qui vit
encore, ou plûtôt qui est passé de la mort
à la vie, après avoir été délivré du plus
honteux de tous les esclavages.

Cave obsecro ne,   Souffrez, ma Sœur,
quod dixit Pom- que je vous dise qu'il y
peius mærenti Cor- a sujet de craindre que
nelia, tibi im- l'indigne reproche que
properetur turpis- le grand Pompée fai-
sime: soit à sa Cornelie, en
la voyant se lamenter
après la perte de la bataille de Pharsale,
ne vous convienne, & qu'on ne puisse
quelque jour vous dire avec autant de
justice que ce grand Capitaine disoit à
sa femme :

—— *Venit post prælia Magnus :*   **Luca.**
Sed Fortuna perit : quod defles, illud amasti.

Ce transport affligeant d'une amitié si tendre,
Cet excès de douleur ne se doit qu'à ma cen-
   dre.
Le malheur des Romains ne vient pas jusqu'à
   vous,
Les civils mouvemens vous laissent un époux ;
Son éclat seulement s'éclipse par les armes ;
Et vous l'avez aimé, s'il enfante vos larmes.

Concevez bien ce beau mot, faites-y réflexion, & rougissez de honte, si ce n'est que vous ne soïez pas fâchée qu'on dise que tout le sujet de vos larmes & de votre douleur est de ne pouvoir plus goûter les plaisirs sensuels dont vous joüissiez en ma compagnie, avant que cet accident fut arrivé.

Recevez donc, si vous m'en voulez croire, recevez avec une humble soumission & un esprit tranquille ce que Dieu n'a permis que par un effet de sa misericorde. C'est la verge d'un pere qui nous a touchez, & non pas l'épée d'un ennemi. Le pere frappe afin qu'on se corrige, mais l'ennemi ne frappe que pour ôter la vie; le pere par ses coups veut prévenir le mal dont nous sommes menacez, c'est un charitable

Attende, precor, id, & crubesce, nisi admissas turpitudines impudentissimas commendes.

Accipe itaque, Soror, accipe quæso patienter, quæ nobis acciderunt misericorditer. Virga hæc est patris, non gladius persecutoris. Percutit pater ut corrigat, ne feriat hostis, ut occidat. Vulnere mortem prævenit, non ingerit: immittit ferrum ut amputet morbum. Corpus vulnerat, & animam sanat. Occidere debuerat,

rat , & vivificat.
Immunditiam re-
secat , ut mun-
dum relinquat.
Punit semel ne pu-
niat semper; pati-
tur Unus ex vul-
nere , ut duobus
parcatur à morte.
Duo in culpa ,
unus in pœna.

Medecin qui employe le fer & le feu pour déraciner un mal inveteré; il blesse le corps, mais c'est pour guérir l'ame. S'il eût suivi les droits de sa justice, nous avions mérité la mort, & au lieu de ce terrible châtiment il nous a donné la vie; il retranche un membre pourri, afin de nous laisser un corps pur & net; il punit une fois, pour ne pas être obligé de punir toujours. Il fait une petite blessure à un, afin de ne se pas trouver dans la necessité d'en faire mourir deux : car deux étoient coupables, & un seul en a porté la peine : quelle misericorde !

Id quoque tuæ
infirmitati natu-
ra divina indul-
getur miseratione,
& quodam modo
juste. Quo enim
naturaliter sexu
infirmior eras, &
fortior continen-
tia , pœna minus

S'il vous a épargnée; j'avoue que c'est un effet de sa bonté, il s'y trouve pourtant quelque espece de justice, non-seulement parce que vous êtes d'un sexe plus foible & plus fragile, mais encore parce que vous étiez

Tome I.   K

plus chaſte que moi, ainſi vous étiez moins coupable. J'en rends graces preſentement au Seigneur, & de ce qu'il ne vous a pas puni alors, & de ce qu'il vous a reſervée pour ſoûtenir de plus grands combats, * & remporter par conſequent de plus grandes victoires. Tandis que par cette punition corporelle il m'a procuré le rafraîchiſſement dont j'avois beſoin pour n'être pas

eras obnoxia. Refero Domino in hoc gratias, qui te tunc, & à pœna liberavit, & ad coronam reſervavit; & cum me una corporis mei paſſione ſemel ab omni aſtu hujus concupiſcentiæ, in qua una totus per immoderatam incontinentiam occupatus eram, refrigeravit ne corruam; multas adoleſcentia

---

* *Il veut parler des combats qu'elle ſoûtenoit contre l'eſprit impur, & de tous les efforts qu'elle faiſoit pour reſiſter à ſes tentations, dont elle luy avoit fait le détail dans ſa precedente; & puiſque lui qui la connoiſſoit ſi bien, & qui n'étoit pas un homme à l'épargner ni à la flatter, comme on le voit aſſez dans cette lettre, ne juge pas cependant qu'elle fut criminelle dans ces combats, mais les regarde au contraire comme une matiere abondante de merites & de vertus pour elle, je m'étonne que certains Auteurs en jugent autrement, & l'on a peine à ne pas remarquer dans leur ſentiment le penchant naturel qu'ont tous les hommes à la médiſance.*

dolescentia tua majores animi passiones ex assidua carnis suggestione, reservavit ad martyrii coronam. Quod licet te audire tædeat, & dici prohibeas, Veritas tamen id loquitur manifesta. Cui enim semper est pugna, superest & corona, quia non coronabitur nisi qui legitime certaverit.

consumé par les flammes impures qui me devoroient, il vous a laissé exposée à de plus grands assauts, que votre jeunesse, votre temperamment, & vos passions qui sont extrêmement vives, vous livrent tous les jours, afin de vous procurer ensuite la couronne du long & pénible martyre que vous souffrez. Je sçai que parce que cet endroit vous est glorieux, & qu'il peut tourner à votre loüange, vous avez peine à l'entendre, & m'avez même défendu de vous en parler. Cependant c'est la vérité : car enfin celui qui combat sans cesse ne peut manquer d'être couronné, puisque sa resistance continuelle est une marque qu'il n'est point vaincu, & que son ennemi n'a pû encore le terrasser ; c'est pourquoi le grand Apôtre pour consoler ceux qui se trouvoient dans cet état, disoit à un de ses disciples de pren-*1. Tim. 2* dre courage, parce que nul ne peut es-

K 2

perer d'être couronné, qu'il n'ait genereusement combattu.

Pour moi, je n'ai plus de couronne à attendre, puisque je n'ai plus de combats à soutenir. Celui à qui l'on a ôté l'aiguillon de la chair ne trouve plus matiere de pratiquer une infinité de vertus qui auroient pû le combler de mérites. Le seul avantage que je trouve dans mon état, c'est que si je ne suis point recompensé, je ne suis pas aussi exposé à être puni ; & qu'un supplice d'un moment m'a délivré d'une éternité de peines que je ne pouvois éviter, puisqu'il est écrit de ces malheureux qui se laissent emporter par la fougue de leurs desirs criminels, qu'ils pouriront comme des bêtes dans leur ordure & dans leur fumier.

Mihi vero nulla superest corona, quia nulla subest certaminis causa. Deest materia pugnæ, cui ablatus est stimulus concupiscentiæ. Aliquid tamen esse æstimo, si cum hinc nullam percipiam coronam, nonullam tamen evitem pœnam, & dolore unius momentanea pœna multis fortassis indulgeatur æternis. Scriptum est quippe de hujus miserrima vita hominibus, imo jumentis : Computruerunt jumenta in stercoribus suis.

Joël 1. 17.

Minus quoque meritum meum minui conqueror, dum tuum crescere non diffido. Unum quippe sumus in Christo, una per legem matrimonii caro. Quicquid est tuũ, mihi non arbitror alienum. Tuus autem est Christus, quia facta es spõsa ejus. Et nunc, ut supra memini, me habes servum, quem olim agnoscebas dominum : magis tibi tamen amore nunc spirituali conjunctum, quam timore subjectum. Unde & de tuo nobis apud ipsum patrocinio amplius confidimus. Ut id obtineam ex tua quod non possum ex ora-

J'ai donc sujet de me plaindre que n'étant plus qu'une même chair avec vous par le Sacrement de Mariage; n'étant plus, pour ainsi dire, qu'une même chose avec vous, en vertu de l'union que la grace a faite de nos cœurs ; mon sort neanmoins est si different du vôtre, que vous croissez tous les jours en mérite, tandis que le mien diminuë, & que je perds toutes les occasions d'en acquerir. Si quelque chose est capable de me consoler, c'est que tout ce qui est à vous ne m'est point étranger, & il me semble avoir quelque droit d'y participer : ainsi Jesus-Christ étant à vous depuis que vous êtes devenuë son épouse, j'ai lieu d'esperer à l'honneur

K 3

de son alliance, & de partager avec vous les graces que vous en re cevez. Autrefois vous me regardiez comme votre Maître & votre Seigneur ; à présent je ne suis plus que votre esclave; autrefois une crainte respectueuse vous tenoit dans la soumission à mon é gard, à présent c'est un amour tout spiri tuel qui nous unit, & qui bien loin de me donner sur vous au cune préférence, m'o blige de vous regarder comme ma Dame & ma Maîtresse, étant l'épouse de mon Maî tre. Jugez aprés cela si j'ai tort d'implorer votre intercession au près de lui, & de té moigner en vos prie res une confiance que les miennes ne peu vent me procurer, sur

tione propria. Et nunc maxime cū quotidiana peri culorum, aut per turbationum in stantia, nec vi vere me, nec ora tioni sinat vacare. Nec illum beatis simum imitari po tentem Candacis Regina Ethiopum, qui erat super om nes gazas ejus, & de tam longinquo venerat adorare in Hierusalem. Ad quem rever tentem missus est ab Angelo Phi lippus Apostolus, ut eum converte ret ad fidem: quod jam ille me ruerat per oratio nem ; vel sacrae lectionis assidui tatem. A qua quidem ut nec in via tunc vacaret licet ditiſſimus & gentilis, magno divina diſpenſationis actum eſt beneficio, ut locus ei Scripturæ occureret, qui opportuniſſimam cõverſionis ejus occaſionem Apoſtolo præberet.

tout dans un temps où la violence de la perſecution que je ſouffre, loin de me donner le loiſir de prier, ne me laiſſe pas même celui de reſpirer. Hélas! que je ſuis éloigné de l'état où ſe trouvoit ce bienheureux Eunuque qui étoit venu d'Ethyopie pour adorer le Seigneur dans ſon Temple. C'étoit un homme riche & puiſſant ; il avoit l'intendance ſur tous les tréſors de la Reine Candace, & par conſequent ne manquoit point d'affaires ; il étoit encore enveloppé dans les tenébres du Paganiſme, * ainſi peu diſpoſé à goûter Dieu dans la priere : cependant il avoit le temps de prier & de faire de ſaintes lectures, & il ménageoit ſi bien tous les momens,

Act. 8.

---

* *Quoi que quelques Auteurs pretendent que cet Eunuque fut Proſelyte, neanmoins le ſentiment le plus commun des Anciens eſt qu'il étoit Payen : car les Payens même venoient offrir leurs prieres & leurs ſacrifices dans le fameux Temple de Ieruſalem, comme il eſt marqué dans ſaint Iean, ch. 2 & dans le 3. liv. des Rois, ch. 8. & Sacy, chap. 8. ſur les Actes.*

K 4

momens, que pour n'être jamais oisif, lors même qu'il voyageoit, il avoit un livre à la main, & lisoit les saintes Ecritures dans son char. Ce fut cette fidelité à la priere & à la lecture qui lui mérita la grace de sa conversion. Dieu lui envoye exprès un Apôtre, qui se servant à propos de la lecture qu'il faisoit actuellement, lui découvrit le mystere de notre redemption, & en fit un Saint & un Prédicateur de l'Evangile. Telle fut la force de la priere, même dans un Payen. Que ne pourra donc point la vôtre, Héloïse, si vous avez soin de l'adresser à Dieu pour moi, & si à la grace de la foi dont elle sera accompagnée, vous y joignez encore la ferveur & l'assiduité.

Mais afin que rien ne soit capable de retarder un si grand bien, & que j'en ressente au plûtôt les effets, afin même que vous ne puissiez pas vous excuser sur ce que vous ne sçavez quelle grace vous devez demander à Dieu pour moi, je vous envoye la for-

Ne quid vero hanc petitionem nostram impediat, vel impleri differat, orationem quoque ipsam, quâ pro nobis domino supplices dicatis, componere, & mittere tibi maturavi.

mule de la priere que vous lui adresserez tous les jours ; & j'espere de sa bonté, qu'il l'exaucera , & qu'elle nous sera utile à l'un & à l'autre.

Oratio.

Deus, qui ab ipso humanæ creationis exordio, fœmina de costa viri formata, nuptialis copulæ sacramentum maximum sanxisti, quippe immensis honoribus, vel desponsata nascendo, vel miracula inchoando nuptias sublimasti, meaque etiam fragilitatis incon-

PRIERE.

»O Dieu qui dès «
le commencement du «
monde, avez établi «
le Sacrement de Ma- «
riage, en tirant la «
femme de la côte de «
l'homme, & qui a- «
vez bien voulu con- «
ferer des honneurs «
infinis à cet état, soit «
en prenant vous- «
même naissance d'u- «
ne femme mariée, * «
soit en commençant «
vos miracles par ce- «
lui que vous fistes «
aux

* Il est vrai qu'il y a plusieurs Auteurs qui prétendent que la sainte Vierge n'étoit encore que fiancée lorsqu'elle conçût le Sauveur du monde : mais le sentiment d'Abeillard qui la croit mariée est le seul veritable, & le seul qu'il faut suivre. Nous avons traité à fond cette difficulté dans nos Commentaires sur les saints Evangiles, dont on fera part au Public dans peu de temps, nous y renvoyons le Lecteur.

K 5

» aux Nôces de Cana.
» Vous qui avez daigné
» autrefois m'honorer
» de ce Sacrement, &
» qui me le donnâtes
» pour un temps com-
» me un remede falu-
» taire à mes foiblesses,
» écoutez moi, je vous
» en conjure, & ne re-
» jettez pas l'humble
» priere que votre pe-
» tite fervante vous a-
» dresse aujourd'hui,
» pour obtenir le par-
» don de mes pechez
» & de ceux de la per-
» sonne que vous m'a-
» vez donné pour é-
» poux. Pardonnez,
» Seigneur, vous qui
» êtes plein de bonté,
» ou plûtôt qui êtes la
» bonté même, par-
» donnez tant de fau-
» tes que nous avons
» commises. Elles sont
» grandes, il est vrai,
» mais vos misericor-
» des sont encore plus

tinentia utcum-
que tibi pla-
cuit, olim hoc re-
medium indulsi-
sti : Ne despicias
ancillulæ tuæ pre-
ces, quas pro
meis ipsis chari-
que mei excessibus
in conspectu ma-
jestatis tuæ fup-
plex effundo. Ig-
nosce, ô Benignif-
sime, imo Beni-
gnitas ipsa ignof-
ce & tantis cri-
minibus nostris,
& ineffabilis mi-
sericordiæ tuæ
multitudinem cul-
parum nostrarum
immensitas expe-
riatur. Puni obse-
cro in præsenti
reos, ut parcas in
futuro. Puni ad
horam ne punias
in æternum. Ac-
cipe in servos vir-
gam correctionis,

non gladium fu-roris. Afflige car-nem, ut conferves animas. Adfis pur-gator, non ultor, benignus magis quam juftus. Pa-ter mifericors, non aufterus Dominus.

grandes ; & fi vous « voulez les punir, que ce foit en ce monde, « afin que vous nous « épargniez en l'autre. « Puniffez-nous dans « le temps, nous y con- « fentons, pourvû que « vous ne nous punif- « fiez pas dans l'éter- « nité. Prenez en main la verge de la « correction pour nous frapper, mais ne « prenez pas le glaive de votre fureur « & de votre indignation. Frappez le « corps pour conferver l'ame, purifiez- « nous, mais ne vous vangez pas dans « votre colere. Faites paroître, même « en nous corrigeant, que vous êtes « notre pere, & non pas un maître cour- « roucé ; enfin que nous éprouvions tel- « lement votre juftice, que votre mi- « fericorde prévale encore, & l'em- « porte dans le jugement que vous fe- « rez de nous. «

nos Do-mi tenta, fi-cut de femetipfo rogat Propheta. Ac fi aperte di-ceret. Prius vires

Nous voulons bien, « Seigneur, que vous « nous éprouviez, & « que vous nous ten- « tiez, comme le Pro- « phete fouhaitoit que «

K 6

» vous fiffiez à fon é-
» gard , c'eft-à-dire ,
» que vous confideriez
» nos forces, ou plû-
» tôt notre foibleffe ,
» pour y proportionner
» vos châtimens : car
» votre Apôtre nous a
» promis que vous en
» agiriez ainfi , lorf-
» qu'il a dit : *Dieu eft*
» *fidele, & il ne permet-*
» *tra pas que vous foyez*
» *tentez au delà de vos*
» *forces ; mais il vous*
» *fera tirer de l'avanta-*
» *ge de la tentation mê-*
» *me , afin que vous puif-*
» *fiez perfeverer.*

» Vous nous avez u-
» nis enfemble , Sei-
» gneur, dans le temps
» que vous l'avez jugé
» à propos , & vous
» nous avez auffi fepa-
» rez quand vous l'a-
» vez voulu; & de la ma-
» niere que vous l'avez
» voulu; achevez donc,
» Pere de mifericorde,

infpice , ac fecun-
dum eas , tenta-
tionum onera mo-
derare. Quod &
Beatus Paulus fi-
delibus tuis pro-
mittens ait : Po-
tens eft enim
Deus , qui non
patietur vos ten-
tari fupra id
quod poteftis,
fed faciet cum
tentatione etiam
proventum ut
poffitis fuftine-
re.

Conjunxifti nos
Domine , & di-
vififti quando pla-
cuit tibi , & quo
modo placuit. Nûc
quod , Domine ,
mifericorditer ca-
pifti , mifericor-
diffime comple. Et
quos à fe femel
divififti in mun-

1. Cor.
10.

... perenniter tibi conjungas in cœlo. Spes noftra, pars noftra, expectatio noftra, confolatio noftra, Domine qui es benedictus in fæcula. Amen.

ce que vous avez «« commencé, reünif- «« fez un jour dans le «« Ciel ceux que vous «« avez jugé à propos «« de tenir feparez du- «« rant cette vie mor- «« telle. Vous êtes no- «« tre efperance, notre «« partage, notre at- «« tente, notre confo- «« lation, vous, Sei- «« gneur, qui êtes bé- «« ni dans tous les fie- «« cles des fiecles. Ainfi «« foit-il. ««

Vale in Chrifto, Sponfa Chrifti, in Chrifto vale, & Chrifto vive. Amen.

Adieu, Epoufe de Je- fus - Chrift, portez- vous bien, & vivez; mais vivez en lui, & pour lui.

III. LETTRE d'Héloïse à Abeillard, pour servir de réponse à la précédente.

'Abregé de cette Lettre.

HEloïse pour obeïr à Abeillard qui lui avoit ordonné de ne plus parler de leurs infortunes, change de discours, & le prie de l'instruire, elle & ses Religieuses sur l'origine de leur état, & de leur donner une Regle qui leur convienne, n'y ayant pas d'apparence que celle de S. Benoist ait été faite pour des filles, ce qu'elle prouve fort

Epistola III. Heloissæ quæ est Responsio ad Abælardum.

Argumentum.

DE duobus potissimum in hac Epistola sibi, suisque Monachabus ab Abælardo rescribi exorat Heloissa, Quorum alterũ est, ut eas doceat, unde Monialium ordo originem duxit. Alterum est, ut eis aliquam proponat regulam, certamque vivendi normam dictitet, quæ so-

Iis conveniret fœminis. Quod à nullo sanctorum Patrum antea tentatũ fuerat. Suam autem & ipse subjungit opinionem, quare sancti Patres Monachabus regulas nõ præscripserant : asserens fœminis sufficere, si Clericis, & viris Ecclesiasticis Sæcularibus, vel Monachis, in continentia, & abstinentia non sint inferiores. Prolixe etiam de Beati Benedicti Regula, ejusdemque observatione disputat. Nimirũ de esu carnium interdicto, & concesso vini u-

sçavamment. Elle l'avertit d'avoir égard dans la Regle qu'il leur donnera, à l'infirmité du sexe ; qu'il n'y auroit pas de justice de faire porter à des filles foibles & délicates, un fardeau aussi pesant qu'à des hommes qui sont naturellement plus forts & plus robustes. Elle croit que ce seroit assez pour des Religieuses, si en matiere d'austeritez corporelles on les égaloit aux Chanoines Reguliers, aux Evêques, & aux autres Ecclesiastiques qui sont dans un état de perfection. Elle fait passer en revüë les points principaux de la Regle de S. Benoît,

fait une sçavante cri-
tique de quelques-uns,
& l'Apologie des au-
tres. Cette Lettre est
admirable pour son
éloquence, & pour son
érudition. Elle y parle
en Philosophe, & en
Theologien, cette seule
piece suffit pour faire
connoître quelle étoit
la profondeur de la
science de cette incom-
parable fille.

su. Fusis quoque de operibus exterioribus agit, eaque extenuat interiora longe anteponendo. Postremo Abælardum monet, ut tam subacto cum judicio cuncta sive de jejuniorum, vel divinarum rerum oratione temperet, ut fæminei sæxus consultum velit infirmitatibus. Et hic muliebre pectus omnigena eruditione refertum agnoscat Lector. Quid enim pretiosæ mercis in hac apotheca locupletissima non facile inveniat, sive Philosophiam, sive Theologiam, vel denique ipsam quærat Rhethoricam? Ter felix sæculum, quod talis decoravit fæmina, in qua quid primum, quid postremum miremur, ad dubitamus.

DOMINO specialiter, sua singulariter.

A SON CHER Maître, sa très-humble servante.

NE me forte in aliquo de inobedientia caufari queas, verbis etiam immoderati doloris tuæ franum impofitum est jussionis, ut ab bis mihi faltem in fcribendo temperem, à quibus in fermone non tã difficile, quam impossibile est providere.

Puisque vous l'ordonnez ainfi, & que vous me défendez de vous parler davantage de l'excès de ma douleur, je tâcherai, afin que vous ne m'accufiez pas d'être une defobéïssante, d'entrer dans toutes vos vûës ; & votre commandement fervira de frein à mes lettres ; il reglera tous les mouvemens de ma plume : car pour ceux de mon efprit & de mon cœur, ni même ceux de ma langue, je ne vous en réponds point. Vos ordres feroient injuftes s'ils s'étendoient jufques-là.

Nihil enim minus in noftra eft poteftate quam

En effet, y a-t-il rien qui foit moins en notre pouvoir que les

saillies de notre esprit,
& les échapées de no-
tre imagination? Nous
nous voyons tous les
jours dans la necessité
de lui obéïr ; mais pour
lui commander , & le
tourner comme nous
le voudrions , je ne
crois pas que la chose
soit possible. L'expe-
rience journaliere nous
apprend que lorsque
ses desirs ou ses pas-
sions les plus violen-
tes nous pressent, qui
sont comme les affe-
ctions de notre ame,
l'on ne peut tellement
les reprimer , sur-tout
dans les premiers mou-
vemens, qu'il n'en pa-
roisse quelque chose
au dehors, & que la
bouche qui parle tou-
jours de l'abondance
du cœur, ne nous tra-
hisse par quelques pa-
roles qui lui échapent,
& qui découvrent ce

*animus , eique
magis obedire co-
gimur, quam im-
perare possimus.
Unde & cum nos
ejus affectiones
stimulant , nemo
earum subitos im-
pulsus ita repule-
rit , ut non in ef-
fecta facile pro-
rumpant , & se
per verba facilius
effluant , qua
promptiores ani-
mi passionu sunt
notæ. Secundum
quod scriptum
est, Ex abundan-
tia cordis os lo-
quitur. Revocabo
itaque manum à
scripto , in qui-
bus linguam à
verbis temperare
non valeo. Uti-
nam sic animus
dolentis parere
promptus sit, quē-
admodum dextce*

va ſcribentis.

que nous voudrions, ou du moins ce que nous devrions tenir caché. Ainſi tout ce que je puis vous promettre, c'eſt que j'arrêterai l'impétuoſité de ma plume, & que j'en ſerai la maîtreſſe, ne pouvant pas l'être de mes penſées ni de mes paroles. Plût à Dieu, que mon cœur affligé fut en état de vous obéïr auſſi promptement que ma main va le faire !

Aliquod tamen dolori remedium vales conferre, ſi non hunc omnino poſſis auferre. Ut enim inſertum clavum alius expellit, ſic cogitatio nova priorem excludit. Cum alias intentus animus priorum memoriam dimittere cogitur aut intermittere.

J'oſe dire cependant que ſi vos ordres ne ſont pas capables de moderer ma douleur, beaucoup moins la faire ceſſer, vous pouvez neanmoins y apporter quelque adouciſſemét. Car comme un clou, ainſi qu'on le dit ordinairement, en chaſſe un autre, de même les nouvelles penſées font oublier les anciennes, & l'eſprit obligé de donner ſon attention à ce qui l'occupe actuellement, ſe trouve dans la neceſſité, ſinon d'abandonner, au moins de ſuſpendre pour quelque temps fes premieres idées, quelques fortes qu'elles foient, & de faire trève avec lui-même.

Si cela eft vrai en general, il l'eft encore plus lorfque l'occupation qu'on fe propofe nous paroît plus honnête, plus utile, & plus neceffaire. Alors l'efprit eft plus attentif, l'objet qui eft prefent l'arrête, & le trompe agréablement, fans prefque qu'il s'en apperçoive.

Tanto vero amplius cogitatio qualibet animum occupat, & ab aliis deducit; quanto quod cogitatur honeftius æftimatur, & quo intendimus animum magis videtur neceffarium.

C'eft dans ce deffein, & pour faciliter l'execution du commandement que vous me faites, de ne plus penfer à nos malheurs, que j'ai réfolu de vous demander non-feulement en mon nom, mais encore au nom de toutes les fervantes de Jefus-Chrift qui fe font confacrées à lui dans ce Monaftere, & qui

Omnes itaque nos Chrifti ancillæ, & in Chrifto filiæ tuæ, duo nunc à tua paternitate fupplices poftulamus, quæ nobis admodum neceffaria providemus. Quorum quidem alterum eft, ut nos inftruere velis unde Sanctimo-

nialium *Ordo cœperit, & quæ nostra sit professionis authoritas. Alterum vero est, ut aliquam nobis Regulam instituas, & scriptam dirigas, quæ fœminarum sit propria, & ex integro nostræ conversationis statum habitumque describat : quod nondum à Patribus sanctis actum esse conspeximus. Cujus quidem rei defectu & indigentia nunc agitur, ut ad ejusdem Regulæ professionem, tam mares quam fœmina in Monasteriis suscipiantur, & idem institutionis Monastica jugum im-*

sont vos filles spirituelles, deux graces que je vous prie très-humblement de ne nous pas refuser. La premiere c'est de nous apprendre quelle est l'origine de notre état, quelle autorité & quel rang il a dans l'Eglise, sur quels fondemens il a été établi, en quel temps il a commencé : car il est honteux à des Religieuses d'ignorer toutes ces choses, & d'embrasser une profession sans la connoître. Une personne bien née dans le monde sçait la généalogie de sa famille, & d'où elle sort, faut-il que nous en sçachions moins en Religion, & notre état est-il si obscur pour n'en pas connoître les commencemens ? La seconde est de nous composer une regle qui soit propre à des filles, & qui nous marque précisément tout ce que nous devons faire pour bien remplir les devoirs de notre état, sans craindre de trop descendre dans le particulier de notre conduite ; car il faut avoüer que ce secours nous manque absolument, & qu'aucun Pere de l'Eglise n'a encore pensé à un tel ouvrage ; * d'où il est ar-

ponitur infirmo sexui, æque ut forti. Unam quippe nunc Regulam Beati Benedicti apud Latinos fæminæ profitentur, æquæ ut viri. Quã sicut viris solummodo constat scriptam esse, ita & ab ipsis tantum impleri posse tam subjectis, pariter quam prælatis. Ut enim cætera nunc

* Saint Augustin avoit neanmoins deja composé une Regle pour des Religieuses d'un Monastere d'Hyppone, où sa sœur étoit Superieure : mais outre que cette Regle n'étoit pas encore passée en France du tems d'Heloïse, elle est si courte, que si on n'y ajoute des constitutions, elle ne peut pas suffire, comme saint Augustin l'éprouva lui même après la mort de sa sœur. Pour ce qui est de celle que Cassien donna aux Religieuses d'un Monastere qu'il avoit fondé à Marseille, & celle que saint Cesaire fit pour sa sœur Cesarie Superieure du Monastere, qu'il établit à Arles, nous ne voyons pas que ces deux Regles ayent été d'une grande étenduë, & qu'elles ayent eu beaucoup de Sectateurs. Ie ne crois pas même, après le Pere Mabillon, qu'elles fussent differentes de celle de saint Benoist. Car, selon ce sçavant Religieux, tout l'Ordre

nunc omittam Regula capitula, quid ad fæminas, quod de cucullis, femoralibus, & scapularibus ibi scriptum est? Quid denique ad ipsas de tunicis aut de laneis ad carnem indumentis; cum earum humoris superflui menstrua purgationes hæc omnino refugiant? Quid ad ipsas etiam, quod de Abbate statuitur, ut ipse lectionem dicat Evangelicam, & post ipsam Hymnum incipiat? Quid de mensa Abbatis seorsim cum peregrinis &

rivé par un renversement de conduite assez plaisant, qu'on a imposé un même joug aux hommes & aux femmes; que le sexe le plus foible a été traité comme le plus fort, & que sans considerer si nous le pouvons, ou si nous ne le pouvons pas, on a chargé sur nos foibles épaules un fardeau que les plus robustes ont peine à porter, puisqu'il est constant que dans toute l'Eglise Latine les Religieux & les Religieuses n'ont point d'autre regle à present que celle de S. Benoît: regle cependant qui n'a jamais été faite que pour les hommes, & qui ne peut convenir qu'à des Religieux, soit qu'on considere ce qui

_____

Monastique ne faisoit encore qu'un corps dans le douzieme siecle. Voyez sa Préface du 1. tome du sixième siecle des Actes des SS. Benedict.

qui y est prescrit pour les superieurs, soit qu'on y envisage les obligatiõs des inferieurs. Car pour ne toucher ici que quelques points de cette regle, dites-moi, je vous prie, qu'est-ce que des filles ont affaire de chaperons, de hauts de chauses, & de scapulaires pour le travail? Peuvent-elles s'accommoder de chemises de serges, sujettes comme elles sont à tant d'incommoditez? Leur convient - il de chanter l'Evangile publiquement dans l'Eglise, comme fait l'Abbé selon cette regle? Peuvent-elles recevoir à leur table les hôtes & les pelerins? Une Abbesse auroit bonne grace de se trouver en telle compagnie! Cependant si nous voulons suivre cette regle, il faut ou ne donner jamais l'hospitalité aux hommes dans nos Monasteres, ou que l'Abbesse aille manger avec eux. Mais qui ne voit que

Reg. c. *55.*

Reg. c. *11.*

Reg. c. *56.*

hospitibus consti-
tuenda : Nun-
quid nostra con-
venit religioni,
Ut vel nunquam
hospitium viris,
præbeat, aut cum
his, quos susce-
perit viris, Ab-
batissa comedat?
O quam facilis
ad ruinam ani-
marum virorum
ac mulierum in
unum cohabita-
tio ! Maxime
vero in mensa,
ubi crapula do-
minatur & e-
brietas, & vinũ
in dulcedine bi-
bitur, in quo est
luxuria.

que c'est blesser les regles de la pudeur.
Rien n'est plus dangereux pour le salut
que ce mêlange d'hommes & de femmes. C'est là où les ames trouvent leur
perte, sur-tout à la table, où la bonne
chere & le vin égayant l'esprit, re-
muent toutes les passions, & sur-tout
celle de l'impureté.

Quod & Beatus præcavens Hieronymus, ad matrem & filiam scribens, meminit dicens : Difficile inter epulas servatur pudicitia. *Ipse quoque Poëta, luxuria turpitudinisque doctor, Libro Amatoria Artis intitulato, quantam fornicationis occasionem convivia maxime præbeant, studiose exequitur dicens :*

Saint Jerôme étoit de mon sentiment, lors qu'écrivant à une Dame de qualité & à sa fille, qui étoit déja nubile, il les avertit entre autres choses, qu'il est bien difficile d'être chaste parmi les festins. Le Poëte Latin qu'on peut avec justice appeller le Docteur de l'impureté, n'a pas oublié aussi de faire remarquer la même chose dans son livre qui porte pour titre : *De l'Art d'aimer.* C'est là où il fait voir comme l'Amour se glisse aisément parmi les verres

Ep. 47.

Ovid. l. I. De Arte amandi.

& les pots ; que jamais les filles ne sont

Tome I. L

de plus belle humeur, ni plus faciles à
féduire, qu'à table ; qu'elles y ont fait
auffi plus de conquêtes qu'en tout autre
endroit, & qu'on en a vû plufieurs dont
la chafteté avoit été jufques alors hors
d'atteinte, à la faveur d'une certaine
humeur fombre & mélancolique qui
leur étoit naturelle, changer entierement dans les feftins, & y devenir plus
amoureufes que les plus coquettes mêmes.

Vinaque cum bibulas fparfere Cupidinis alas,
 Permanet, & capto fat gravis ille loco,
Tum veniunt rifus : tum pauper cornua fumit :
 Tum dolor & curæ, rugaque frontis abit.
Illic fæpe animos juvenum rapuere puellæ :
 Et Venus in venis, ignis in igne furit.

Vous me direz peut-
être qu'il ne faut don-
ner l'hofpitalité qu'aux
perfonnes de notre fe-
xe, & qu'il n'y aura
plus de danger. Hélas !
mon Cher, que vous
connoiffez mal les fem-
mes, fi vous êtes dans
cette penfée ! Oui, je
vous le protefte, de
*Nunquid & fi
faminas folas hof-
pitio fufceptas ad
menfam admife-
rint, nullum ibi
latet periculum ?
Certe in feducen-
da muliere nul-
lum eft æque fa-
cile ut lenociniũ
muliebre. Nec*

corrupta mentis hospitudinem ita prompte cuiquam mulier committit sicut mulieri. Unde & prædictus Hieronymus maxime sæcularium accessus feminarum vitare propositi sancti seminas adhortatur.

tous les moyens qu'on peut employer pour corrompre le cœur d'une jeune personne, il n'y en a point de plus prompt, de plus efficace, & de plus insinuant que les caresses d'une femme ; elles nous persuadent bien plus facilement que les hommes, soit parce qu'ons'en méfie moins, soit parce qu'elles ont reçû de la nature des graces & des manieres plus douces & plus agréables ; en un mot elles sont plus engageantes & plus dangereuses ; & si elles ont l'amour en tête, elles nous le persuaderont plûtôt qu'un autre. C'est pourquoi le même saint Jerôme exhorte les Religieuses à ne point donner d'entrée chez elles aux femmes du monde, il les connoissoit.

Ep. 13. & 22.

Denique si viris ab hospitalitate nostra exclusis, solas admittamus seminas, quis non vi-

De plus, si nous n'accordons l'hospitalité qu'aux femmes, & que nous donnions l'exclusion aux hommes, nous les allons tous irriter contre nous, & avec justice ; car nous avons plus besoin d'eux que des femmes, & ils nous font aussi plus de bien qu'elles. Est-il juste de moins donner à ceux de qui nous recevons davantage ?

Que s'il est donc vrai, comme l'on n'en peut douter, que nous ne pouvons pas observer la regle de saint Benoist dans toute son étenduë, j'appréhende fort que cette parole de l'Apôtre saint Jacques ne fasse notre condamnation : *Quiconque ayant gardé toute la loi, la viole en un seul point, est coupable comme l'ayant toute violée.* Car c'est comme s'il disoit : Vous avez beau accomplir plusieurs preceptes, si vous ne les accomplis-

Jac. 2. 10.

deat quanta exasperatione viros offendamus, quorum beneficiis Monasteria sexus infirmi egent, maxime si eis à quibus plus accipiut, minus aut omnino, nihil largiri videantur ?

Quod si prædicta Regulæ tenor à nobis impleri non potest, vereor ne illud Apostoli Jacobi in nostram quoque damnationem dictum sit: Quicunque totam legem observaverit, offendat autem in uno, factus est omnium reus. *Quod est dicere: De hoc ipso reus statuitur qui peragit multa, quod non implet omnia.*

Et transgressor legis efficitur ex uno, cujus impletor non fuerit, nisi consummatis omnibus ejus praeceptis. Quod ipse statim diligenter exponens Apostolus adjecit : Qui enim dixit, Non mœchaberis, dixit &, Non occides. Quod si non mœchaberis, occidas autem, factus est transgressor legis. *Ac si aperte dicat : Ideo quilibet reus fit de transgressione uniuscujuslibet praecepti, quia ipse Dominus, qui praecipit unum, praecipit & aliud. Et quodcunque legis violetur praeceptum, ipse con-*

sez tous, dès là vous êtes coupable, & vous passerez pour un transgresseur de la Loi, qui ne s'accomplit que par l'observance de tous les preceptes qu'elle renferme. Ce n'est pas ma pensée que je debite, c'est celle de cet Apôtre. Ecoutez comme il s'explique lui-même, & la raison qu'il apporte de l'arrest qu'il vient de prononcer. *Celui qui a dit ne commettez point d'adultere, a dit aussi, ne tuez point : Si vous tuez, quoi que vous ne commettiez pas d'adultere, vous êtes violateur de la Loy.* Pourquoi ? Parce que le même Seigneur qui a défendu l'un, a défendu l'autre, ainsi tel que soit le précepte que vous violez, c'est toujours Dieu même que vous méprisez,

Jac. v. 11.

L 3

l'Auteur de la Loi, qui la fait confister dans l'obfervation de tous fes commandemens, comme s'il n'y en avoit qu'un feul *

Mais pour ne point parler ici de ces endroits de la regle que nous ne pouvons obferver en aucune maniere, ou du moins fans nous expofer à de grands inconveniens, où a-t-on jamais vû une Communauté de Religieufes fortir de leur Monaftere pour aller faire la moiffon à la campagne, & travailler dans les châps, comme la regle l'ordonne ? Qui s'eft jamais avifé d'éprouver la vocation d'une fille

Reg. c. 44.

Ib. c. 48

remnitur, qui legem non in uno, fed in omnibus pariter mandatis conftituit.

Ut autem praeteream illa Regula inftituta, quae penitus obfervare vo poffumus, aut fine periculo non valemus. Ubi unquam ad colligendas meffes Conventus Monialium exire, vel labores agrorum habere confuevit? aut fufcipiendarum faminarum conftantiam uno anno probaverit, eafque tertio, perlecta Regula, ficut

* Saint Augustin avoit-autrefois confulté faint Jerôme fur l'explication de ce paffage de l'Apôtre faint Jacques, & en propofant fon doute il en donne lui-même une belle explication. Voyez fa Lettre 166. nouv. edit. & 102. dans les anciens.

cut in ipsa jube-
tur, instruxerit:
Quid rursum stul-
tius quam viam
ignotam, nec ad-
huc demonstratâ
aggredi? Quid
præsumptuosius
quam eligere ac
profiteri vitam,
quam nescias,
aut votum facere,
quod implere non
queas? Sed & cũ
omnium virtutum
discretio sit ma-
ter, & omnium
bonorum media-
trix sit ratio; quis
aut virtutem aut
bonum censeat,
quod ab istis dif-

durant une année en-
tiere, & s'assurer de sa
vertu par toutes sortes
d'humiliations, après
lui avoir fait lecture de
la Regle jusques à trois
fois? * Vous me direz
que si cela ne s'ést pas
pratiqué jusqu'à pré-
sent, il faut commen-
cer à le faire; & moi
je vous réponds, qu'y
a-t-il de plus insensé
que d'entrer dans un
chemin qui nous est
inconnu, & que per-
sonne ne nous a encore
frayé? N'est-ce pas u-
ne présomption insu-
portable que d'embras-
ser un genre de vie
que vous ne connois-
sez

* Du temps d'Heloïse les Religieuses ne faisoient
point une année de noviciat, ni même avant le
Concile de Trente. Ce n'est pas que les regles ne le
prescrivent: car sans parler de celle de saint
Benoist, celle de saint Cesaire pour les Religieuses
porte expressément, num. 3. & 4. qu'on les doit
éprouver durant un an, avant que de leur donner
l'habit; mais la coûtume & le relâchement avoient
aboli une regle si sage.

L 4

fez pas, & de faire des vœux que vous ne pourez pas accomplir ? D'ailleurs, la discrétion étant la mere de toutes les vertus, & la raison n'étant donnée à l'homme que pour agir avec prudence & avec moderation dans le bien même qu'il entreprend, peut-on appeller vertu, & donner le nom de bien à des pratiques où l'on ne voit ni discrétion ni prudence ? Car les vertus mêmes, comme dit fort bien saint Jerôme, perdent ce beau nom, & méritent celui de vice, lorsqu'elles vont dans l'excès : or c'en est un, que d'imposer de pesans fardeaux à des persones qui n'ont pas la force de les porter. A-t-on jamais mis sur le dos d'un âne la charge d'un éléphant ?

Tom. 1.
ep. 8.

sentire videatur! Ipsas quippe virtutes excedentes modum atque mensuram, sicut Hieronymus asserit, inter vitia reputari convenit. Quis autem ab omni ratione ac discretione sejunctum non videat, si ad imponenda onera eorum quibus imponuntur, valetudines prius non discutiantur, ut naturæ constitutionem humana sequatur industria ? Quis asinum sarcina tanta, qua dignum judicat elephantem ? Quis tanta pueris aut senibus, quanta viris injungat ? Tanta debilibus scilicet, quanta fortibus, tanta infirmis, quanta viris injungat? Tanta debilibus scilicet quanta fortibus, tanta infirmis, quanta sanis, tanta fœminis, quanta maribus ? Infirmiori videlicet sexui, quanta & forti ?

Quod diligenter Beatus Papa Gregorius attendens, Pastoralis sui cap. XIV. tam de admonendis, quam de præcipiendis ita distinxit : Aliter igitur admonendi sunt viri, atque aliter fæminæ : quia illis gravia, istis vero sunt injungenda

A-t-on jamais autant exigé d'un enfant cōme d'un homme, autant d'une personne foible comme d'une autre forte & robuste, autant d'une personne malade, comme si elle étoit en santé, autant d'une femme que d'un homme, autant du sexe le plus foible comme du plus fort ? C'est neanmoins le cas où nous nous trouvons.

Ceux qui sont d'un sentiment contraire devroient faire reflexion à ces belles paroles de saint Gregoire : *Les avertissemens qu'on donne aux hommes,* dit ce grand Pape, *doivent estre bien differens de ceux qu'on donne aux femmes. On peut commander des choses difficiles à ceux-là, mais non pas à celles-ci. Il est de l'honneur de ceux-là*

Pastor. P. 3. c. 14.

L 5

de s'exercer dans de grã-
des entreprises, & il
faut amuser celles-là par
de petits exercices qui
conviennent à leur foi-
blesse, & qui leur soient
agréables.

Tous ceux qui ont
écrit des Regles pour
les Moines, non-seule-
lement n'ont fait au-
cune mention des fil-
les, mais ils ont inseré
dans leurs statuts, des
choses qu'ils sçavoient
bien ne leur pouvoir
convenir. Par là ils
nous ont fait compren-
dre qu'il ne falloit pas
assujettir au même joug
la genisse & le taureau,
parce qu'il est contre
l'équité & contre le
bon sens de donner de
pareilles tâches à ceux
à qui la nature n'a pas
donné de semblables
forces. Saint Benoît
lui-même, qui étoit
rempli de l'esprit de

leviora : & alios
magna exer-
ceant, istas ve-
ro levia demul-
cendo conver-
tant.

Certe & qui
Monachorum Re-
gulas scripserunt,
nec solum de sœ-
minis omnino ta-
cuerunt, verum
etiam illa sta-
tuerunt, quæ eis
nullatenus conve-
nire sciebant : sa-
tis commode in-
nuerunt ; nequa-
quam eodem jugo
Regulæ tauri &
juvencæ premen-
dam esse cervicem,
quia quos dispa-
res natura crea-
vit, æquari la-
bore non conve-
nit. Hujus autem
discretionis Bea-
tus non immemor

Benedictus , tan-
quam omnium ju-
storum spiritu ple-
nus , pro qualita-
te hominum aut
temporum , cunc-
ta sic moderatur
in Regula, ut om-
nia , sicut ipsemet
uno concludit lo-
co , mensurate
fiant. Primo ita-
que ab ipso inci-
piens Abbate ;
præcipit eum ita
subjectis præside-
re , ut secundum
unius , inquit, cu-
jusque qualitatem
vel intelligentiam
ita se omnibus
conformet & ap-
tet , ut non solum
detrimenta gregis
sibi commissi non
patiatur , verum
in augmentatione
boni gregis gau-
deat , suamque
fragilitatem sem-

tous les Saints , com-
me parlent les Conci-
les, n'a pas oublié cette
discretion si necessaire
dans la conduite des a-
mes, puisqu'il a ajusté
sa regle à la diversité
des temps , des tempe-
ramens , & des quali-
tez de ceux qui l'em- *Reg. c.*
brasseroient ; de sorte 48.
qu'il veut que toutes
choses se fassent avec *Ib. c. 2.*
moderation , ce sont
ses termes. Ainsi com-
mençant par l'Abbé, il
lui ordonne de gou-
verner ses Religieux
de telle maniere qu'il
se conforme à la por-
tée de chacun, afin que
non-seulement le trou-
peau qui lui est confié
ne déperisse pas entre
ses mains , mais qu'il
ait encore la joie de le
voir augmenter tous
les jours par la sagesse
de sa conduite. Pour *Ib. c. 64.*
cet effet, il veut qu'il

L. 6

se méfie lui-même de ses propres forces, & qu'il ne perde jamais de vûë sa foiblesse & sa fragilité ; il veut qu'il se souvienne sans cesse, qu'il est écrit de J. C. le souverain modele de tous les Pasteurs, *qu'il ne brisera point le*

Isaï. 42 *roseau cassé, & qu'il n'é-teindra point la meche qui fume encore ;* il veut qu'il fasse attention aux lieux & aux temps, semblable à ce prudent pasteur, qui disoit, *si je presse mes troupeaux*

Gen. 33 *de marcher , & que je leur fasse faire trop de chemin en un jour, ils mourront tous.* Par toutes ces regles de prudence, & autres semblables qu'il lui prescrit, il conclud que sa conduite doit être si pleine de moderation qui est la mere de toutes les vertus, que les forts fassent avec plaisir ce qu'ils ont à faire, & que les foibles ne perdent point courage , & ne se rebutent pas.

per suspectus sit) memineritque calamum quassatum non conterendum. Discernat & tempora , cogitans discretionem sancti Jacob dicentis: Si greges meos plus in ambulando fecero laborare, morientur cuncti una die. Hæc ergo aliaque testimonia discretionis matris virtutum sumens, sic omnino temperet , ut & fortes sit , quod cupiant, & infirmi non refugiant.

Ad hanc quidem dispensationis moderationem indulgentia pertinet puerorum, senum, & omnino debilium, Lectoris, seu Septimanariorum, coquinæ ante alios refectio, & in ipso etiam Conventu de ipsa cibi vel potus qualitate, seu quantitate, pro diversitate hominum providentia. De quibus quidem singulis ibi diligenter scriptum es.

Ipsa quoque statuta jejunii tempora pro qualitate temporis, vel quantitate laboris ita relaxat, prout natura po-

C'est encore par un trait de cette admirable sagesse, que ce saint Legislateur témoigne tant d'indulgence pour les enfans, pour les vieillards, & pour les infirmes ; qu'il a pourvû que le Lecteur du Refectoire, & ceux qui servent à la cuisine, prissent leur refection avant les autres ; qu'il a reglé la quantité & la qualité du boire & du manger selon la diversité des temps, des lieux & des personnes : n'ayant pas crû qu'il fut au dessous de lui de descendre dans ce détail, & d'en parler fort au long.

Quelle prudence dâs la distribution des jeûnes ! Il en exempte dans les grandes chaleurs ; il ne veut pas qu'on les observe lorsqu'on aura quelque tra-

c. 37. 38. & 39.

c. 41.

vail extraordinaire à faire ; & quoi que de son temps la vie des Moines fut un jeûne perpetuel, il l'a borné cependant à quelques mois de l'année, encore a-t-il choisi la saison la plus propre & la moins incommode, qui est celle de l'Automne & de l'Hyver.

Or je vous prie de me dire, si celui qui prescrivant des regles aux hommes, a usé de tant de modération, a pris tant de précautions pour s'accómoder aux humeurs, aux temps, & aux qualitez des personnes, que qui que ce soit, comme il le dit lui-même, n'ait sujet de murmurer & de se plaindre qu'on le charge trop, quelle auroit été sa douceur & sa discrétion, s'il eût eu à dóner une regle de vie à des filles? S'il a adouci la rigueur de la regle pour les enfans, pour les vieillards, pour les

stulat infirmitas.

Quid obsecro? ubi iste, qui sic ad hominum & temporum qualitatem omnia moderatur, ut ab omnibus sine murmuratione proferri queant, quæ instituuntur : Quid, inquam, de fæminis provideret, si eis quoque pariter ut viris Regulam institueret ? Si enim in quibusdam Regulæ rigorem pueris, senibus, & debilibus pro ipsa natura debilitate vel infirmitate temperare cogitur: quid de fragili sexu provideret, cujus maxime debilis & infirma natura cognoscitur? Perpende itaque quàm longe absistat ab omni rationis discretione, ejusdem Regulæ professione tam fœminas, quam viros obligari, eademque sarcina tam debiles, quam fortes onerari.

Satis esse nostra arbitror infirmitati, si nos ipsis Ecclesiæ Rectoribus, & qui in sacris Ordinibus constituti sunt, Clericis tam continentiæ, quàm abstinentiæ vir-

compléxions foibles & délicates, côme la raison le demande, quelle auroit été sa condescendance pour notre sexe, à qui la nature semble avoir laissé en partage la foiblesse même? Concluez donc, je vous prie, qu'il seroit contre toute sorte de raison de vouloir assujettir des filles à une regle qui n'a été faite que pour des hômes, & de charger les uns & les autres, je veux dire les forts & les foibles, d'un même fardeau.

Pour moi, je croirois que ce seroit assez, eu égard à notre foiblesse, si en matiere d'austerité & d'abstinence, nous en faisions autant que Nosseigneurs les Evêques & les autres Ecclesiastiques qui côposent le Clergé; si comme eux nous con-sentions de garder la chasteté, & les jeûnes que l'Eglise ordonne, puisque J. C. qui est la verité même, nous as-sure que *pour être par-fait il suffit d'imiter ses maîtres & ses superieurs.* **Luc. 6.** En verité il me semble que je serois bien con-tente de moi-même si j'imitois ceux qui dans le monde vivent en bons Chrétiens : car ce qui paroît peu de cho-se dans ceux qui sont forts & robustes, est digne d'admiration & de loüanges dans ceux qui sont d'une complexion délicate. **j. Cor. al.** C'est pourquoi l'Apôtre dit : *Que la virtu éclate davantage dans les infirmitez.*

Au reste, je vous croi trop éclairé pour vous persuader que la pieté & la Religion de ceux qui vivent bien dans le monde, même dans l'état du mariage,

tus æquaverit. *Maxime cum Veritas dicat.* Perfectus om-nis erit, si sit si-cut magister e-jus. *Quibus etiã pro magno repu-tandum esset, si religiosos laïcos æquiparare posse-mus. Qua namq; in fortibus parva censemus, in de-bilibus admira-mur. Et juxta il-lud Apostoli.* Vir-tus in infirmita-te perficitur.

Ne vero Lai-corum religio pro parvo ducatur, qualis fuit Abra-ha, David, Job, licet, conjugato-rum, Chrysosto-

mus in Epistola ad Hebraos, sermone 7. nobis occurrit, dicens : Sunt multa in quibus poterit laborare, ut bestiam illam incantet. Quæ sunt ista ? labores, lectiones, vigiliæ. Sed quid ad nos hæc, *inquit*, qui non sumus Monachi ? Hæc mihi dicis ? Dic Paulo, cum dicit. Vigilantes in omni patientia & oratione : cum dicit, Carnis curam ne feceritis in concupiscentiis. *Non enim hæc Monachis scribebat tantum, sed omnibus qui erant in civita-*

comme ont été autrefois Abraham, David, Job, & tant d'autres, soit peu de chose. Si vous étiez dans ce sentiment, je vous renvoirois à saint Chrysostome, qui sur l'Epître aux Hébreux dit ces belles paroles : *Nous ne manquôs pas de moyens dans le Christianisme pour enchanter cette bête infernale, & empêcher qu'elle ne nous nuise. Et qui sont ces moyens ? Le travail, la lecture, les veilles, la priere, le jeûne. Sommes-nous des Meines, me direz-vous, pour nous appliquer à ces sortes de choses ? C'est la réponse que vous me faites. Faites-la donc à saint Paul,* Serm. 7. in c. 4. ad Heb. *lorsqu'il dit : Veillez dans la pratique de la patience & de la priere. Lorsqu'il dit : N'écoutez point les desirs de la chair, & donnez-vous de garde* Coloss. 4. Rom. 13

d'obéir à ses convoitises : car il est certain que l'Apôtre n'écrivoit point alors à des Moines & à des Solitaires. Il parloit à tous les Chrétiens, il parloit à ceux qui habitent les villes, & qui y exercent toute sorte d'emplois : & il n'est pas moins sûr qu'excepté la permission d'avoir une femme, la vie de ces Chrétiens doit être semblable à celle des Religieux. L'Auteur de la nature use d'indulgence avec eux sur cet article, dans tout le reste ils ont les mêmes obligations qu'un Moine, puisque Jesus-Christ n'a point prêché ce qu'on appelle les beatitudes, aux seuls Religieux, mais à tous les Chrétiens : autrement il faudroit que tout le monde fut damné, & qu'il n'y eût que les seuls Moines de sauvez. Ainsi loin que le Mariage fut

ribus. Non enim sæcularis homo debet aliquid amplius habere Monacho, quam cum uxore concumbere tantum. Hic enim habet veniam, in aliis autem nequaquam : sed omnia æqualiter sicut Monachi agere debet. Nam & beatitudines, quæ à Christo dicuntur, non Monachis tantum dicta sunt. Alioquin universus mundus peribit, & in angustum inclusit ea, quæ virtutis sunt. Et quomodo honorabiles sunt nuptiæ, quæ nobis tantum impediunt ?

un état honorable ; il faudroit le fuir, comme le seul obstacle qu'il y eût au salut.

*Ex quibus qui-
dem verbis aperte
colligitur , quod
quisquis Evan-
gelicis praceptis
continentiæ vir-
tutem addiderit ,
Monasticam per-
fectionem imple-
bit. Atque uti-
nam ad hoc no-
stra Religio con-
cendere posset , ut
Evangelium im-
pleret , non trans-
cenderet : ne plus-
quam Christianæ
appeteremus esse.*

Vous voyez par ces
paroles de saint Chry-
sostome, que pour ê-
tre un bon Religieux
il ne faut rien ajouter
aux preceptes de l'E-
vangile que la conti-
nence. Et plût à Dieu
que nous fissions con-
sister toute notre pieté
& toute notre Religion
à bien accomplir l'E-
vangile, & qu'on ne
s'entêtât pas de nous
vouloir guinder plus
haut par de nouvelles
obligations qui sem-
blent nous vouloir fai-
re plus que Chrétien-
nes.

*Hinc profecto ,
ni fallor , sancti
decreverunt Pa-
tres , non ita no-
bis , sicut viris
generalem ali-
quam Regulam ,
quasi novam le-*

C'est peut-être pour
cette raison que les
saints Peres n'ont pas
jugé à propos de nous
dresser des regles par-
ticulieres, comme ils
ont fait pour les hom-
mes. Ils ont cru que

c'étoit affez pour nous de garder l'Evangile, & que ce feroit prendre plaifir à accabler notre foibleffe, que de nous charger de nouvelles loix, & de nous engager dans d'autres obligations: perfuadez fans doute de cette regle du grand Apôtre: *La Loi produit la colere, puifque lorfqu'il n'y a point de Loi, il n'y a point de prévarication de la Loi.* Et ailleurs : *La Loi eft furvenuë pour donner lieu à l'abondance du peché.*

Rom. 4 15.

Ib. c. 5.

Voulez - vous voir jufques où ce grand Prédicateur de la chafteté a pouffé l'indulgence pour nous fur cet article ? Perfuadé comme il étoit de notre foibleffe, il oblige les jeunes veuves à fe remarier. *Je veux,* dit-il, remarquez ce ter-

gem præfigere nec magnitudine votorum noftram infirmitatem onerare attendentes illud Apoftoli : Lex enim iram operatur. Ubi enim non eft lex, nec prævaricatio. *Et iterum :* Lex autem fubintravit ; ut abundaret delictum.

Idem quoque maximus continentia prædicator de infirmitate noftra plurimum confidens , & quafi ad fecundas nuptias urgen juniores viduas : Volo , inquit , juniores nubere, filios procreare, matres familias effe, nullam occasionem dare adverfario maledicti gratia. *Quod & Beatus Hieronymus faluberrimum effe confiderans, Eustachio de improvifis fœminarum votis confulit, his verbis. Si autem & illæ, quæ virgines funt, ob alias tamen culpas non folvantur : quid fiet illis, quæ proftituerunt membra Chrifti, & mutaverūt templum Spiritus fancti in lupanar ? Rectius fuerat homini fubiiffe conjugium, ambu-*

me, *je veux que les jeunes femmes qui ont perdu leur mari, convolent à de fecondes nôces, qu'elles ayent des enfans, qu'elles deviennent meres de famille, afin d'ôter toute occafion au démon de les tenter & de les féduire.* 1. Tim. à S. Ce que faint Jerôme a trouvé fi jufte & fi raifonnable, qu'étant cōfulté par un Evêque, de quelle maniere il falloit fe conduire à l'égard de certaines Religieufes qui après s'être engagées dans cet état un peu legeremēt, l'avoiēt deshonoré par leur incontinence, il dit : » Si celles qui « font toujours demeu- « rées vierges, ne laif- « fent pas d'être mifes « fouvent en pénitence « pour d'autres fautes, « doit-on épargner cel- « les qui ont honteufe- « ment proftitué les «

Hier. epi. 22.

» membres de Jesus-
» Chrift; & du Temple
» du faint Efprit en ont
» fait un lieu de dé-
» bauche ? Elles euffent
» bien mieux fait de fe
».matier, & de marcher par les voyes
».communes & ordinaires, que d'em-
» braffer un état plus élevé, pour tom-
» ber de cette élevation dans le plus pro-
» fond de l'abîme.

Saint Auguftin étoit
auffi du fentiment de
faint Jerôme fur cette
matiere. De crainte
qu'on ne s'engageât
dans l'état Religieux
fans y penfer affez, il
» faut, dit-il, que celle
» qui ne l'a pas encore
» embraffé, foit long-
» temps avant que de
» fe réfoudre, & que
» celle auffi qui s'y eft
» déja engagée, per-
» fevere conftamment;
» afin que d'un côté
» Jefus-Chrift ne per-
» de rien de ce qui lui
» a été confacré, & que

Aug. de contin. viduali ad Iulia t. 9.

laffe per plana,
quam altiora
intendentem in
profundum in-
ferni cadere.

Quarum etiam temerariæ pro-feſſioni fanctus Auguftinus con-fulens, in libro de Continentia Viduali ad Ju-lianum fcribit his verbis : Quæ non cœpit deliberet, quæ aggreffa eft perfeveret. Nul-la adverfario detur occafio, nulla Chrifto fubtrahatur o-blatio. *Hine e-tiam Canones no-ftra infirmitati*

consulentes decre- de l'autre, elles ne «
verunt, Diaco- donnent point occa- «
nissas ante qua- sion au démon de les «
draginta annos tenter. « C'est dans le
ordinari non de- même esprit que les
bere, & hoc cum Conciles ont ordonné
diligenti proba- qu'on ne souffrît point
tione; cum à vi- qu'une fille s'engageât
ginti annis, li- à une virginité perpe-
ceat Diaconos tuelle avant l'âge de
promoveri. quarante ans, * & a-
près de longues épreu-
ves, quoi qu'ils permettent aux hommes de s'engager dans les Ordres sacrez
dès l'âge de vingt ans. D'où vient cette
difference ? sinon parce que les saints
Peres ont bien connu que notre sexe
étant plus foible, il avoit aussi besoin
de plus d'indulgence.

Sunt & in Mo- Enfin nous voyons
nasteriis, qui Re- dans des Monasteres
gulares dicuntur certains Religieux que
l'on

---

* *Le Concile d'Agde, dans le sixieme siecle, fit ce*
reglement (Canon 19.) Cependant il y a apparence
que ce n'étoit pas pour le commun des Religieuses,
puisque saint Cesaire qui fit sa Regle peu de tems
après, dit (Num. 4.) qu'on pourra recevoir des
filles mineures; même à six ou sept ans, & il défend
en même tems, qu'on prenne aucune Pensionnaire.
(Num. 5.)

l'on appelle Chanoines reguliers de faint Auguftin, qui prétendent, à ce qu'on dit, n'être point inferieurs aux Moines, en matiere de perfection & de fainteté, & qui neanmoins portent du linge, mangent de la viande, & n'ont point d'autres aufteritez que celles du commun des Chrétiens. N'en feroit-ce pas affez pour nous quand nous en ferions autant qu'eux?

Si nous voulons entrer dans les deffeins du Créateur, & pénétrer, autant que nous le pouvons, la maniere dont l'Auteur de la nature veut que nous nous conduifions dans le boire & dans le manger, nous trouverons que fes intentions font qu'on ne nous tienne point la bride fi courte

Canonici Beati Auguftini, quandam, ut aiunt, regulam profitentes, qui fe inferiores Monachis nullatenus arbitrantur : licet eos & vefci carnibus & lincis uti videamus. Quorum quidem virtutem fi noftra exaquare infirmitas poffet, nunquid pro minimo habendum effet ?

Ut autem de omnibus cibis tutiùs ac leniùs indulgeatur, ipfa quoque natura providit, que majore fcilicet fobrietatis virtute fexum noftrum pramunivit. Conftat quippè multo parciore fumptu, & alimonia minore, xore , faminas quam viros fuf-tentari poffe, nec eas tam leviter inebriari Physica proteftatur.

de ce côté-là : puifque nous voyons que na-turellement les fem-mes font plus fobres que les hommes ; qu'il faut peu de chofe pour les nourrir ; qu'elles

boivent très-peu ; & la Phyfique mê-me nous apprend qu'une femme ne s'ennyvre pas fi facilement qu'un hom-me : pourquoi donc aller encore leur re-trancher quelque chofe fur cet article, puifque la Nature leur a donné la fo-brieté en partage, que ne les laiffe-t-on fous l'aimable joug de la Nature, qui n'eft autre que Dieu même ?

Unde & Ma-crobius Theodo-fius Saturnalio-rum Libro VII. meminit his ver-bis : Ariftoteles mulieres, inquit, raro inebrian-tur, crebro fe-nes. Mulier hu-mectiffimo eft corpore. Docet hoc & levitas cutis & fplen-

Les Philofophes Chré-tiens font auffi pour nous. Ecoutez Macro-be. »Les femmes, dit-« il, ne s'enyvrent pas « aifément; au contrai-« re, les vieillards font « fort faciles à enyvrer.« La raifon eft que les « femmes font fort hu-« mides, ce qui paroît « affez par leur blan-« cheur éclatante, par « la douceur de leur «

Saturn. l.7. c.5.

» peau, & par cette » circulation conti- » nuelle d'humeurs dôt » elles se déchargent » tous les mois : d'où » il arrive que le vin » qu'elles boivent ve- » nant à tomber dans » un corps si humide, » il perd toute sa force, » & ne peut plus en- » voyer ses vapeurs au » cerveau. « Il prouve à peu près la même chose dans un autre endroit. » Le corps des » femmes, dit-il, est » quasi comme un cri- » ble, avec une infini- » té de trous & d'ou- » vertures pour don- » ner passage à l'abon- » dance des humeurs » dont elles sont rem- » plies : ce qui fait que » le vin qu'elles pren- » nent venant à passer » par tous ces diffe- » rens tuyaux, s'éva- » pore en un moment.

dor. Docet præ- cipue assiduæ purgationes su- perfluo exone- rantes corpus humore. Cum ergo epotum vi- num in tam lar- gum ceciderit humorem, vim suam perdit, nec facile cere- bri sedem ferit, fortitudine ejus extincta. *Item* : Muliebre cor- pus crebris pur- gationibus de- putatum, plu- ribus consertum foramini- bus ut pateat in meatus, & vias præbeat humo- ri in egestionis exitum con- fluenti. Per hæc foramina vapor vini celeriter e- vanescit. Con-

tra, senibus sic-
cum est corpus,
quod probat as-
peritas & squal-
lor cutis.

Au lieu que les vieil- «
lards ayant le corps «
sec & dépourvû d'hu- «
miditez, comme les «
rides & la rudesse de «
leur peau le fait assez «

connoître, il faut peu de chose pour «
les enyvrer. «

Ex his itaque
perpende, quantò
tutiùs ac justiùs
natura & infir-
mitati nostræ ci-
bus quislibet
& potus indul-
geri possit, qua-
rum videlicet cor-
de crapula & e-
brietate gravari
facilè non pos-
sunt : cùm ab illa
* us cibi parcitas,*
ab ista, fœminei
mporis qualitas,
ut dictum est,
protegat. Satis
nostræ esse infir-
mitati, & maxi-
mum imputari
debet, si conti-

Toutes ces raisons
doivent vous persuader
que rien n'est plus rai-
sonnable que de nous
laisser une entiere li-
berté sur le boire &
le manger ; qu'il n'y a
rien à craindre avec
nous sur cette matiere,
& que nous ne sommes
point exposées comme
les hommes, ni à nous
enyvrer, ni à manger
avec excès. Là nature
seule nous défend de
la crapule par le peu
de nourriture dont elle
nous soûtient, & elle
nous a laissé un rem-
part contre l'yvrogne-
rie, en nous donnant
un corps aussi humide

qu'eſt le nôtre. Ce ſe-
roit donc aſſez pour
nous, ce me ſemble,
ſi renonçant au maria-
ge, & à la proprieté
des biens de ce monde,
faiſant toute notre oc-
cupation de chanter les
loüanges de Dieu, nous
imitions dans tout le
reſte les Eccleſiaſtiques,
les fideles Chrétiens
qui vivent chrétienne-
ment dans le monde,
& même les Chanoi-
nes Reguliers qui ſe
flatent de mener une
vie apoſtolique.

Enfin il me ſemble
que c'eſt un trait de
ſageſſe & de prudence
dans ceux qni ſe con-
ſacrent à Dieu, de ne
point ſe charger de
tant d'obligations, afin
de pouvoir faire plus
qu'ils ne promettent,
& de ne ſe pas réduire
à la triſte neceſſité de
ne pouvoir jamais rien

nentur ac ſine pro-
prietate viventes,
& officiis ocupa-
ta Divinis, ipſos
Eccleſiæ duces vel
religioſos laïcos in
victu sequemur,
vel eos denique
qui Regulares Ca-
nonici dicuntur,
& ſe præcipuè
vitam Apoſtoli-
cam ſequi profi-
tentur.

Magnæ poſtre-
mò providentiæ
eſt, his qui Deo
ſe per votum o-
bligant, ut mi-
nus voveant, &
plus exequantur,
ut aliquid ſemper
debitis gratia ſu-
peraddat. Hinc
enim per ſemetip-
ſam Veritas ait:

Cum feceritis omnia quæ præcepta funt, dicite : Servi inutiles fumus, quæ debuimus facere, fecimus. *Ac fi aperte diceret : Ideo inutiles, & quafi pro nihilo, ac fine meritis reputandi, quia debitis tantum exolvendis contenti, nihil ex gratia fuperaddidimus.*

ajoutet à leurs premieres offrandes. C'eſt en ce ſens, fi je ne me trompe, que J. C. a dit : *Lorſque vous aurez accompli tous les précep-* Luc 17. *tes, regardez-vous encore comme ſerviteurs inutiles, puiſque vous n'avez fait que ce que vous deviez faire.* Car c'eſt comme s'il diſoit : Vous êtes regardez alors comme gens inutiles & ſans aucun mérite, parce que vous vous êtes contentez de payer ſeulement vos dettes, ſans me donner aucun témoignage de votre gratitude par quelques œuvres de ſurérogation*.

En

___

* *Ce raiſonnement n'eſt pas conforme à la ſaine Theologie, qui apprend, après ſaint Thomas, qu'il y a plus de mérite à s'engager par vœu à faire beaucoup, quand même on ne pourroit plus rien ajouter à ce qu'on a promis, qu'à le faire ſans aucun vœu, parce que le vœu non-ſeulement met dans une heureuſe neceſſité de faire le bien, mais encore eſt la marque d'une volonté plus déterminée au bien. Il y a auſſi plus de liberté dans ces actions, quoi-*

En effet, nous ne pouvons douter que ce ne soit une chose fort agréable à Dieu, de faire plus que nous ne sommes obligez, après que lui même a dit en la personne de ce charitable Samaritain : *Si* Luc 10. *vous y mettez quelque chose du vôtre, j'aurai soin de vous le rendre lors que je reviendrai.*

Si la plûpart de ceux qui embrassent aujourd'hui l'état monastique faisoient réflexion à tout ceci ; si avant que de s'engager & de prononcer leurs vœux, ils consideroient bien la grandeur & l'étenduë des regles qu'ils s'obligent de garder, on

De quibus quidem gratiis superaddendis ipse quoque Dominus alibi parabolice loquens ait : Sed, & si quid supererogaveris, ego, cum rediero, reddam tibi.

Quod quidem hoc tempore multi Monastica Religionis temerarii professores, si diligentius attenderent, & in quam professionem jurarent, animadverterent, atque ipsum Regula

qu'elles soient promises : car plus une action est volontaire, plus elle est libre, & quand l'objet est saint elle répand plus de mérite sur tout le corps de l'action. On supose d'ailleurs que toutes les autres conditions necessaires pour la liberté s'y rencontrent.

gulæ tenorem studiosè perscrutarentur : Minus per ignorantiam offenderent , & per negligentiam peccarent. Nunc vero indiscretè omnes ferè pariter ad Monasticam conversationem currentes , inordinate suscepti inordinatius vivunt, & eadem facilitate , qua ignotam Regulam profitentur , eam contemnentes , consuetudines quas volunt , pro lege statuunt. Providendum itaque nobis est , ne id oneris fœminæ præsumamus , in quo viros ferè jam universos succumbere videamus , imo & deficere.

ne les verroit pas tous les jours commettre tant de fautes contre ces mêmes regles , ou par ignorance, ou par négligence ; & ils nous épargneroient le scandale qu'ils nous donnent & à tous ceux qui sçavent leurs obligations. Mais il arrive malheureusement qu'une infinité de gens courant aveuglement se jetter dans les cloîtres, sans sçavoir pour la plûpart ce qu'ils font, ils y vivent comme ils y sont entrez , c'est-à-dire sans ordre & sans regle ; & comme ils ne se font pas fait une peine d'entrer dans un état qu'ils ne connoissoient pas, ils ne s'en font pas non plus une d'y méprifer leurs devoirs , & de prendre pour la véritable regle, des coûtumes criminelles qu'ils y ont trouvé établies, ou qu'ils introduisent eux-mêmes par leur mauvais exemple. Il est donc de la derniere coſequence d'empêcher que nous ne tombions dans le même précipice ; & puiſque nous voyons tant d'hommes ſuccomber ſous la peſanteur du fardeau qu'ils ont embraſſé, il eſt de la prudence de ne pas ſouffrir que des filles beaucoup plus foibles, s'en chargent, & courent le même riſque. Il eſt viſible que le monde

Senuiſſe jam mūdum conſpicimus, hominesque ipſos cum cæteris, quæ mundi ſunt, priſtinum naturæ vigorem amiſiſſe, & juxta illud Veritatis, ipſam chgritatem non tam multorum, quàm ferè omnium refriguiſſe. Ut jam videlicet pro qualitate hominum ipſas propter homines ſcriptas vel mutari, vel temperare neceſſe ſit Regulas.

vieillit, & que les hommes auſſi-bien que le reſte des creatures n'ont plus leur premiere vigueur ; * ou pour parler plus chré-

---

* Il y a long-temps que cela ſe dit, & que l'amour propre ſe couvre de ce pretexte pour demeurer dans ſa langueur, & s'exempter de ſervir Dieu avec toute la ferveur qu'il demande des Chrétiens. Cependant nous voyons qu'on vit encore à preſent auſſi long-tems qu'on vivoit du tems de David, qui

tiennement, la charité de ce temps est si fort refroidie, qu'on ne voit plus aucune trace de cette ancienne ferveur qu'on admiroit autrefois parmi les Fideles. Ainsi, puisque tout est changé, que les temps sont differens ; que les hommes ne sont plus les mêmes, que la pieté est diminuée ; la raison veut que les regles n'étant faites que pour les hommes, ceux-ci venant à changer, les regles changent aussi, soit en les adoucissant, soit en leur substituant d'autres loix plus conformes à leurs dispositions presentes.

Cujus quidem discretionis ipse quoque Beatus non immemor Benedictus ; ita se Monasticæ discretionis rigorem Saint Benoît en a usé ainsi lorsqu'il a dressé sa regle. Il avouë lui-même que si on la compare avec celles des premiers Moines, la sienne ne paroîtra que comme *Reg. c. ultima.*

dit expreßément (Psal. 89.) que le cours ordinaire de la vie des hommes est de 70 ans, & que si quelques-uns vont jusqu'à 80 ils deviennent onereux & à eux-mêmes & aux autres. Puis donc que la vie des hommes est encore aussi longue, c'est une marque que le temperament n'est point alteré, & qu'ils ont autant de forces corporelles qu'ils en avoient alors : mais peut-être sont-ils plus lâches & moins fervens, parce qu'ils ont moins d'amour pour Dieu.

M 5

comme une ombre, & comme un leger craïon de la ferveur de ces grands Saints. Voici les paroles : *Nous avons dreſſé cette regle, afin que la pratiquant dans les Monaſteres nous faſſions connoître qu'il y a parmi nous quelque honneſteté de vie, & quelque commencement de vertu religieuſe ; mais ceux qui tendent à la vie parfaite peuvent conſulter les enſeignemens des SS. Peres, dont la pratique conduit les hommes au comble de la perfection chrétienne.* Et un peu après : *Qui que vous ſoyez qui deſirez vous avancer vers la celeſte patrie, efforcez vous d'accomplir avec le ſecours de la grace ce petit commencement de vie chrétienne & reguliere que j'ai tracé ici, & après l'avoir pratiqué exactement, vous pour-*

temperaſſe ſatcatur, ut deſcriptam à ſe Regulam comparatione priorum inſtitutorum, non niſi quandam honeſtatis inſtitutionem, & quandam converſationis inchoationem reputet, dicens : Regulam autem hanc deſcripſimus, ut hanc obſervantes aliquatenus vel honeſtatem morum, aut initium converſationis nos demonſtremus habere. Cæterum ad perfectionē converſationis qui feſtinat, sūt doctrinæ ſanctorum Patrum, quarum obſervatio perducat

hominem ad celsitudinem perfectionis. *Item*, Quisquis ergo ad cælestem patriam fe-	*rez avec l'assistance du Ciel passer aux enseignemens plus sublimes, & vous élever au comble des vertus.*

stinas hanc minimam inchoationis Regulam, adjuvante Christo, perfice, & tunc demum ad majora doctrinæ virtutumque culmina, Deo protegente, pervenies.

Qui, (ut ipse ait) cùm legamus olim, Sanctos Patres uno die Psalterium explere solere, ita Psalmodiam tepidis temperavit, ut in ipsa per Hebdomadam distributione Psalmorum, minore ipsorum numero Monachi quam Clerici contenti sint.	Il descend dans le détail, & fait voir combien il s'est relâché, & combien d'adoucissemens il a apporté dans sa regle. Toute la vie des anciens Moines, dit-il, étoit un carême perpetuel, & lui il se contente que ses Disciples en fassent un de quarante jours, comme le reste des Chrétiens, & y ajoutent seulement quelques jeûnes beaucoup plus doux durant une partie

Reg. c. 49.

C. 42.

de l'année. Les anciens Moines gardoient un perpetuel silence, & saint Be-

M 6

noiſt permet quelques conferences ſpirituelles à ſes diſciples. Les anciens Moines recitoient tous les jours tout le
Pſeautier, & ſaint Benoiſt donne une
c. 18. ſemaine entiere à ſes Religieux pour
achever cette tâche. Enfin les anciens
Moines ne buvoient jamais de vin, &
ſaint Benoiſt en permet l'uſage à ceux
c. 40. qui embraſſent ſa regle.

Rien cependant n'eſt
plus capable de trou-
bler la paix & le repos
des Monaſteres, que
l'uſage du vin : C'eſt le
vin ordinairement qui
eſt la cauſe de toutes
les querelles & de tou-
tes les diſſentions qui
s'y excitent ; c'eſt le
vin qui réveille, qui
entretient, qui nour-
rit les paſſions impu-
res ; il efface, il dé-
truit l'image de Dieu
qui eſt en nous, & qui
nous éleve au deſſus de
toutes les autres créa-
tures, je veux dire le
jugement & la raiſon.
Cependant ce vin que

Quid etiam tã
religioni quicti-
que Monaſticæ
contrarium eſt,
quam quod luxu-
riæ fomentum ma-
ximè præſtat &
tumultus excitat,
atque ipſam Dei
in nobis imagi-
nem, qua præſta-
mus cæteris, id
eſt rationem de-
let ? Hoc autem
vinum eſt, quod
ſupra omnia vi-
Etui pertinentia
plurimum Scrip-
tura damnoſum
aſſerit, & cave-
ri admonet. De

quo & maximus ille & sapientum in Proverbiis meminit, dicens: Luxuriosa res vinum, & tumultuosa ebrietas. Quicumque his delectatur, nõ erit sapiens. Cui væ? cujus patri væ? cui rixæ? cui foveæ? cui sine causa vulnera? cui suffusio oculorum? nonne his, qui commorantur in vino, & student calicibus epotandis? Ne intuearis vinumquando flavescit, cùm splenduerit In vitro color ejus? Ingrediturblandè, sed in novissimo mordebit, ut Coluber,

l'Ecriture nous assure être la plus dangereuse de toutes les nourritures dont l'homme peut se servir; ce vin qu'elle nous ordonne d'éviter avec toute la précaution imaginable; ce vin dont le Sage nous a laissé une si triste peinture, lorsqu'il a dit: *Le vin est une source d'intemperance, & l'yvrognerie est* **Prov.** *pleine de desordres; qui-* **20.** *conque y met son plaisir ne deviendra point sage;* **C. 23.** *à qui dira-t-on: malheur? au pere de qui dira-t-on: malheur? pour qui seront les querelles? pour qui les précipices? pour qui les blessures sans sujet? pour qui la rougeur & l'obscurcissement des yeux, sinon pour ceux qui passent le temps à boire du vin, & qui mettent leur plaisir à vuider les pots? Ne regardez point le vin* lorſqu'il paroît clair ; lorſque ſa couleur brille dans le verre. Il entre a-gréáblement , mais il mord à la fin comme un ſerpent , & il répand ſon venin comme un baſilic. Si vous en buvez , vos yeux regarderont les é-trangeres , & votre cœur dira des paroles dere-glées. Vous ſerez comme un homme endormi au milieu de la mer , comme un pilote aſſoupi qui a perdu le gouvernail ; & vous direz : Il m'ont battu , mais je ne l'ai point ſenti ; ils m'ont en-traîné , mais je ne m'en ſuis point apperçûs quand me réveillerai-je, & quãd trouverai - je encore du vin pour boire ? Et un peu plus bas : *Ne don-nez point , ô Lamuel , ne donnez point de vin aux Rois : parce qu'il n'y a nul ſecret où regne l'y-vrognerie ; de peur qu'ils*

C. 3i.

& ſicut regulus venena diffun-det. Oculi tui videbunt extra-neas , & cor tuũ loqvetur per-verſa. Et eris ſi-cut dormiens in medio mari, & quaſi ſopitusgu-bernator, amiſ-ſo clavo : & di-ces : Verbera-verunt me , ſed non dolui : tra-xerunt me , & ego non ſenſi : Quando evigi-labo , & rurſus vina reperiam? *Item :* Noli Re-gibus, ôLamuel, noliRegibus da-re vinum ; quia nullum ſecre-tum eſt,ubi reg-nat ebrietas , ne forte bibant & obliviſcantur judiciorum , &

mutent caufam filiorum paupe-ris. *Et in Eccle-fiaftico fcriptum eft :* Vinum & mulieres apo-ftatare faciunt fapientes, & ar-guunt fenfatos.

Ipfe quoque Hie-ronymus ad Ne-potianum fcri-bens de vita Cle-ricorum, &, quafi graviter indignans, quòd Sacerdotes Legis ab omni, quod inebriare poteft, abftinentes, no-ftros in hac abfti-nentia fuperent: Nequaquam, *in-quit,* vinum re-doleas, ne au-dias illud Phi-lofophi : Hoc non eft ofculum porrigere, fed vinum propina-

ne boivent , *& qu'ils n'oublient la juftice , & qu'ils ne bleffent l'équité dans la caufe des enfans du pauvre.*

Ce vin contre lequel faint Jérôme s'eft fi fort déchaîné , lorf-qu'écrivant à Nepotien fur la vie des Clercs , il lui dit : » N'eft-ce « pas une chofe hon- « teufe que les Mini- « ftres de la nouvelle « alliance foient moins « tempérans que ceux « de l'ancienne loi. Il « étoit défendu aux « Prêtres de l'ancien « Teftament de boire « du vin , ni aucune au- « tre liqueur capable « d'enyvrer, & on voit « tous les jours des Prê- « tres de J. C. ne point « faire fcrupule d'en «

Hier. ep. 2. t. 1.

» boire ? Croyez-moi,
» mon cher Nepotien,
» qu'on ne sente jamais
» l'odeur du vin en
» vous approchant, de
» crainte que celui qui
» voudroit vous em-
» brasser', ne fut en
» droit de vous faire
» ce reproche qu'un
» ancien Philosophe fit
» autrefois à un de ses
» amis dans une pa-
» reille occasion : *Ce*
» *n'est pas là me donner*
» *un baiser, mais me*
» *presenter du vin.* L'A-
» pôtre condamne tous
» les Prêtres qui sont
» sujets au vin, & le
» Levitique leur en dé-
» fend l'usage : _Que tous_
» _ceux qui servent à l'Au-_
» _tel_, dit-il, _ne boivent_
» _jamais ni vin ni cidre._
» Or le cidre chez les
» Hébreux signifie tou-
» te sorte de 'liqueur
» capable d'enyvrer,
» soit qu'on la fasse a-

I. Tim.
3.

Levit.
10.

re. *Vinolentos Sa-*
cerdotes & Apo-
stolus damnat ; &
Lex vetus prohi-
bet. Qui altario
deserviunt, vi-
num & siceram
non bibant. *Si-*
cera Hebræo ser-
mone omnis potio
nuncupatur, quæ
inebriare potest,
sive illa quæ fer-
mento conficitur,
sive pomorum suc-
co, aut favi de-
coquitur in dul-
cedinem, & her-
barum potionem,
aut palmarum
fructus expri-
muntur in liquo-
rem, coctisque
frugibus aqua
pinguior colatur.
Quicquid ine-
briat, & statum
mentis evertit,
fuge similiter ut
vinum.

vec du levain & du froment, foit «
qu'on l'exprime du jus de la pomme, «
ou du palmier, ou d'autres fruits : en «
un mot tout ce qui eft capable d'en- «
voyer des vapeurs au cerveau, & ob- «
fcurcir la raifon, fuyez tout cela, Ne- «
potien, & n'en buvez jamais, non «
plus que du vin, ainfi parloit faint «
Jerôme. «

Ecce quod Re- Cependant ce vin que
gum deliciis in- l'Ecriture retranche de
terdicitur, Sa- la vie délicieufe que
cerdotibus peni- menent les Rois ; ce
tus denegatur, & vin qu'elle interdit aux
cibis omnibus pe- Prêtres feculiers ; ce
riculofius effe con- vin qu'elle déclare être
ftat. Ipfe tamen fi dangereux ; faint Be-
tam fpiritualis noift, cet homme fi
vir Beatus Bene- fpirituel & fi éclairé,
dictus difpenfa- s'eft crû obligé de le
tione quadam le permettre à fes Moi-
præfentis ætatis nes, & de pouffer l'in-
indulgere Mona- dulgence jufqu'à fouf-
chis cogitur. Li- frir qu'ils en buffent :
cet, inquit, le- pourquoi? à caufe de la
gamus vinum circonftance des temps
Monachorum où il fe trouvoit quand
omnino non ef- il écrivit fa regle ; à
fe : fed quia no- caufe qu'il n'y avoit
ftris tempori- plus moyen de perfua-

der aux Moines de ce temps-là de s'en abstenir : c'est la raison qu'il en apporte lui-même.

bus hoc Monachis persuaderi non potest, &c.

Reg. c. 40.
Vit. PP. part. 2.

Sans doute qu'il avoit lû dans les vies des Peres du desert, qu'un jour on vint dire à l'Abbé Pasteur, qu'un certain Moine ne buvoit jamais de vin, & que le saint homme répondit à ceux qui lui apprenoient cette nouvelle : *Le vin ne convient point à des Moines.*

Legerat, ni fallor, quod in vitis Patrum scriptum est his verbis : Narraverūt quidam Abbati Pastori de quodam Monacho, quia nonbibebat vinum, & dixit eis quia vinum Monachorum omnino non est.

Ibid.

Il avoit lû encore, ou je me trompe fort, cet autre endroit où il est dit qu'on vint par hazard dire une Messe solemnelle dans le Monastere de l'Abbé Antoine ; & que s'y étant trouvé une bouteille de vin, un des anciens de la maison en prit environ plein une burette, & le fut porter à l'Abbé Sisoi qui étoit

Item post aliqua : facta est aliquando celebratio Missarum in Monte Abbatis Anthonii, & inventum est ibi cenidum vini. Et extollens unus de senibus parvum vas, calicem portavit ad Abbatem Sifoi ; & dedit ei. Et bibit femel & fecundo, & accepit, & bibit. Obtulit ei & tertio. Sed non accepit, dicens : Quiefce frater, an nefcis quia eft Sathanas ?

Et iterum de Abbate Sifoi: Dicit ergo Abraham difcipulis ejus : Si occurritur in Sabbatho & Dominica ad Ecclefiam, & biberit tres calices, ne multum eft ? Et dixit fenex, fi non effet Sathanas, non effet multum.

malade. Le faint Abbé le reçut, & le but jufques à deux fois : mais le charitable Religieux y étant revenu pour la troifiéme fois, le malade refufa abfolument de prendre le vin qu'il lui prefentoit, en lui difant : C'eft affez, mon frere, ne fçavez-vous pas que le Diable eft dans le vin ?

On trouve encore un autre trait de cette morale dans la vie de ce venerable Abbé, lequel étant interrogé par fes difciples, fi lorfqu'on fe trouve aux Agapes un jour de Dimanche, il y auroit du mal d'y boire deux ou trois verres de vin. Ce ne feroit pas trop, répondit-il, fi le Diable n'étoit pas dans le vin. Mais c'eft affez parler fur ce fujet : paffons à d'autres chofes.

Dites-moi, je vous prie, en quel endroit avez-vous jamais lû que Dieu ait condamné l'uſage de la viande, ou qu'il l'ait défendu aux Religieux? Cependant remarquez la differente conduite de S. Benoît ſur ces deux articles. Il défend l'un, & permet l'autre. Il défend l'uſage de la viande qui ne leur eſt point interdit, & où il n'y a point de danger pour le ſalut, & il leur permet l'uſage du vin qui eſt défendu dans les ſaintes Ecritures,

Ubi unquam quæſo, carnes à Deo damnatæ ſũt vel Monachis interdictæ? Vide obſecro & attende, qua neceſſitate Regulam temperet in eo etiam quod periculoſius eſt Monachis, & quod eorum non eſſe noverit. Quia videlicet hujus abſtinentia temporibus ſuis Monachis jam perſuaderi non poterat.

qui eſt ſi dangereux pour les mœurs, & qu'il avouë lui-même ne point convenir à des Moines. Pourquoi une conduite ſi differente, & qui paroît ſi bizare? C'eſt que de ſon temps les Moines n'avoient point de repugnance à s'abſtenir de manger de la viande, & ils en avoient beaucoup à ſe paſſer de vin. Ainſi il a cru qu'on devoit avoir cette indulgence pour leur foibleſſe.

Utinam eadem dispensatione, & in hoc tempore ageretur, ut videlicet in his, quæ media boni & mali atque indifferentia dicuntur, tale temperamentum sieret; ut quod jam persuaderi non valet professio, non exigeret, mediisque omnibus sine scandalo concessis : sola interdici peccata sufficeret; & sic quoque in cibis, sicut in vestimentis dispensaretur, ut quod vilius comparari posset ministraretur, & per omnia necessitati, non superfluitati consuleretur.

Plût à Dieu qu'on eût encore les mêmes égards de prudence & de sagesse dans nos jours; & que ce qui est de soi-même indifferent, & qui ne fait ni bien ni mal pour le salut, ne fut point défendu quand on y trouve de l'opposition de la part des sujets. Je souhaiterois qu'on se contentât d'interdire ce qui de soi est peché, & que tout le reste qui peut se faire sans scandale fut permis; qu'à l'égard de la nourriture & des vêtemens on prit, comme la regle le dit, ce qu'il y a de plus grossier & à meilleur marché dans les lieux où l'on est; en sorte qu'on n'eût que le necessaire, & qu'on retranchât le superflu : mais je ne voudrois pas porter les choses plus loin, & il me semble que c'est assez pour des filles.

En effet, doit-on faire grand cas de tout ce qui ne nous rend point plus agréables à Dieu, ou qui ne nous approche pas plus de lui ? Or toutes les choses exterieures sont de cette nature : elles sont communes aux élûs & aux reprouvez, aux personnes veritablement picuses & aux hypocrites. Qu'est ce qui distingue le Juif du Chrétien, sinon l'interieur ? Le Juif fait consister toute sa sainteté dans l'accomplissement de certaines œuvres qui paroissent aux yeux des hommes; mais la pieté du Chrétien est toute interieure. Si son cœur est pur, si ses intentions * sont

Non enim magnopere sunt curanda quæ nos regno Dei non preparant, vel quæ nos minimè Deo commendant. Hæc verò sunt omnia quæ exterius geruntur, & æque reprobis ut dejectis, æquè hypocritis, ut religiosis communia sunt. Nihil quippe inter Judæos & Christianos ita separat, sicut exteriorum operum & interiorum discretio, præsertim cùm inter filios Dei & Diaboli sola charitas discernat, quam plenitudinem tegis

* Je m'étonne qu'Héloïse qui possedoit si bien

gis & finem præcepti Apostolus vocat. Unde & ipse hanc operum gloriam prorsus extenuans, ut fidei præferat justitiā, Judæam alloquens dicit : Ubi est gloriatio tua ? exclusa est. Per quam legem ? factorum? Non, sed per legem fidei. Arbitramur eum hominem justificari per fidem sine operibus Legis. Item , Si enim Abraham ex operibus justificatus est, habet

droites il est saint; c'est pourquoi un Pere de l'Eglise dit fort bien qu'il n'y a que la charité qui fasse la distinction des enfans de Dieu d'avec les enfans du Diable; & c'est dans ce sens, si je ne me trompe, que saint Paul appelle la charité, la plénitude de la loi, & la fin de tous les préceptes. Qu'il fait beau l'entendre parler sur ce sujet ! Il anéantit, pour ainsi dire, toute la gloire que les hommes peuvent tirer de leur apparente justice, pour faire voir qu'il n'y a que celle qui vient de la foi & de la pureté du

S. Aug.

Rom 15.

saint Jerôme, n'ait pas fait ici reflexion à ces paroles de ce sçavant Pere : *Voilà ces Vierges qui ont coûtume de dire : Tout est pour ceux qui sont purs ; je me repose sur le témoignage de ma propre conscience ; Dieu ne demande que la pureté du cœur, pourquoi m'abstenir des viandes qu'il a créées pour mon usage ?* Hier. ep. 18. alias 22.

du cœur qui soit agréable à Dieu : *Où est donc le sujet de votre gloire, dit-il aux Juifs ? Il est anéanti ; & par quelle loi ? Est-ce par la loi des œuvres ? Non ; mais par la loi de la foi : car nous devons reconnoître que l'homme est justifié par la foi, sans les œuvres de la loi. Certes,* continuë-t-il, *si Abraham a été justifié par ses œuvres, il a de quoi se glorifier, mais non devant Dieu ; & cependant que dit l'Ecriture? Abraham crut ce que Dieu lui avoit dit, & sa foi lui*

Rom. 3. 23.

Ib. 4. 2.

gloriam , sed non apud Deū. Quid enim dicit scriptura ? Credidit Abraham Deo , & reputatum est ei ad justitiam. *Et rursum :* Ei, inquit , qui non operátur , credenti autem in Deum qui justificat impium, deputatur fides ejus ad justitiã, secundum propositum gratiæ Dei.

*fut imputée à justice : au contraire lorsqu'un homme sans faire des œuvres, croit en celui qui justifie le pecheur, sa foi lui est imputée à justice, * selon le decret de la grace de Dieu.*

Ỿ. 5.

Idem

* Il faut prendre garde d'abuser de ce passage de saint Paul pour détruire les bonnes œuvres, & sur-tout la Penitence, comme font les Calvinistes. Héloïse ne s'en sert ici que pour faire voir que c'est

Idem etiam omnium ciborum esum Christianis indulgens, & ab his ea quæ justificant, distinguens, Non est, inquit, regnum Dei esca & potus, sed justitia & pax, & gaudium in Spiritu sancto. Omnia quidem munda sunt, sed malum est homini, qui per offendiculum manducat. Bonum est non manducare carnem, & non bibere vinum, neque in quo frater tuus offendatur, aut scandalizetur, aut infirmetur.

Voyons maintenant de quelle maniere il parle de la nourriture, & s'il défend quelques sortes de viandes aux Chrétiens. *Le Royaume de Dieu*, dit-il, *ne* c. 14. *consiste pas dans le boire* 17. *& le manger, mais dans la justice, dans la paix, & dans la joie que donne le saint Esprit. Toutes les viandes sont pures,* V. 20. *mais un homme fait mal d'en manger, lorsqu'en le faisant il scandalise les autres. Ainsi il vaut mieux ne point manger de chair, & ne point boire de vin, que de le faire au scandale de votre prochain.* L'Apôtre, comme vous le voyez, ne défend point l'usage d'aucune sorte de viande, il défend seulement

la pureté du cœur & de l'intention qui nous rend agréables à Dieu, & non pas l'écorce des bonnes œuvres.

Tome I.   N

ment qu'on en mange, lorsqu'il y a sujet de croire que nos freres s'en scandaliseront, ce qu'il dit à cause que quelques Juifs nouvellement convertis se scandalisoient lorsqu'ils voyoient les Chrétiens manger des viandes que la Loi défendoit. Mais lorsqu'il sçavoit que ces nouveaux convertis étoient assez bien instruits pour ne s'en pas scandaliser, il ne vouloit pas qu'on eût tous ces égards en leur présence : c'est pourquoi il se crut obligé de reprendre fortement le Prince des Apôtres qui poussoit trop loin le ménagement sur cet article. Vous sçavez ce qu'il en dit dans son Epître aux Galates.

Il s'explique aussi fortement dans son Epître

Gal. 14

Non enim in loco ulla cibi comestio interdicitur, sed comestionis offensio : qua videlicet quidam ex conversis Judæis scandalizabantur, cùm viderent ea quoque comedi quæ lex interdixerat. Quod quidē scandalum Apostolus etiam Petrus cupiens evitare, graviter ab ipso est objurgatus, & salubriter correctus. Sicut ipsemet Paulus ad Galatas scribens, commemorat.

Qui rursus Corinthiis scribens :

Efca autem nos non commendat Deo. *Et rur-ſŭ,* Omne quod in macello væ-nit, manducate. Domini eſt ter-ra & plenitudo ejus. *Et ad Col-loſſenſes :* Nemo ergo vos judi-cet in cibo aut in potu. *Et poſt aliqua :* Si mor-tui eſtis cum Chriſto ab ele-mentis hujus mundi: quid ad-huc tăquam vi-ventes in mun-do decernitis ? Ne tetigeritis neque guſtave-ritis, neque cŏ-trectaveritis : quæ ſunt omnia in interitu ipſo Uſu ſecundum præcepta & do-ctrinas hominŭ.

aux Corinthiens, & dans celle qui eſt adreſ-fée aux Coloſſiens, il dit aux premiers : *La viande par elle-même ne nous rend pas agréables à Dieu : car ſi nous en mangeons nous n'en au-rons rien davantage de-vant lui, ni rien de moins ſi nous n'en mangeons pas... Mangez donc de tout ce qui ſe vend à la boucherie, ſans vous en-querir d'où il vient : car la terre & tout ce qu'elle contient eſt au Seigneur.* Il dit aux autres : *Que perſonne ne vous condam-ne pour le manger ou pour le boire ... Si vous êtes morts avec J. C. à ces pre-miers & plus groſſiers élemens du monde, com-ment vous laiſſez-vous impoſer des lois, comme ſi vous viviez encore dans ce premier état du mon-de ? Ne mangez pas, vous dit-on, d'une telle*

1. Cor. 8. 8.

C. 10. 25.

Coloſſ. 2. 16. 20. & ſeq.

chofe; *ne goûtez point de ceci, ne touchez pas à cela.* Cependant ce font des chofes qui périffent toutes par l'ufage qu'on en fait en fuivant des preceptes qui ne font que des ordonnances humaines, quoi qu'elles ayent quelque apparence de fageffe dans une fuperftition & une humilité affectée dans le rigoureux traitement qu'on fait au corps.

Il appelle *élemens du monde* ces premieres inftructions de la loi, qui pour s'accommoder au génie d'un peuple groffier & charnel, lui prefcrivoit auffi des ordonnances toutes charnelles, afin de lui donner de l'exercice, de le tenir toujours en haleine, & l'élever dans la fuite à quelque chofe de plus fpirituel, comme des enfans à qui on commence à apprendre l'alphabet pour les rendre capables dans la fuite des plus hautes fciences. Or les Chrétiens font morts avec J. C.

Elementa hujus mundi vocat prima Legis rudimenta, fecundum carnales obfervantias, in quarum videlicet doctrina quafi in addifcendis literalibus elementis primò fe mundus, id eft, carnalis adhuc populus exercebat. Ab his quidem elementis, id eft, carnalibus obfervantiis tam Chrifti, quàm fui, mortui funt; cùm nihil his debeant, jam non in hoc mundo viventes:

hoc eſt inter car-
nales figuris in-
tendentes, & de-
cernentes, id eſt
diſtinguētes quoſ-
dam cibos, vel
quaslibet res ab
aliis ; atque ita
dicentes : Ne te-
tigeritis hæc vel
illa. Quæ ſcilicet
taſta, vel guſta-
ta, vel contrec-
tata, inquit Apo-
ſtolus, ſunt in in-
teritu animæ ipſo
ſuo uſu, quo vi-
delicet ipſis ad
aliquam etiam
utimur humilita-
tem : ſecundum,
inquam, præcep-
tum & doctrinas

à toutes ces obſervan-
ces groſſieres, auxquel-
les il a mis fin par ſa
mort. Ils n'ont plus de
part à ce monde char-
nel qui ne lui preſen-
toit que des ombres &
des figures, c'eſt-à-
dire des apparences
d'humilité & de mor-
tification, & celui qui
s'y arrête encore don-
ne la mort à ſon ame,
comme dit l'Apôtre,
parce qu'il prend la fi-
gure pour la vérité,
l'ombre de la mortifi-
cation pour la verita-
ble mortification qui
eſt celle des paſſions,
& qui par conſéquent
eſt toute interieure.

hominum, id eſt carnalium, & legem car-
naliter intelligentium, potius quam Chriſti
vel ſuorum.

Hic enim cùm
ad prædicandum
ipſos deſtinaret A-
poſtolos, ubi ma-

Si nous faiſons réflé-
xion à la conduite que
J. C. a tenuë avec ſes
Apôtres, nous trou-

verons qu'il ne leur a enseigné autre chose que ce que je vous dis, lorsqu'il les envoya prêcher son Evangile par tout le monde. C'étoit alors sur-tout qu'il devoit les obliger à s'abstenir de ce qui pouvoit causer le moindre scandale, & mal-édifier les peuples. Cependant que leur dit-il ? Buvez & mangez comme les autres, dit-il, ne faites point difficulté d'user de toutes les viandes qu'on vous presentera. Cela est absolu, & il n'y a point là de restriction. L'Apôtre, qui par les lumieres de l'esprit de prophétie dont il étoit éclairé, prévoyoit que dans la suite on s'écarteroit de cette celeste doctrine qui est aussi la sienne, avertit son disciple Timothée d'y

gis ipsi ab omnibus scandalis providendum erat, omnium tamen ciborum esum eis ita indulsit, ut apud quoscunque suscipiantur hospitio, ita, sicut illi victitent, e-dentes scilicet & bibentes quæ apud illos sunt. Ab hac profectò Dominica suaque disciplina illos recessuros ipse jam Paulus per Spiritum providebat. De quibus ad Timotheum scribit dicens : Spiritus autem manifestè dicit, quia in novissimis temporibus discedent quidam à fide, attendentes spiritibus erroris, & doctri-

Luc 10.

nis dæmonioru̅ in hypocriſi loquentium mendacium , prohibentium nubere , abſtinere à cibis,quos Deus creavit ad percipiendum cum gratiarum actione fidelibus, & his qui cognoverunt veritatem;quia omnis creatura Dei bona , & nihil rejicienduê quod cum gratiarum actione percipitur. Sanctificatur enim per verbum Dei & orationem.Hæc proponens fratribus , bonus eris miniſter Chriſti Jeſu, enutritus verbis fidei , & bonæ doctrinæ, quam

prendre garde : Voici ſes paroles: *L'Eſprit dit expreſſément que dans le temps à venir quelques-uns abandonneront la foi, en ſuivant des eſprits d'erreur & des doctrines diaboliques enſeignées par des impoſteurs pleins d'hypocriſie, dont la conſcience eſt noircie de crimes, qui interdiront le mariage & l'uſage des viandes que Dieu a créées pour être reçûës avec action de graces par les Fideles , & par ceux qui ont reçû la connoiſſance de la verité. Car tout ce que Dieu a créé eſt bon, & on ne doit rien rejetter de ce qui ſe mange avec action de graces, parce qu'il eſt ſanctifié par la parole de Dieu & par la priere. Enſeignant ceci à nos freres , vous ſerez un bon Miniſtre de J. C. vous nourriſſant des veritez de la foi &*

1. Tim. 4.

N 4

de la bonne doctrine que vous avez apprise.

Croyez - moi, mon Cher, rien n'est plus trompeur que ces belles appatences d'austérité & de mortification corporelle. Qui n'auroit pas crû, par exemple, que Jean-Baptiste & ses disciples, qui s'accabloient le corps de jeûnes & de macérations, ne fussent infiniment plus saints que J. C. & ses Disciples qui menoient une vie commune ? Ceux-là en étoient si persuadez, & avoient si bonne opinion d'eux-mêmes, qu'ils ne manquerent pas de faire des reproches au Fils de Dieu de la vie molle qu'il menoit avec ses Apôtres. *Pourquoi faut-il, lui dirent-ils, que vos Disciples ne jeûnent point, tandis que nous & tous les Pharisiens*

Marc 2.

assecutus es.

Quis denique Joannem, ejusque discipulos abstinentia nimia se macerantes ipsi Christo ejusque discipulis in Religione non præferat, si corporalem oculum ad exterioris abstinentiæ intendat exhibitionem? De quo etiam ipsi discipuli Joannis adversus Christum, & suos murmurantes, tāquam adhuc in exterioribus Judaizantes, ipsum interrogaverunt Dominum, dicentes : Quare nos & Pharisæi jejunamus frequenter, discipuli autem tui non jéjunant ?

Quod diligen-
ter attendens bea-
tus Augustinus,
& quid inter vir-
tutem & virtu-
tis exhibitionem
referat, attendes,
ita quæ fiunt ex-
terius pensat, ut
nihil meritis su-
peraddant opera.
Ait quippe sic in
Libro de bono
conjugali : Con-
tinentia , non
corporis , sed
animæ virtus
est. Virtutes au-
tem animi ali-
quando in cor-
pore manifes-
tantur, aliquan-
do in habitu :
sicut Martyrum
virtus apparuit

jeûnons presque toute l'an-
née ?

Mais écoutons saint
Augustin sur cette ma-
tiere , il l'a tellement
éclaircie , qu'après ce
qu'il nous en a dit, il
n'est pas possible de ne
point entrer dans sa
pensée. Il met une si
grande difference en-
tre la vertu & les ap-
parences de la vertu ,
qu'il prétend que les
œuvres exterieures n'a-
joûtent rien au mérite
des vertus que nous
possedons déja inte-
rieurement. Voici ses
paroles. » La chasteté,
dit-il, est une vertu «
de l'ame,& non point«
du corps. Or les ver- «
tus de l'ame parois- «
sent quelquefois ex- «
terieurement , & «
quelque - fois elles «
restent cachées dans «
l'ame par l'habitude «
qu'elle en a. Les Mar. «

Aug. de
bono con-
jug. c.
21.

N 5

» tyrs, par exemple,
» ont fait paroître dans
» leurs souffrâces quel-
» le étoit leur patience
» & leur amour pour
» J. C. mais ils avoient
» déja l'une & l'autre
» avant qu'ils paruf-
» fent devant les Ty-
» rans. Lorfque Dieu
» avant que d'éprou-
» ver le faint homme
» Job, loüoit fa vertu,
» & le propofoit à Sa-
» than comme l'exem-
» ple d'une patience
» invincible, il poffe-
» doit fans douté cette
» vertu, & Dieu la
» voyoit dans fon ame
» & la connoiffoit; l'é-
» preuve qui furvint
» ne fit donc autre chofe
» que de manifefter aux hommes ce qu'il
» poffedoit déja. Mais pour mieux faire
» comprendre comment on poffede une
» vertu fans qu'il en paroiffe rien au de-
» hors, je me fervirai d'un exemple
» qu'aucun Chrétien ne peut rejetter.

in tolerando paffiones. *Item*: Jam enim erat in Job patientia, quam noverat Dominus, & cui teftimonium perhibebat, fed hominibus innotuit tentationis examine. *Item*: Verum, ut apertiùs intelligatur, quomodo fit virtus in habitu, etiam fi non fit opere, loquor deexemplo, de quo nullus dubitat Catholicorum.

Dominus Jesus quod in veritate carnis esurierit, & sitierit, & manducaverit, & biberit. Nullus ambigit eorum qui ex ejus Evangelio fideles sunt. Nū igitur non erat in illo continentiæ virtus à cibo & potu, quanta erat in Joanne Baptista ? Venit enim Joannes non manducans & bibens, & dixerunt ? Dæmonium habet. Venit filius hominis manducans & bibens, & dixerunt : Ecce homo vorax, & potator vini, amicus Publicanorum & Pec-

« L'Evangile nous
« apprend que J. C.
« lorsqu'il étoit en ce
« monde, revêtu d'un
« corps mortel, étoit
« sujet à la soif & à la
« faim, & qu'il a vé-
« ritablement bû &
« mangé. Est-ce qu'il
« ne possedoit pas la
« vertu d'abstinence
« dans un degré aussi
« parfait que Jean-
« Baptiste qui ne bu-
« voit ni ne mangeoit ?
« Il est vrai que les
« Juifs n'ont rendu ju-
« stice ni à l'un, ni à
« l'autre : car J. C.
« leur fait ce repro-
« che dans son Evan-
« gile. *Jean est venu ne*
« *mangeant, ni ne bu-*
« *vant, & ils disent :*
« *Il est possedé du démon.*
« *Le Fils de l'homme est*
« *venu mangeant & bu-*
« *vant, & ils disent :*
« *Voilà un homme qui*
« *aime à faire bonne che-*

Matth.
11.

N 6

» re & à boire du vin.
» Il est ami des publi-
» cains & des gens de
» mauvaise vie. Mais
» pour les confondre,
» le Sauveur du mon-
» de ajoute aussi - tôt :
» *La Sagesse a été justi-*
» *fiée par ses enfans,*
» c'est - à - dire par les
» Saints. Comment ju-
» justifiée ? parce qu'ils
» ont fait connoître
» par ces conduites dif-
» ferentes, que la ver-
» tu est un trésor de
» l'ame qui consiste
» dans l'habitude, &
» non pas dans les ac-
» tes, qu'il ne faut
» produire qu'en tems
» & lieu, lorsque la
» necessité le requiere,
» ainsi qu'ont fait les
» Martyrs. Disons dóc
» que comme S. Jean
» l'Evangeliste n'a pas
» moins de patience
» que saint Pierre, quoi
» que celui-ci ait été

catorum. *Item* :
Deinde ibi sub-
jecit, cùm de
Joanne ac de se
illa dixisset : Ju-
stificata est Sa-
pientia à filiis
suis, qui virtu-
tem continen-
tiæ vident in
habitu animi
semper esse de-
bere : in opere
autem, pro re-
rum ac tempo-
rum oportuni-
tate, manifesta-
ri, sicut virtus
patientiæ Sanc-
torum Marty-
rum. *Quo circa,*
sicut non est im-
par meritum pa-
tientiæ in Petro,
qui passus est, &
in Joanne qui
passus non est : sic
non est impar
meritum conti-
nentiæ in Joanne,

qui nullas expertus est nuptias; & in Abraham, qui filios generavit. Et illius enim Calibatus, & illius Connubium, pro distributione temporum, Christo militaverunt. Sed continentiâ Joannes & in opere, Abraham vero in solo habitu habebat.

martyrisé, & que « l'autre ne l'ait pas été, « ainsi Abraham, tout « marié qu'il étoit, ne « possedoit pas moins « la vertu de chasteté « que saint Jean, qui « n'a jamais été enga-« gé dans le mariage, « parce que le célibat « de celui-ci, & le ma-« riage de l'autre ont « également glorifié « J. C. selon la diver-« sité des temps où ils « ont vêcu : & toute « la difference qu'il y « avoit entre l'un & l'autre, c'est qu'A-« braham n'avoit que l'habitude de la « continence, & saint Jean en avoit les « actes.
«

Illo itaque tempore cùm & lex dies Patriarcharum subsequens maledictum dixit, qui non excitaret semen in Israël : & qui non poterat, non pro-

Ce grand raisonnement de saint Augustin nous fait voir qu'il n'y a que les vertus qui tiennent lieu de mérite devant Dieu, & que tous ceux qui sont égaux en vertus sont aussi d'un égal mérite en sa présence, quoique leurs actions exterieures soient fort differentes. Ainsi les véritables Chrétiens sont ceux qui s'occupent uniquement à parer l'homme interieur, à l'enrichir de toutes les vertus, & à se purifier des vices qui peuvent soüiller le cœur, sans se mettre beaucoup en peine de l'exterieur, dont les belles apparences sont fort trompeuses.

mebat, sed tamen habebat. Ex quo autem venit plenitudo temporis ut diceretur, qui potest capere capiat; qui habet, operetur, qui operari noluerit, non se habere mentiatur. Ex his liquidè verbis colligitur solas apud Deum meritavirtutes obtinere, & quicunque virtutibus pares sunt; quantumcumque distent operibus, æqualiter ab ipso promereri. Unde quicumque sunt verè Christiani, sic toti circa interiorem hominem sunt occupati, ut eum scilicet virtutibus ornent, ac vitiis mundent: ut de exteriori nullam, vel minimam assumant curam.

C'est pourquoi nous lisons que les Apôtres se comportoient d'une maniere si rustique & si peu polie, même en

Unde & ipsos legimus Apostolos ita rusticanè, & velut inhonestè, in ipso etiam

Domini comitatu se habuisse, ut velut omnis reverentia atque honestatis obliti, cùm per sata transirent spicas vellere, fabricare, & comedere, more puerorum, non erubescerent. Nec de ipsa etiam manuum ablutione, cùm cibos essent accepturi, sollicitos esse. Qui cum à nonnullis, quasi de immunditia, arguerentur, eos Dominus excusans : Non lotis, inquit, manibus manducare non coinquinat hominem. Ubi & statim generaliter adjecit, ex nullis exterioribus animam inquinari :

la présence du Sauveur, que comme s'ils n'eussent eu ni respect, ni honnêteté, ils n'avoient point de honte *Matth.* d'arracher des épis de blé à la campagne, de *22.* les broyer dans leurs mains, & d'en manger le grain comme feroient des enfans : on les voyoit par une impolitesse que toutes les Nations condamnent, se mettre à table avec des mains sales, sans avoir soin de les laver auparavant. Plusieurs en furent offensez, & en témoignerent publiquement leur indignation : mais que dit le Seigneur pour les excuser ? Ce n'est pas ce qui souille *Matth.* l'hôme que de manger *15.* sans laver ses mains : & pour faire mieux comprendre cette doctrine, il ajoute aussi-tôt, que tout ce qui est purement exterieur, n'est pas capable de donner à notre ame le moindre degré d'impureté, qui n'a sa source que dans le cœur de l'homme. C'est de là que sortent les mauvaises pensées, les adulteres', les homicides, &c. parce qu'en effet quoi qu'il arrive exterieurement dans le corps, & de quelque mouvement dont il soit susceptible, rien ne peut être peché, à moins que l'ame ne soit corrompuë auparavant par une volonté dépravée ; d'où il arrive qu'on peut fort bien commettre des homicides sans frapper personne, & des adulteres sans toucher aucune femme : ce qui a fait dire au Sauveur : *Math.15.* *Que quiconque regarde*

sed ex his tantum quæ de corde prodeunt , quæ sunt , inquit , cogitationes , adulteria , homicidia , &c. Nisi enim priùs prava voluntate animus corrumpatur , peccatum esse non poterit quicquid exteriùs agatur in corpore. Unde & bene ipsa quoque adulteria sive homicidia ex corde procedere dicit , quæ & sine tactu corporum perpetrantur , juxta illud : Qui viderit mulierem ad concupiscendam eam , jam mœchatus est in corde suo. *Et omnis qui odit fratrem suum ,*

homicida est.
Et tactis vel læsis corporibus minimè peraguntur, quando videlicet per violentiam opprimitur aliquam, vel per justitiam coactus judex interficere, reum. Omnis *quippe* homicida (*sicut scriptum est*) non habet partem in regno Dei.

Non itaque magnopere quæ fiunt, sed quo animo fiant, pensandum est, si illi placere studemus, qui cordis & renum probator est, & in abscondito videt, qui judicabit occulta hominum. Paulus *inquit*, secundum Evangelium

une femme avec mauvais desir, a déja commis l'adultere. Et ailleurs: *Celui qui hait son frere est un homicide.* Au contraire l'adultere & l'homicide dépoüillez du desir & de la volonté sont justes & méritoires devant Dieu, ainsi qu'il arrive à une femme à qui on fait violence malgré elle, & à un Juge qui fait mourir un criminel.

1. Ioa. 3

Il ne faut donc pas se mettre en peine de ce qui se fait, mais de quel esprit on le fait, si nous voulons plaire à celui qui sonde les cœurs & les reins, qui voit le secret des ames, & qui doit juger ce qu'il y a de plus caché dans l'homme. C'est la doctrine de saint Paul: mais c'est celle aussi de l'Evangile. La veuve qui ne donna que deux oboles dans le Temple du Seigneur, fut préférée à tous les riches qui avoient fait de grandes oblations. Et qui fit cette préférence ? Celui à qui nous difons tous les *Pfal. 15.* jours : *Seigneur, vous n'avez aucun befoin de mes biens.* Pourquoi ? parce que ce n'eft pas tant la chofe offerte qu'il regarde, comme le cœur & l'intention avec laquelle on l'offre. Dieu regarda auffi d'un œil favorable l'offrande d'Abel, parce *Gen. 4.* que fa perfonne lui étoit agréable, & que la dévotion qu'il voïoit dans fon cœur répandoit un agréable parfum fur fon oblation. Pieté, dévotion d'autant plus capables d'attirer fur nous les bénédictions du Ciel, que

meum, *hoc eft, fecundum mea pradicationis doctrinam. Unde & modica vidua oblatio, qua fuit duo minuta, id eft quadrans, omnium divitum oblationibus copiofis pralata eft, ab illo cui dicitur :* Bonorum meorum non eges, *cui magis oblatio ex offerente quam offerens placet ex oblatione, ficut fcriptum eft :* Refpexit Dominus ad Abel, & ad munera ejus. *Ut videlicet prius devotionem offerentis infpiceret, & fic ex ipfo donum oblatu gratum haberet. Qua quidem animi devotio tanto major in Deo habetur, quanto in exterioribus, quæ fiant minus, confidimus.*

nous paroiſſons nous mettre moins en peine de ce qui brille aux yeux des hommes, je veux dire les austeritez & les macerations du corps. Ecoutez encore ce qu'en dit le grand Apôtre.

Après avoir accordé à tous les Chrétiens la permiſſion de manger toutes ſortes de viandes ſans aucun ſcrupule. Il donne cet avis à un de ſes diſciples, qu'il formoit pour être un grand Saint. *Exercez-vous à la pieté,* lui dit-il, *car les exercices corporels ſervent de peu, mais la pieté eſt utile à tout, & c'eſt à elle que les biens de la vie préſente, & ceux de la vie future ont été promis.*

1. Tim. 4.

Unde & Apoſtolus communem ciborum indulgentiam, de qua, ut supra meminimus, Timotheo ſcribit. de exercitio quoque corporalis laboris adjunxit, dicens : Exerce autem teipſum ad pietatē. Nam corporalis exercitatio admodum utilis eſt. Pietas autem ad omnia utilis eſt, promiſſionem habēs vitæ quæ nunc eſt, & futuræ : quoniam pia mentis in Deum devotio, & hic ab ipſo meretur neceſſaria, & in futuro perpetua.

Quelle confequence devons-nous donc tirer de tant de belles inftructions que J.C. fes Apôtres, & leurs fucceffeurs nous ont données fur ce fujet ? finon de nous conduire fagement dans la vie, & conformément à la prudence Chrétienne, qui confifte à prendre de nos animaux domeftiques pour faire un agréable feftin à notre pere, ainfi que fit Jacob, & non pas *Gen. 27* d'aller chercher des bêtes fauves, comme Efaü, pour lui donner à manger ; de rendre notre offrande interieure, & ne nous pas amufer, comme les Juifs, à des pratiques exterieures dans lef-

Quibus quidem documentis quid aliud docemur, quam Chriftianè fapere, & cum Jacob *de domefticis animalibus refectionem patri providere ? Non cum* Efau *de filveftribus curam fumere, & in exterioribus Judaïzare. Hinc & illud eft Pfalmifta :* In me funt Deus vota tua, quæ reddam laudationes tibi. *Ad hoc quoque illud adjunge Poeticum.*

Ne te quæfiveris extra.

quelles ils faifoient confifter toute leur Religion. Je fuis fûre que les plus fpirituels d'entre eux en agiffoient ainfi : Car n'eft-ce pas ce que faifoit le Roy

Prophete, lorsqu'il disoit à Dieu: *Seigneur, j'ai au dedans de moi de quoi vous faire des vœux & vous donner des loüanges.* Mais ce qui nous doit faire plus de honte, c'est que les plus sages d'entre les Payens ont reconnu cette verité, puisque le Poëte satyrique a dit? *N'allez pas vous chercher hors de vous-même.*

Psal. 55.

Pers. Sat. I.

Multa sunt & innumerabilia tam Sæcularium, quam Ecclesiasticorum Doctorū testimonia, quibus ea quæ sunt exterius & indifferentia vocantur, non magnopere curanda esse docemur. Alioquin legis opera, & servitutis ejus, sicut ait Petrus, importabile jugum Evangelicæ libertati esset præferendum, & suavi jugo Christi, & ejus oneri levi. Ad quod

Je pourrois vous apporter une infinité d'autres témoignages, tant des Auteurs sacrez que des profanes, qui font voir le peu de cas qu'on doit faire de toutes les pratiques exterieures, & qu'un homme bien sensé doit les regarder au moins comme indifferentes. Autrement il faudroit dire que le joug insupportable de l'ancienne Loy, ainsi que l'appelle le Prince des Apôtres, devroit être préféré à la liberté de l'Evangile, & à l'aimable joug de J.C. qu'il nous a dit lui-même être

Act. 18.

plein de douceur & d'agrément, & qu'il nous invite d'embrasser par ces aimables paroles : *Venez à moi, vous tous qui êtes fatiguez, & qui êtes chargez, & je vous soulagerai.* C'est pourquoi le même Apôtre voïant que quelques Juifs nouvellement convertis vouloient encore retenir les pratiques onereuses de l'ancienne Loy, & en faire une monstrueuse alliance avec l'Evangile, leur dit fort bien : *Mes freres, pourquoi tentez-vous Dieu, en imposant aux Disciples un joug que ni nos peres ni nous n'avons pû porter ? Nous croyons fermement qu'avec la grace de J. C. nous serons sauvez aussibien qu'eux.*

quidem suave jugum & onus leve per semetipsum. Christus nos invitans : Venite, inquit, qui laboratis & onerati estis. Unde & prædictus Apostolus quoniam jam ad Christum conversos, sed adhuc opera legis retinere censentes vehementer objurgans, sicut in Actibus Apostolorum scriptum est, ait : Viri fratres, quid tentatis Deum, imponere jugū super cervicem discipulorum, quod neque patres nostri, neque nos portare potuimus : sed per gratiam Domini Jesu credimus salvari, quemadmodum & illi ?

Et tu ipse ob-
secro non solum
Christi , verum
etiam hujus imi-
tator Apostoli ,
discretione sicut
& nomine , sic
operum præcepta
moderare , ut in-
firma convenit
naturæ , & ut
divinæ laudis
plurimum vacare
possimus officiis.
Quam quidem
hostiam , exterio-
ribus omnibus sa-
crificiis reproba-
tis , Dominus
commendans ait;
Si esuriero, non
dicã tibi : meus
est enim orbis
terræ , & pleni-
tudo ejus. Nun-
quid manduca-
bo carnes tau-
rorum, aut san-
guinem hirco-
rum potabo ?

Vous donc , mon
Cher , qui êtes un fi-
dele Disciple de J. C.
& qui imitez si bien ce
grand Apôtre , dont
vous portez le nom,
suivez , je vous prie,
sa sagesse & sa discré-
tion : ayez égard à la
foiblesse d'un sexe fra-
gile & délicat , & don-
nez-nous les moyens
de nous employer tou-
tes entieres à chanter
les loüanges de Dieu,
comme nous y sommes
obligées. Il n'y a point
de sacrifice qui lui soit
plus agréable. Il sem-
ble qu'après avoir re-
jetté toutes les offran-
des exterieures , & les
sacrifices charnels , il
ne s'est reservé que le
sacrifice du cœur & ce-
lui de ses loüanges :
J'en ai sa parole pour
garant : C'est lui-mê-
me qui nous en assure
par la bouche d'un Pro-

phete, lorsqu'il dit : *Si j'ai faim, je ne vous le dirai pas : car toute la terre est à moi avec tout ce qu'elle renferme. Est-ce que je mangerai la chair des taureaux, ou boirai-je le sang des boucs ? Immolez à Dieu un sacrifice de loüanges, & rendez vos vœux au Très-haut. Invoquez-moi au jour de l'affliction : je vous en délivrerai, & vous aurez lieu de m'honorer.*

Psal. 49.

Immola Deo sacrificium laudis, & redde Altissimo vota tua, & invoca me in die tribulationis, & eruam te, & honorificabis me.

Quand je parle ainsi je ne prétends pas nous délivrer de toutes sortes de travaux corporels ; nous voulons bien travailler lorsque la necessité le demandera. Je souhaiterois seulement que nous n'en fussions point surchargées, & que nous fissions notre capital de l'Office divin. Il me semble que j'ai quel-

Nec id quidem ita loquimur, ut laborem operum corporalium respuamus, cum necessitas postulaverit. Sed ne ista magna putemus, quæ corpori serviunt, & officii divini celebrationem præpediunt ; præsertim cum ex authoritate Apostolica

stolica id præci- que droit d'éxiger ce-
puè devotis in- la, sur-tout depuis que
dultum sit femi- l'Apôtre a ordöné que
nis, ut aliena les vierges & les veu-
procurationis sus- ves fussent entretenuës
tententur officiis aux dépens de l'Eglise,
magis, quam de & qu'il les a dispen-
opere proprii la- sées de chercher leur
boris. Unde ad nourriture dans le tra-
Timotheum Pau- vail de leurs mains.
lus: Si quis fide- Car c'est ce que saint
lis habet viduas, Paul veut dire par ces
subministret il- paroles: *Si un fidelle est*
lis, & non gra- *chargé de quelques veu-*
vetur Ecclesia, *ves, & qu'il ait du bien,*
ut his, quæ ve- *qu'il leur en fasse part,*
ræ viduæ sunt, *afin que l'Eglise en étant*
sufficiat. *déchargée elle puisse sub-*
venir plus facilement aux
necessitez des veritables
veuves.

Veras quippè Il appelle ici *verita-*
viduas dicit quas- *bles veuves* toutes les
cumque Christo personnes de notre se-
devotas, quibus xe qui se sont consa-
non solum mari- crées à J. C. non-seu-
tus mortuus est, lement parce qu'elles
verùm & mun- n'ont point de mari,
dus crucifixus est, mais encore parce que
& ipsa mundo. le monde leur est cru-

I. Tim. 5.

cifié, comme elles font elles-mêmes crucifiées au monde. Il faut a-voüer que rien n'eſt plus équitable que de les entretenir aux dé-pens de l'Egliſe, puiſ-que ſes biens ſont, pour ainſi dire les rentes de leur époux. C'eſt pour-quoi le Sauveur aime mieux avant de mou-rir donner un Apôtre à ſa ſainte mere pour a-voir-ſoin d'elle dans ſes beſoins, que de lui donner un autre hom-me; & les Apôtres eux-mêmes dès la naiſſance

Act. 6.

du Chriſtianiſme établirent ſept Dia-cres, c'eſt-à-dire, ſept Miniſtres de l'E-gliſe, pour avoir ſoin des femmes con-ſacrées à la pieté, tant il eſt vrai qu'el-les ont toujours eu droit ſur le patri-moine de l'Egliſe, & que l'Egliſe de ſon côté a toujours crû être obligée de les nourrir.

Ce n'eſt pas que nous ne ſçachions que l'A-pôtre écrivant aux

2. Theſ.
3.

Quas rectè de diſ-pendiis Eccleſiæ, tanquam de pro-priis Sponſi ſui redditibus ſuſten-tari convenit. Unde & Domi-nus ipſe matri ſuæ procuratorem Apoſtolum, potius quam virum ejus prævidit, & A-poſtoli ſeptē Dia-conos, id eſt Ec-cleſiæ miniſtros, qui devotis mi-niſtrarent fæmi-nis, inſtituerunt.

Scimus quidem & Apoſtolum Theſſalonicenſi-

bus *scribentem quosdam otiosè vel curiosè viventes adeò constrinxisse, ut præciperet quoniam si quis non vult operari, non manducet : & Beatum Benedictum maximè pro otiositate vitanda operâ manuum injunxisse. Sed nunquid Maria otiosè sedebat, ut verba Christi audiret ? Martham ei quam Domino laborante, & de quiete sororis tanquam invida murmurante, quasi quæ sola pondus diei & æstus portaverit ?*

Unde & hodie frequenter murmurare eos cerni-

Chrétiens de Thessalonique, blâme certains paresseux qui passoient leurs jours dans l'oisiveté, jusques à défendre qu'on leur donne à manger, à moins qu'ils ne travaillent. Il est vrai encore que saint Benoît ordonne à ses Disciples le travail des mains, afin de fuir l'oisiveté : mais qui a jamais dit que Marie étoit oisive lorsqu'elle étoit assise aux pieds du Seigneur, pour entendre sa parole? Marthe toute occupée du service exterieur en murmuroit, elle en fit ses plaintes, comme si elle seule eût porté tout le poids de la chaleur & du jour : ses plaintes neanmoins ne furent pas écoutées.

La même chose arrive encore à present presque tous les jours.

Reg. c. 48.

Luc. 10.

O 2

Rien n'est plus ordinaire que de voir ceux qui sont députez à rendre service aux personnes destinées au culte des Autels, murmurer contre elles, & les traiter de paresseuses & de gens oisifs, quoi qu'ils les voyent non-seulement attentifs à la parole de Dieu, qu'ils écoutent dans la méditation, mais encore occupées à la lecture des livres saints, & au chant des Pseaumes, & leur ressentiment va si loin, que souvent ils se plaignent moins de ce que les voleurs leur enlevent, que de ce qu'ils sont obligez de donner aux gens d'Eglise, qu'ils regardent comme autant de fainéans. Sans faire réfléxion à cette parole de l'Apôtre : *Si* 1. Cor. 9 *nous avons semé parmi*

mus, qui in exterioribus laborant, cum his qui divinis occupati sunt officiis terrena ministrant. Et sæpe de his, quæ tyranni rapiunt, minus conqueruntur, quam quæ desidiosis (ut aiunt) istis & otiosis exsolvere coguntur. Quos tamen non solum verba Christi audire, verum etiam in his assiduè legendis & decantandis occupatos considerant esse. Nec attendunt non esse magnum, ut ait Apostolus, si eis communicent corporalia, à quibus expectant spiritualia. Nec indignum esse, ut qui ter-

renis intendunt, his, qui spiritualibus occupantur, deserviant. Hinc etenim ex ipsa quoque legis sanctione Ministris Ecclesiæ hæc salubris otii libertas concessa, ut tribus Levi nihil hæreditatis terrenæ perciperet, quo expeditius Domino deserviret : sed de labore aliorum decimas & oblationes susciperet.

vous, des biens spirituels, est-ce une grande chose que nous recueillons un peu de vos biens temporels ? Je pourrois leur dire encore que ce n'est pas une chose honteuse à ceux qui ne s'occupent que des biens de la terre, de rendre quelque service à ceux qui ne sont occupez que de ceux du Ciel ; que telle est la volonté du Seigneur, & qu'il l'avoit ainsi ordonné dans l'ancienne Loi, puisqu'elle porte que la Tribu de Levi, *Num.* d'où l'on tiroit les Mi- 8. nistres de l'Eglise, ne possederoit aucun heritage, mais vivroit du travail des autres, c'est-à-dire des décimes & des oblations.

De abstinentia quoque jejuniorum, quam magis vitiorum quam ciborum Christiani appetunt, si

Au reste, si vous avez resolu d'augmenter nos jeûnes & nos abstinences, & de nous en donner plus à observer que le commun des Fideles n'en a, je vous prie de ne rien faire ſans y avoir bien penſé, & ſans avoir mûrement conſideré ſi cela nous convient. Je ſçai qu'il y a des gens qui ſe laiſſent facilement ébloüir par ces auſteritez, & que ſouvent dans le monde on fait plus de cas de ceux qui s'abſtiennent de certaines viandes que de ceux qui s'abſtiennent d'offenſer Dieu. Pour moi, ce n'eſt pas mon ſentiment

quid Eccleſia inſtitutioni ſuperaddi decreveris, deliberandum eſt, & quod nobis expedit, inſtituendum.

Il faut auſſi regler, s'il vous plaît, la maniere de faire l'Office, diſpoſer la pſalmodie de telle ſorte que nous ne ſoyons pas obligées de repeter pluſieurs fois les mêmes Pſeaumes en une ſemaine. Vous ſçavez que ſaint Benoît après l'avoir reglée, a neanmoins laiſſé la liberté à ſes ſucceſſeurs d'en agir autrement, en ſorte qu'ils n'euſſent pas de

Maximè vero de officiis Eccleſiaſticis, & de ordinatione Pſalmorum providendum eſt: ut in hoc ſaltem, ſi placet, noſtram exoneres infirmitatem. Ne cùm Pſalterium per hebdomadam expleamus, eoſdem neceſſe ſit Pſalmos repeti. Quam etiam Beatus Be-

nedictus , cum tam pro visu suo distribuisset , in aliorum quoque actione sua id reliquit admonitio : ut si cui melius videretur , aliter ipsos ordinaret. Attendens videlicet , quod per temporum successionem Ecclesiæ decor creverit , & quæ prius rude susceperat fundamentum , postmodum ædificii nacta est ornamentum.

Illud autem præ omnibus definire re volumus , quid de Evangelica lectione in vigiliis nocturnis nobis agendum sit. Periculosum quippe videtur eo tempore ad nos Sa-

scrupule de distribuer les Pseaumes autrement qu'il n'a fait, s'ils trouvoient quelque inconvenient à les dire de la maniere qu'il l'a disposé : il prévoyoit sans doute que l'Eglise avec le temps deviendroit plus magnifique; & que celle qui dans les commencemens n'avoit reçû, pour ainsi dire , que les fondemens de ses édifices, recevroit dans la suite des siecles tous les ornemens de l'architecture qui conviennent à la beauté d'un édifice.

Mais nous souhaiterions sur - tout que vous voulussiez bien ordonner de quelle maniere nous en agirons au sujet de l'Evangile qui se dit aprés l'Office de la nuit: car il me semble qu'il y auroit du danger de faire entrer chez nous à une heure si induë, des Prêtres ou des Diacres pour venir faire cette lecture, & qu'il est bien-séant à des Religieuses de s'éloigner le plus qu'elles peuvent de la présence & de la vûë des hommes, non-seulement pour éviter toutes sortes de téntations, mais encore pour avoir le moyen de vaquer à Dieu avec une plus grande tranquillité & un plus grand repos d'esprit.

C'est à vous, mon Seigneur & mon maître, qu'il appartient de regler toutes ces choses, & d'établir parmi nous une regle de vie qui puisse durer dans tous les siecles à venir. Vous êtes, après Dieu, l'unique fondateur de cette Abbaye ;

cerdotes aut Diaconos admitti, per quos hæc lectio recitetur, quas præcipuè ab omni hominum accessu atque aspectu segregatas esse convenit : tum ut sincerius Deo vacare possimus, tum etiam ut à tentatione tutiores simus.

Tibi nunc domine, dum vivis, incumbit instituere de nobis, quid in perpetuü tenendum sit nobis. Tu quippe post Deum, hujus loci fundator, tu per Deum nostra congregationis es plantator, tu cum Deo noſtra ſis religionis inſtitutor. Præceptorem alium poſt te fortaſſis habituræ ſumus, & qui ſuper alienum aliquid ædificet fundamentum. Ideòque veremur de nobis minus futurus ſollicitus, vel à nobis minus audiendus, & qui denique, ſi æquè velit, non æquè poſſit. Loquere tu nobis, audiemus. Vale.

c'eſt vous qui avec ſa grace & par ſon ſecours avez formé cette Communauté, ſoyez donc auſſi avec lui notre Legiſlateur. Ce n'eſt peut-être que pour ce ſujet qu'il vous conſerve encore la vie d'une maniere ſi miraculeuſe. Quand vous n'y ſerez plus, nous aurons un autre Superieur & un autre maître, c'eſt-à-dire un autre Architecte qui voudra édifier ſur des fondemens qu'il n'aura point poſez, & dont par conſéquent il ne connoîtra ni la nature ni la force, ni la ſituation. Voyez à quel danger vous nous expoſez, ſi de votre vivant vous ne reglez pas toutes choſes, & ne mettez pas vous-même la derniere main à l'édifice que vous avez commencé. Mais je veux que celui qui vous ſuccedera ait pour nous autant de bonne volonté que vous en avez, aura-t-il autant de talents & autant de capa-

cité pour faire ce que nous exigeons de
vous ? Et quand il les auroit, puis-je
vous répondre que nous recevrons auſſi
favorablement ce qui viendra de ſa
part, comme nous recevons tout ce qui
nous vient de la vôtre ? Parlez-nous donc
vous-même, je vous en conjure, par-
lez à vos ſervantes, & elles vous écou-
teront avec plaiſir. Adieu.

Fin du premier Tome.

Faute à corriger.

Page 82. premiere ligne, *Epiſtola III.*
liſez, *Epiſtola II.*

Contraste insuffisant

NF Z 43-120-14

www.ingramcontent.com/pod-product-compliance
Lightning Source LLC
Chambersburg PA
CBHW050147030726
47505CB00005B/1270